ESCLAVE
DES
MAURES

UNE HISTOIRE DES TEMPS OBSCURS

JEAN HÉRÉNAS

ÉDITIONS
Mnémosyne

Couverture: Mark Karis
Portrait de l'auteur: David Noé

© Éditions Mnémosyne, 2024
www.editionsmnemosyne.com

Dépôt légal — Bibliothèque et Archives nationales du Québec, 2024

ISBN: 978-2-925235-03-3 (édition brochée)

ÉDITIONS
Mnémosyne

PREMIÈRE PARTIE
COMME UN POISSON

I

GRAINE DE CAÏN

Il jouait sur la plage.

La mère avait dit :

— Allez pêcher si vous voulez, mais ne sortez pas du marais ! N'allez pas sur la plage. Surtout pas ! Tu m'entends, Fabian ? Les hommes du Nord pourraient vous prendre. Ils rôdent le long du rivage et enlèvent les enfants.

Les hommes du Nord ! Qui en avait jamais vu, par ici ? Les brutalités qu'on racontait à leur sujet ? Ça n'avait aucun sens. Peut-être avaient-ils pillé un ou deux monastères. Mais les moines avaient dû les provoquer. Le reste, c'était des ragots colportés par des jongleurs. On connaissait ces gens-là. Ils parlaient aussi d'une fée dont les jambes se changeaient en queue de poisson, le samedi. Et puis qui donc naviguait si tôt dans l'année, avant même la nouvelle de lune de mars ?

— Prends bien soin de ton petit frère. Je te le confie.

Le petit frère, comme toujours ! C'était toujours lui, l'important.

Fabian avait fait oui de la tête, puis il avait entraîné Amis vers la plage. Il avait dévalé une dune. Les vagues jouaient dans le soleil. Le sable était presque tiède sous ses pieds.

Amis, sérieux, avait plongé un bout de filet entre les rochers, sans se laisser distraire. Fabian était resté à flâner sur la plage, classant et comptant les coquillages.

Puis il s'était assis dans un creux au pied des dunes piquetées de chardons et de hautes herbes, et il s'était mis à jouer à son jeu imaginaire : les mouettes du sud et du nord se livraient bataille au-dessus de l'eau.

Une mouette se cabra, flotta un instant en l'air, puis se posa comme une plume sur le dos d'une vague. Fabian sourit. Ballotée par les flots, là, devant son nez, la mouette virait lentement, tournait le dos à la plage.

Oh ! ses ailes s'ouvraient !

Le vent souleva l'oiseau. Face au large, la mouette hésita, donnant juste assez de battements d'ailes pour rester immobile. Fabian retint son souffle. Un instant, la mouette pencha vers la droite, et son aile gauche brilla comme un éclair.

Éclair de joie.

Mais brusquement, la mouette bascula sur la gauche, vira et fila vers le sud. Fabian murmura :

— Tourne, mais tourne !

Non, elle maintint le cap, atteignit une ligne de récifs crêtée d'écume, sauta la haie blanche, parut escalader d'une traite la haute paroi calcaire qui s'avançait dans la mer, en frôla le sommet, et disparut.

Fabian sortit une pierre noire de sa poche et la posa à gauche des galets déjà alignés sur le sable. Cela faisait cinq cailloux noirs, contre seulement deux blancs. Qu'avaient donc toutes les mouettes à vouloir voler vers le sud, ce jour-là ? Et dire qu'il avait choisi le nord. Tant pis. Trop tard pour changer de camp. Fabian soupira, releva les yeux et regarda la mer.

Quel bonheur, quelle beauté !

Un nuage passa devant le soleil et Fabian frissonna. Il enfila ses souliers en peau, se leva avec précaution, pour ne pas déranger les galets noirs et blancs, et se mit à marcher.

Une voix aiguë cria du côté de la mer :

— Hé, grande feignasse, au lieu de traîner les mains vides, viens pêcher !

— Attraper des espèces de limaces ? Tu appelles ça pêcher ?

— Oh ! Tu seras bien content de les manger, mes limaces ce soir !

— On croirait entendre la mère !

— Jaloux, va !

Que répondre à cela ? Quand ils rentreraient, Fabian resterait sur le seuil, Amis courrait déposer son filet de bigorneaux, de crevettes et de crabes sur le comptoir, et la mère le remercierait avec un sourire. À lui, elle jetterait :

— Et toi ? Comme d'habitude, tu ne rapportes rien ?

Ou elle ne le regarderait même pas. Plus tard, il aurait faim, et il avalerait goulûment la soupe, y compris les « limaces » d'Amis.

Il sentit une colère monter en lui. Il aperçut alors une paire de souliers posée sur un rocher. Les mêmes que les siens, à un pouce près, taillés dans la même peau de mouton, grattée, fendue et cousue par les mêmes mains, les mains tremblantes, mais encore habiles, de l'aïeule. À plat sur le gros caillou, la paire était bien à l'abri dans un renfoncement de la falaise, hors de portée des éclaboussures, du sel et des rafales. Amis prenait soin de ses affaires !

Fabian attrapa les souliers comme un lapin par les oreilles. Une envie le saisit de les jeter à l'eau. La peur de la punition, des coups de lanières que lui assènerait le père, retint sa main. Et aussi, une certaine pitié pour l'aïeule, toujours trop bonne pour eux, les garçons ! Si le sel trouait le cuir, c'est encore elle qui se piquerait les doigts à le rapiécer, tassée comme un sac dans un coin venteux de la hutte, plissant ses yeux à demi aveugles, tremblant de froid.

La marée basse découvrait une large bande de sable jusqu'à la pointe du cap. Fabian continua de longer la falaise. Une faille s'ouvrait entre les rochers. Une cachette pour les souliers d'Amis ? Non, là, si près, ce serait trop facile. Fouineur et têtu comme il était, Amis les trouverait tout de suite.

Fabian continua. Et, de cachette trop facile en cachette trop facile, il finit par arriver au bout de la falaise. Il sentit son cœur battre à l'idée de contourner le cap. Plus encore que désobéir, ce serait franchir les limites du monde connu.

Mais Amis l'avait traité de feignasse, s'était moqué de ses mains vides. Eh bien ! il n'avait plus les mains vides ! Et il allait lui montrer s'il était une feignasse ! Il franchit le pas.

Au détour de la pointe, le vent du large l'accueillit par une gifle et le repoussa contre la paroi calcaire. Fabian baissa la tête, se tourna de côté et, rasant la falaise, il avança. Le cap s'incurva et Fabian se trouva dos au vent. Il se laissa pousser comme une feuille.

Il marchait la tête basse, imaginant déjà son frère, pâle d'inquiétude, errant sur la plage, inspectant les rochers, les recoins, jusqu'aux nids de mouette creusés dans la pierre. Amis finirait bien par regarder de son côté et par l'apercevoir, réprimant mal son envie de rire, ne se contenant plus, pouffant. Il voyait d'ici la tête du frérot. Amis comprendrait soudain quel animal avait emporté ses souliers. Rouge de colère, il enflerait comme un coq, éclaterait en insultes, lui jetterait en vain des pierres. Ce serait drôle. À la fin, Amis le supplierait :

— Allez, sois pas vache, rends-moi mes grolles !

Amusant !

II
QUAND ON N'ÉCOUTE PAS SA MÈRE…

Le vent de mer continuait à pousser Fabian vers le fond de l'anse, et il avançait toujours, tête baissée, savourant d'avance la mine désemparée d'Amis, quand un avertissement rauque, très proche, le fit sursauter. Il releva la tête. Un homme marchait à sa rencontre. Cinq pas de plus, et il butait dedans.

Fabian ouvrait la bouche pour saluer le nouveau-venu, comme chaque fois qu'il rencontrait quelqu'un dans le marais, quand il fut frappé par son expression menaçante. L'étranger était d'ailleurs plus grand et plus large que la plupart des hommes qu'on croisait dans le marais, maraîchins ou autres. Il avait aussi les cheveux coupés d'une façon étrange, rasés tout autour de la tête, touffus au sommet du crâne. Et un bijou en or d'une beauté telle que Fabian n'en avait jamais vu à personne resplendissait sur sa poitrine, suspendue à un épais collier torsadé. Des bracelets et des bagues brillaient aussi autour de ses poignets et de ses doigts. Jamais Fabian n'avait vu autant de métal précieux sur un homme, ni même à vrai dire sur l'autel de l'église de Saint-Michel-en-l'Herm les jours de fête. Un homme de haut rang en voyage, peut-être ?

Fabian fit un écart pour céder poliment le pas à un homme aussi riche. L'homme fit un pas du même côté. N'y voyant pas malice, Fabian refit un pas dans l'autre sens. L'homme en fit autant, comme l'image de Fabian dans un miroir. Fabian se figea, surpris, inquiet. L'homme avança sur lui, l'air mauvais.

Fabian sentit une sueur froide lui couler dans le bas du dos. Il se rejeta en arrière, tourna les talons et se mit à marcher le plus vite qu'il put. Mais il eut beau se pencher en avant et pousser de toutes ses forces, roidir cuisses et mollets, il était comme un poisson à contre-courant, tant le vent était fort.

L'homme paré d'or cria quelque chose dans son dos. Fabian voulut courir. Mais le vent lui résista comme une porte. L'homme poussa un deuxième cri, plus fort, plus long, comme toute une phrase, que Fabian ne comprit pas, mais qui le remplit de terreur.

Et Fabian vit alors, entre la pointe du cap et lui, à cent pas environ, près de rochers en partie immergés, un groupe d'hommes avec de l'eau jusqu'à la ceinture. À l'aller, il était passé devant eux sans les voir. Eux l'avaient vu maintenant, et ils marchaient vers le rivage de façon à lui couper la route. Fabian se mit à courir, à courir contre le vent, de toutes ses forces, presque sur place. Les hommes avaient déjà les cuisses hors de l'eau et ils soulevaient de grandes éclaboussures. Leurs dents étincelaient dans leurs visages sombres.

La peur fit détourner la tête à Fabian. Sur la gauche, à vingt pas environ, une faille s'ouvrait dans le roc : la sortie d'une coulée qui balafrait la falaise. Une échappatoire ! Sans être aussi agile qu'Amis, Fabian en avait grimpé d'autres ! En quelques foulées hargneuses, il atteignit la fissure. Il lâcha les souliers d'Amis, qui tombèrent là, dans le sable. Tant pis pour l'aïeule ! Il empoigna deux rochers et se mit à escalader la crevasse. En s'agrippant et en rampant, il se hissa jusqu'à une plateforme. À quatre pattes, haletant, il découvrit un sentier en corniche, creux, invisible d'en bas, qui montait doucement vers la gauche. Une rampe vers la forteresse des terres ! Levant les yeux vers le ciel, il vit, au sommet du cap, pas loin, des touffes d'herbe s'agiter follement. Il allait courir le long du cap, se faufiler entre les dunes et disparaître dans le marais comme une anguille. L'espoir lui redonna du souffle et il se releva. Poussé par le vent, il se mit à courir comme s'il volait. Le couloir à ciel ouvert tournait vers la droite, longeant la paroi bombée. On n'y voyait pas à dix pas. Fabian continua de courir comme un forcené, à fond. Sa vie en dépendait.

Lancé, il vit trop tard une masse qui bouchait le passage. Une masse ferme, mais souple, contre laquelle il rebondit. Devant lui se dressait un colosse aux épaules et au cou taurins. Grosse mâchoire également. Fabian recula vivement et voulut faire demi-tour. Mais alors qu'il piétinait pour pivoter, un énorme poing se referma sur son cou maigre et le cloua sur place.

Suffoquant, Fabian leva la main vers l'appendice velu d'où sortait cette pince qui l'étranglait. Il aurait mieux fait d'attraper un doigt et de le tordre, comme faisaient les copains coriaces quand un plus fort qu'eux les attrapait. Mais il avait rarement le dessus dans les bagarres. Pas assez tonique. Pas assez vicieux. Malheur aux doux. En fait, il évitait de se battre. Une des petites teignes du village comme Roul, Garnier ou son propre frère Amis, qui mordait ou arrachait des poignées de cheveux quand elle avait le dessous, aurait saisi une des phalanges que l'agresseur lui offrait, là, sur son cou, et la lui aurait tordue d'un coup sec. Le doigt aurait cassé comme une brindille. La pince se serait ouverte. Le colosse aurait examiné son doigt en beuglant. Le temps, pour un gamin décidé, de filer entre les jambes de l'agresseur et de disparaître. Fabian, lui, posa timidement la main sur la partie la plus musclée du gros avant-bras et se mit à pousser de toute sa faiblesse. Bonne chance !

Ce semblant de résistance suffit toutefois à mécontenter le colosse, qui souleva Fabian d'une main. Paniquant, incapable de respirer ni de penser, Fabian se mit à tricoter des jambes. Le poing serra plus fort. La nuque de Fabian émit un craquement qui résonna dans son crâne. Il crut qu'un os allait se briser. D'épouvante, il figea. Le colosse attendit encore un instant puis, comme Fabian ne bougeait plus, il le reposa par terre. La gorge toujours prise dans un étau, Fabian ouvrit la bouche, mais en vain : aucun air ne passait. En écarquillant les yeux, il implora la pitié des yeux clairs et froids posés sur lui. Les doigts finirent par desserrer leur étreinte.

Fabian aspira un grand coup. Quand il expira, il eut un mouvement réflexe de relâchement des épaules. Mal lui en prit. Le colosse l'arracha au sol, et il se retrouva de nouveau suspendu par la mâchoire comme un poisson pris à l'hameçon. Assagi toutefois par l'expérience, Fabian s'abstint cette fois-ci de frétiller comme un de nos frères à écailles. Le colosse continua pourtant de serrer, sans haine ni colère, avec l'indifférence du pêcheur pour un poisson très ordinaire, riche en arêtes et pauvre en chair, et qu'on n'a aucun plaisir à prendre. Fabian écarquilla de nouveau les yeux, incapable d'émettre un son, joignant les deux mains devant la poitrine en un geste de prière. Le colosse laissa Fabian s'étrangler encore un peu, puis il le reposa. Il desserra lentement la main. Fabian ne remua plus un cil, trop heureux de pouvoir respirer, se retenant de tousser malgré sa gorge qui lui brûlait comme si on y avait déversé un liquide bouillant. Enfin, le colosse lâcha prise et retira sa main.

Il regarda un moment Fabian d'un air impassible. Soudain, sans sourciller, sans préavis, il leva le poing très haut, comme un marteau. D'instinct, Fabian éleva les mains au-dessus de sa tête, des mains ouvertes, des mains de suppliant, défense de petit herbivore sans griffes ni sabots, protection qui n'aurait même pas arrêté la chute d'une brindille. Avec une grimace de pitié dégoûtée, le colosse laissa retomber lentement sa main le long de sa jambe. Puis il pointa du doigt le sentier par où Fabian était venu.

Fabian se soumit. Il fit demi-tour, la tête basse, et se mit à descendre. Le colosse dut trouver qu'il allait trop lentement, car il le poussa du pied au derrière, en proférant des sons incompréhensibles, sur un ton mécontent. Fabian hâta le pas. Avec un serrement de cœur, il repassa devant la plateforme où il avait débouché un peu plus tôt, fou d'espoir, et continua tout droit. Il fut bientôt de retour sur la plage, au milieu de quatre hommes hirsutes qui sentaient le fauve et la mer.

L'un d'eux, un roux plus petit que les autres, c'est-à-dire qu'il avait la taille d'un maraîchin normal, mit la paire de souliers d'Amis sous le nez de Fabian, avec un haussement de sourcils. Traduction probable : à qui sont ces chaussures ? où est l'autre ? Fabian fit une moue d'incompréhension. Le courtaud à poil roux devint écarlate, ouvrit une bouche énorme et les tympans de Fabian se mirent à sonner. Un coup s'abattit sur le crâne de Fabian et il roula au sol. Une main le saisit par un bras et le releva. Fabian tituba, tournoya et faillit retomber comme une toupie. Une tape dans les côtes le remit d'aplomb.

Le courtaud à poil roux vociféra jusqu'à ce que son voisin, un grand brun maigre, au visage taillé à la serpe, au nez aquilin et aux joues creuses, lui posât la main sur l'épaule. Le rouquin poussa encore un ou deux aboiements, puis recula en grommelant.

S'ensuivit une conversation entre l'homme au collier d'or et le grand brun osseux. Ils parlaient une langue rude, gutturale, hachée, haletante, aussi incompréhensible que celle des Bretons ou des pêcheurs basques qui faisaient parfois relâche sur la côte du marais. Le grand brun osseux montra du doigt les traces que Fabian avait laissées dans le sable en venant et qui menaient jusqu'à la pointe du cap, comme pour dire : pas besoin de taper sur le petit captif effrayé pour le faire parler, il suffit de remonter sa piste. Calmé, le rouquin se joignit à la discussion. Seul le géant blond qui avait attrapé Fabian par le cou sur le flanc de la falaise resta muet, la bouche entr'ouverte, l'air idiot. À des mots qui revenaient dans la bouche des trois hommes, Fabian crut comprendre que le grand barbu couvert d'or s'appelait Yeurn, le grand maigre osseux, Arne et le courtaud à poil roux, Grim. À son ton autoritaire, au fait qu'il parlait plus que les autres, à l'attitude respectueuse avec laquelle on l'écoutait, il était évident que Yeurn était le chef. Pour finir, Yeurn parut donner des ordres et le grand maigre, Arne, partit en trottant vers le fond de l'anse.

En le suivant des yeux, Fabian découvrit cinq nefs sombres échouées là-bas, sur le sable clair, dressant leurs mâts comme cinq chênes foudroyés. À côté des rochers blancs arrondis, qui semblaient paître le rivage comme des brebis paisibles, on eût dit cinq loups noirs. Plus tôt, leur silhouette mince avait échappé à Fabian, absorbé par ses rêves de vengeance.

Arne revint peu après, un arc en bandoulière, une corde roulée à la main, accompagné d'un grand jeune homme mince qui croulait sous une carapace de boucliers ronds trop lourde pour lui. Les deux hommes portaient chacun une brassée de lances, de haches et d'épées qu'ils distribuèrent en arrivant, l'un ne gardant que son arc et l'autre, qu'une lance légère. Puis Arne déroula la corde, y fit une boucle qu'il passa autour du cou de Fabian et tendit le bout libre au géant herculéen, qu'il appela Rolf.

Fabian avait le crâne traversé d'élancements, séquelle du coup donné par Grim. Il vit vaguement Yeurn s'éloigner à grands pas vers la pointe du cap, suivi d'une silhouette, puis d'une autre. Puis il sentit un frottement autour de son cou. Le poing d'où pendait la corde donna une grande secousse, et Fabian fit un bond d'une toise. Il dut courir pour desserrer l'étau. La corde mollit, cessa d'appuyer sur sa nuque, et il put respirer. Fabian revint au pas.

Il se mit à surveiller la corde. Quand elle se tendait, il accélérait, prenait le trot au besoin. Quand elle mollissait et se mettait à pendre et à danser devant sa poitrine, il ralentissait, jusqu'à ce que la corde se tendît de nouveau et qu'il sentît son collier se resserrer et les brûlures de son cou se rallumer au contact du chanvre. Alors, il reprenait le trot pour éviter un nouvel étranglement. À chaque demi-heure suffit sa peine.

Concentré sur la corde, Fabian ne vit pas un gros galet devant ses pieds, buta dessus et s'étala de tout son long. Le géant continua à tirer. Fabian se trouva traîné sur le sable, à plat ventre, étranglé par la corde. Il avala du sel. Il ne sut pas comment il fit. Il se mit à quatre pattes comme un chien. Il battit des jambes. Il se sentit tiré vers le haut par la mâchoire et l'arrière du crâne. Il réussit à se relever.

Il reprit le trot, docile comme une chèvre derrière son nouveau maître. Du moins, dans le sillage de ces hommes forts et épais qui l'abritaient par leur larges carrures, Fabian parvenait à avancer contre le vent.

III
AVEC UN FRÈRE PAREIL, PAS BESOIN D'ENNEMI

Ils passèrent la pointe et le vent tomba. On n'entendait plus que le ressac et le crissement du sable sous le pied des marcheurs. Le chef de file, cessant de foncer comme un bélier, se mit à tourner la tête de-ci de-là, scrutant la falaise à gauche, la grève en avant, et, sur la droite, par plans successifs, le déferlement des vagues, les rochers à fleur d'eau, les flots vert baveux, la ligne basse du bord opposé de l'anse, humant l'air marin comme un animal en chasse le long du rivage évaluant les dangers et cherchant sa proie. Suivre la cadence devint un jeu d'enfant, à la portée de n'importe quelle chèvre, même de Fabian.

On approchait des rochers émergés où Fabian avait vu Amis pour la dernière fois. Yeurn, puis le jeune blond, puis Arne, puis Grim, tenant toujours les chaussures d'Amis dans sa main velue et rousse, dépassèrent la pierre où Fabian les avait prises. S'ils avaient su !

En fouillant le sable des yeux, Fabian retrouva les traces de pas d'Amis. Empreintes légères comme des pattes de mouettes, aux trois-quarts effacées par le vent. Il fallait vraiment savoir qu'elles étaient là. Les autres les avaient piétinées sans les voir.

Les traces partaient de la falaise et aboutissaient à l'eau, pointant vers l'abri des rochers. Amis était du bon côté, comme d'habitude. Amis était libre, le chanceux ! Tandis que lui...

Cette pensée tomba sur Fabian comme un bloc, une colère jaune le prit, un voile enveloppa le dos du géant et des autres marcheurs devant lui, il en oublia de surveiller la corde et, quand la boucle de chanvre se resserra comme un poing autour de son cou, il ne la sentit même pas.

Le géant, ralenti par la résistance de Fabian, s'abstint de tirer violemment sur la corde, comme il l'avait fait par deux fois de l'autre côté du cap. Peut-être était-il de meilleure humeur, maintenant qu'il n'avait plus à lutter contre les rafales ? Il s'arrêta patiemment et se retourna. Les regards du chevrier et de la chèvre se croisèrent.

Par la suite, Fabian ne cesserait de se demander pourquoi il avait fait cela. Combien de fois, pendant combien d'années, il se le demanderait ; voudrait ne pas l'avoir fait ; frémirait en y repensant, en revoyant cette scène en esprit, en se rappelant avoir fait cela, en se revoyant le faire ; voudrait se frapper pour avoir fait cela, au point de crier « non ! », de vouloir se gifler, se griffer, se cogner.

Non seulement il ne détourna pas le regard des marques de pas dans le sable, mais il les suivit des yeux, bien lentement, de droite à gauche, du pied de la falaise jusqu'au bord de l'eau, jusqu'aux vagues, et même au-delà, prolongeant la piste jusqu'aux rochers cernés d'écume où il avait laissé Amis pêchant.

Les traces pointaient aussi clairement qu'une flèche. Même un sot aurait compris. Et Rolf le taciturne appela les autres, qui firent cercle. Rolf montra du doigt les traces à peine visibles qui se perdaient dans l'eau. Les autres murmurèrent, en hommes qui approuvent ou comprennent.

Grim se tourna vers Fabian et ouvrit une bouche énorme. Fabian ne comprit rien aux paroles qui en sortirent. Le rouquin répéta les mêmes mots, mais plus fort, comme s'il avait affaire à un sourd. Le choc des sons réveilla le mal de crâne de Fabian. Il ferma les paupières en grimaçant. Grim tapota sur l'épaule de Fabian, qui rouvrit les yeux. Pointant les traces du doigt, il prononça d'un ton méchant une phrase qui ressemblait à une question. Fabian le regarda avec un air idiot, ou peut-être avec l'air dont on regarde un idiot. Le visage de Grim se crispa, ses mâchoires saillirent sous ses joues, ses lèvres s'amincirent, tout son corps se tendit, suant la haine et l'envie de frapper. Effrayé, Fabian recula d'un pas. Yeurn, le chef, retint le rouquin d'un geste. Le courtaud renâcla avec une grimace de dédain, hésita, puis laissa retomber sa main.

Yeurn appela :

— Erik !

Et le jeune homme qu'Arne avait ramené, chargé d'armes et de boucliers, s'avança. Yeurn lui dit quelques phrases qui ressemblaient à des instructions. L'autre hocha la tête. Puis il s'approcha tranquillement de Fabian.

Ses yeux brillaient d'une chaleur amicale. Avec ses joues couvertes d'un léger duvet blond, il n'avait pas l'air féroce, celui-là. Yeux et cheveux très clairs, nez pointu, pommettes saillantes, il avait même l'air d'un maraîchin. Il était juste un peu plus grand.

Le jeune étranger sourit. Fabian voulut aussitôt devenir son ami.

Les mains en porte-voix, cet Erik feignit d'appeler quelqu'un dans les rochers cernés d'écume. Puis il se tourna vers Fabian et fit le geste de lui offrir un cadeau : les mains ouvertes au bout de ses bras tendus, il l'invitait avec élégance à lancer à son tour un appel vers les rochers. Comme il ressemblait à Achard, cet Erik ! Achard, c'était le grand frère d'un copain de la clairière, un gars du tonnerre, bon et hardi, toujours prêt à vous prêter main forte en cas de querelle avec des grands !

Fabian hésita. Le dénommé Erik se rembrunit.

Et alors, Fabian ne savait pas ce qui l'avait pris, quand il vit le sourire du « grand frère » disparaître, quand il se vit regardé par lui avec dureté, ce fut comme si ses entrailles se changeaient en cire molle et coulaient. Oui, à sa grande surprise, Fabian sentit quelque chose fondre dans son estomac. Quelque chose qui voulait se répandre, s'écouler, avouer. Une envie soudaine de compliments, de douceur même, de la part de ce jeune homme robuste, si semblable aux gars du village déjà hommes avec leur barbe naissante et leurs épaules arrondies. Tous les hommes n'étaient-ils pas frères ?

Et, jailli de ses entrailles comme un vomissement, sortit un cri qui l'étonna lui-même :

— Amis !

Pas de réponse. Pas de mouvement dans les rochers.

— Ohé ! Amis !

Silence. Juste le bruit du ressac. Cet Erik le regardait d'un air dur maintenant. Il est plus difficile de rattraper un sourire que de recoller les morceaux d'une cruche.

— Amis, je t'ai vu, sors !

Comme lors d'une partie de cache-cache. Mais rien ne bougea dans les rochers, hormis l'écume et les vagues. Et puis, autour de lui, ce cercle de têtes d'hommes qui le surplombaient et le regardaient durement. Surtout le chef, Yeurn.

— Allez, Amis ! sors ! répéta Fabian, avec un début de colère.

Fabian crut entendre une voix répondre. Mais c'était juste une mouette qui riait.

— Amis, notre comte est de passage. Viens le saluer.

Ensuite, il se raconterait qu'il avait vraiment cru que ce grand homme blond paré d'or était un comte et ces guerriers hirsutes, sa garde. Ou du moins que ce grand homme paré d'or pouvait bien être un comte, et qu'un maraîchin ignorant comme lui aurait été bien excusé de le prendre pour un comte. Oui, il pouvait croire, bien honnêtement, avoir affaire à un comte et à ses soldats. Certes, ils parlaient une langue étrange. Mais quoi d'étonnant ? Il n'était pas rare, n'est-ce pas ? qu'un homme de haut rang engageât des mercenaires étrangers. Ces soldats, ce pouvait être des Bretons ou des Basques. Et dans quelle autre langue le comte se serait-il adressé à eux, sinon en breton ou en basque ? Quant aux longs navires noirs échoués sur la plage, un comte était sans doute bien assez riche pour se faire construire des bateaux, non ?

Oui, après coup, Fabian se trouva bien des raisons. Mais, sur le moment, il ne réfléchit même pas. Le regard mauvais de Yeurn s'était enfoncé comme une vrille jusqu'à son cœur, et il en était sorti cette phrase.

— Tonnerre, Amis ! cria-t-il avec conviction et colère, comme s'il prenait goût à son mensonge et commençait lui-même à y croire.

Toujours pas de réponse, rien que le bruit du ressac.

— Allez, Amis, ne sois pas impoli ! N'offense pas notre comte ! Ou il va t'en cuire. Les soldats du comte vont venir te chercher.

Toujours pas de réponse, toujours aucun mouvement dans les rochers.

Une colère sincère s'empara de Fabian, comme s'il était entré dans son rôle, croyait dur comme fer à sa propre invention et en voulait à Amis d'offenser ainsi un comte, exposant toute leur famille à des représailles. Il eut une inspiration :

— Allez ! toi qui fais tout bien, ne refuse pas le comte, ou ça va retomber sur la tête de père ! Allez, sors !

Un éclair de mèches blondes scintilla dans la brèche d'un rocher, fugace comme une nageoire.

— Allez ! On t'a vu, sors ! cria Fabian.

La tête reparut entre les rochers, l'air mi-curieux, mi-narquois. Yeurn lui fit signe de s'approcher. Amis sortit le buste, l'air méfiant. Puis la voix aiguë d'Amis retentit :

— Ça, un comte ? Avec des breloques pareilles ! Peuh ! Laisse-moi rire !

Et il éclata d'un rire forcé.

— Et pourquoi t'ont-ils mis la corde au cou comme à une chèvre ?

— Euh...

— Et depuis quand notre marais est-il soumis à un comte ?

— Mais...

— Sale menteur ! Maudit traître !

Yeurn fit encore signe à Amis de venir, mais celui-ci haussa les épaules et disparut. Il reparut plus loin, sur la gauche, là où les rochers n'étaient plus qu'une ligne de récifs à fleur d'eau.

Il courait sur la crête des rochers. Il courait dans l'écume. On eût dit qu'il courait sur la mer.

Yeurn fit un signe au grand brun maigre nommé Arne, qui portait un arc en bandoulière. Celui-ci fit passer son arc par-dessus sa tête, tira une flèche de son carquois, l'encocha sur la corde, banda son arc et tira.

Le trait passa loin devant Amis, et alla s'enfoncer dans le ventre d'une vague. Coup de semonce ? Maladresse ?

Amis continua à courir sur la crête des rochers, leste comme un chat. Ce n'était pas pour rien qu'on le surnommait le Chtamis entre les huttes. D'où lui était venu ce sobriquet ? Peut-être d'un copain qui, les yeux levés vers une de ses acrobaties, s'était un jour exclamé : « un vrai chat, c't Amis ! », d'où, par contraction, « ch't amis » ? Ou bien de deux commères dures d'oreille dont l'une se plaignait un jour à l'autre de la ruine de son châtaigner, dont elle venait de retrouver la branche maîtresse gisant dans l'herbe, arrachée du tronc avec un grand ruban d'écorce ?

— J'en mettrais ma main au feu que c'est encore un tour de ce galopin qui grimpe partout, cet Amis !

— Hein ? Quel ami ?

— Pas ami, Amisss, celui qui grimpe partout comme un chat.

— Ah ! oui, ce chat d'Amis !

D'où peut-être Chadamis, abrégé en Ch'damis, lui-même naturellement déformé en Chtamis, plus facile à prononcer ? Mais trêve d'étymologie et revenons à notre histoire.

En ce moment, Amis faisait honneur à son surnom, déployant sa nature féline, bondissant d'un rocher luisant d'algues humides à un autre avec autant d'aisance que s'il courait sur les dalles sèches d'une belle voie romaine un midi d'été. Ce n'est pas des ongles qu'il avait, mais des griffes, pour s'agripper ainsi aux rochers couverts d'algues sans déraper !

Une deuxième flèche s'envola en sifflant. Celle-ci passa à deux doigts du museau du Chtamis.

Cet Arne savait viser. La prochaine flèche promettait d'atteindre sa cible. L'archer avait un petit sourire aux lèvres, comme si tout cela n'était qu'un jeu. Fou comme un jeune chat, le Chtamis bondissait toujours.

L'archer banda son arc, visa, tourna à demi la tête vers Yeurn et dit une phrase qui montait sur la fin, la pointe de sa flèche dirigée vers Amis. Le chef fit un geste las de la main, comme s'il rabattait le couvercle d'un coffre invisible à ses pieds, et Arne abaissa son arc.

Amis atteignit le bout du récif et s'arrêta net. Il était coincé. Nager ? Le bord opposé de l'anse était loin. Et le courant du reflux le rendait plus éloigné encore.

Yeurn fit signe au fuyard de revenir. Amis, ne pouvant pas laisser passer une aussi belle occasion de défier un adversaire, lui tira la langue. Puis, après avoir éclaté de rire, il plongea dans les vagues.

Le chef aurait-il laissé Amis s'enfuir si celui-ci ne l'avait pas nargué ? Peut-être. Mais, quand Fabian fit sa grimace, il eut un rictus.

— Erik ! Grim ! cria-t-il.

Et il leur désigna Amis. Grim et Erik se dévêtirent vivement, ne gardant que leurs braies, encore trempées de leur bain récent. Ils coururent le long du rivage, parvinrent à la hauteur de la pointe d'où Amis avait plongé, firent encore quelques foulées sur le sable, puis ils obliquèrent dans l'eau en soulevant de grandes éclaboussures et se jetèrent la tête la première dans les vagues.

Ils étaient bons nageurs, mais Amis fendait l'eau comme un poisson, filant droit vers la rive opposée de l'anse, et il avait une belle avance. Fabian crut qu'Amis allait leur échapper et il en fut soulagé. Si au moins son frère pouvait s'en tirer, malgré sa sottise, malgré l'impulsion stupide qui l'avait pris, lui, Fabian, de l'appeler et de le persuader de sortir de derrière son rocher !

Mais, au milieu de l'anse, traîtreusement, un courant se mit à rabattre Amis vers la gauche, vers la terre, droit sur la trajectoire de ses poursuivants, comme un chien à leur service. Les trois têtes se rejoignirent, il y eut de l'écume et du battage comme quand des mouettes se disputent un poisson, le détail se perdit dans les vagues.

Les deux hommes mirent un moment à ramener Amis jusqu'au bord. Ils le tirèrent enfin de l'eau et revinrent, tenant Amis entre eux, chacun par un bras. Amis avait le nez en sang, une joue écarlate, les dents serrées, la bouche mince comme le fil d'une lame de couteau, un œil poché et l'autre œil brillant de colère. Mais il venait sans résistance. Il gardait son énergie pour des actions utiles.

Un de ses deux gardiens saignait de la bouche et l'autre faisait une drôle de grimace à chaque fois qu'il posait le pied gauche. Amis ne s'était pas laissé prendre sans coup férir. Les deux hommes s'arrêtèrent avec Amis face à Fabian, à quatre pas. Amis paraissait calme.

Soudain, sans grimace, sans préavis, sans contraction apparente, les poignets toujours tenus par ses gardiens, il sauta à pieds joints, replia ses jambes sous lui, puis, se détendant comme un ressort, il lança ses deux pieds en avant. Entraînés par son élan, ses gardiens trébuchèrent et les talons d'Amis défoncèrent l'estomac de Fabian comme la boule d'un fléau d'arme. Fabian atterrit sur le dos, le souffle coupé. Il ouvrait la bouche comme un poisson hors de l'eau, essayant d'aspirer, mais aucun air n'entrait.

Les hommes qui l'entouraient, les « soldats du comte » commencèrent par rire, puis, inquiets peut-être à l'idée de perdre de la marchandise aussi fraîche, ils s'empressèrent.

Samaritain inattendu, Arne se pencha sur Fabian, attrapa un de ses poignets et tira dessus pour le faire asseoir. Il souffla bruyamment par la bouche en faisant signe à Fabian de faire pareil. Fabian essaya, pas moyen. Arne lui donna de grandes tapes dans le dos, puis il lui saisit les poignets et lui fit battre des bras, vers dehors, vers dedans, vers dehors, vers dedans. Fabian crut vraiment qu'il allait mourir. Enfin tout à coup, il put avaler de l'air.

Arne regarda Fabian en haussant les sourcils, d'un air de demander : « Ça va ? » Fabian se tâta les côtes, l'abdomen, le ventre. Ouf, rien de cassé. Oui, ça allait. Il était simplement plein de tristesse et de remords. Mais cela, ce n'est pas Arne qui allait y changer quelque chose, ni personne d'autre d'ailleurs, et surtout pas cet Erik, qu'il avait eu bien tort de prendre pour un grand frère et qui, maintenant, le regardait d'un air moqueur.

IV
ET VOGUE LA GALÈRE

Le fond de la barque se mit à remuer. La marée haute soulevait la proue des navires échoués sur la plage. Des hommes poussèrent les coques effilées dans le reflux. Quand ils eurent de l'eau jusqu'à la ceinture, ils se hissèrent à bord. Chacun rejoignit en trottant l'un des coffres encore libres le long du bordage et empoigna une rame. Yeurn, qui agissait en chef sur la plage, commandait aussi la manœuvre du navire. Il aboya un ordre depuis la poupe et l'équipage souqua.

Maintenant qu'il était assis, enchaîné, et qu'il n'avait rien d'autre à faire qu'à regarder autour de lui, Fabian observa furtivement le profil des rameurs. Le portrait tout craché des hommes du Nord selon les fables des jongleurs. Peut-être pas des fables, après tout. Fabian repensa à la mise en garde de sa mère et son cœur se serra.

Le navire glissa le long de la falaise, doubla le cap. Le vent salua son entrée dans l'étendue sans limites en faisant siffler les cordages. Une lame de travers déferla par-dessus les boucliers fixés au bordage et s'abattit sur les têtes des rameurs, éclaboussant les bariques où étaient adossés les quatre captifs, enchaînés l'un à l'autre : Fabian, Amis et, à droite d'Amis en allant vers la poupe, une fille et un garçon inconnus, déjà aux fers quand Rolf et Grim avaient lancé les deux maraîchins l'un après l'autre par-dessus le bordage comme des sacs. Les rameurs du bord opposé, restés au sec, éclatèrent de rire. Fabian, trempé, se mit à grelotter. D'instinct, il se rapprocha d'Amis. Partager la chaleur est vital. Amis accueillit son frère par un violent coup de coude, et Fabian s'écarta en grimaçant de douleur.

Une vague arrière souleva le navire, faisant basculer Fabian sur Amis. Leurs épaules se heurtèrent. Fabian se rejeta de côté comme s'il avait touché un fer rouge.

— Excuse-moi, Amis !

Pas de réponse ; mais pas de coup, non plus. C'était peut-être l'occasion de faire la paix.

— Allez, Amis, excuse-moi !

De faire vraiment la paix.

— Allez, Amis, j'ai fait une erreur, c'est bon, ce n'était pas des soldats du comte, excuse-moi !

Amis tourna lentement la tête et regarda Fabian avec un air de dégoût et de pitié tel que l'aîné baissa le nez. Amis avait le cœur ferme, des vues bien arrêtées, savait exactement ce qu'il voulait, lâchait rarement prise et gardait longtemps rancune. Une mouette qui volait vers la terre jeta un petit rire.

V

C'EST PEUT-ÊTRE MIEUX AINSI

La plage où les deux frères jouaient, libres, quelques heures plus tôt, défilait à portée de flèche. Derrière les dunes s'étendait le marais. Fabian scrutait la ligne vert sombre qui séparait la mer du ciel à la recherche d'une entaille ou d'une pointe qui indiquerait la clairière remplie de huttes. Et il aperçut soudain, à peine visible sur l'arrière-fond du ciel pâle, un filament qui montait des arbres vers le ciel. Il tendit le cou, tirant sur la chaîne commune, ce qui fit grogner Amis et geindre la voisine de celui-ci. Appréhendant un coup, Fabian recula la tête. Mais il ne pouvait pas détacher les yeux du filet de fumée opaque qui s'élevait au-dessus des frondaisons. Il ne voyait plus le profil des rameurs qui se balançait d'avant en arrière juste devant son nez, il n'entendait plus leurs ahans ni leurs crachats, il ne sentait plus l'odeur acide de leur sueur, il n'avait plus froid, il ne sentait plus ses vêtements trempés collant sur sa peau, l'étau glacé du collier de fer autour de son cou, le chanvre qui lui entaillait les poignets. Il humait l'odeur de la soupe qui montait et vibrait là-bas, dans cette fumée à peine visible sur l'arrière-fond de l'horizon brumeux. Cette fumée, de quelle cheminée sortait-elle ? De la leur ? Il imaginait la mère alimentant le feu, tisonnant, redressant une bûchette, tournant la soupe en train d'épaissir dans la marmite, espérant le retour

des enfants, d'Amis, surtout, avec ses coquillages. S'inquié-
tait-elle de ne pas voir les garçons rentrer ? Priait-elle le père
d'aller à leur recherche ? Le cœur de Fabian se serra à l'idée de
l'inquiétude du père, debout sur le seuil, regardant dehors au
lieu d'entrer manger, puis remettant ses chaussures, boueuses
de la glaise du champ, et repartant dans la lueur du crépuscule
vers le marais, à la recherche de ses deux fils.

Un cri bref retentit. Les rameurs se levèrent, certains
saisirent des cordages pendant du haut du mât, d'autres se
placèrent, les uns à la poupe, les autres à la proue, aux deux
extrémités de la vergue qui gisait au fond du navire, dans le
dos des captifs. À l'arrière, Yeurn aboya. Un grincement se fit
entendre. Les hommes grognaient sous l'effort. Juste devant
Fabian, assis l'un à côté de l'autre sur le plancher, Rolf et Grim
s'arc-boutaient, tirant sur une drisse. Même le colosse paraissait peiner. Lentement, la voile s'éleva.

Le navire resta longtemps face au même point du rivage,
bercé par la houle, dérivant à peine, s'éloignant très lentement
vers le large, sans doute sous l'effet du reflux. Entre deux visages de marins grimaçant sous l'effort, Fabian scrutait le filet
de fumée pâle qui montait au-dessus de la forêt lointaine.

La fumée s'épaississait, s'élargissait. Ce devait être la réu-
nion de plusieurs feux.

Fabian se mit à rêver qu'il rentrait de la plage. Il se faufilait
entre les huttes, grises dans le jour tombant. Il passait la porte.
L'aïeule lui sourirait. Ou la mère. Dans son souvenir, il lui
semblait se rappeler un temps où la mère lui souriait.

Un aboiement rauque éclata sur la gauche : Yeurn donnait un ordre. Et le rivage, à deux ou trois portées de flèche

maintenant, se mit à tourner. Fabian garda les yeux fixés sur la fumée, au risque de se dévisser la tête.

Soudain, l'obscurité tomba sur le navire tandis qu'une grande ombre carrée couvrait les planches jusqu'à la poupe, et le navire bondit en avant comme un cheval. Fabian se sentit emporté vers sa gauche, mais il planta un pied dans le plancher, banda ses muscles et s'arc-bouta contre les douves de la barrique à laquelle il était adossé. Ouf, il n'avait pas tiré sur la chaîne et déclenché une nouvelle colère d'Amis.

Cependant, vers l'avant, des chaînes tintèrent et des petits cris d'effroi étouffés retentirent. Une voix de fille dit :

— Oh ! Je vous ai heurté, pardon !

La voix parlait avec l'accent du marais. Cette fille était donc une maraîchine comme eux ; mais sûrement d'une autre clairière, car Fabian était sûr de ne l'avoir jamais vue. Il est vrai que le marais était grand.

Et la voix d'Amis répondit, très douce :

— Ce n'est rien.

Oui, avec d'autres, Amis était doux.

Amis, du reste, était resté très droit et n'avait pas effleuré Fabian.

La tête tournée vers le rivage malgré le collier de fer qui lui sciait le cou, Fabian gardait les yeux fixés sur le panache gris qui flottait, un doigt à droite de la poupe, comme si sa vie en dépendait. La fumée s'amincissait vite, tel un piquet sous une lime acérée.

Cependant, dans son esprit, sa mère souriait. Elle lui demandait d'une voix douce :

— Tu t'es bien amusé ? Tu as bien joué avec les copains ?

À ce moment-là un autre navire de la flottille parut, voile déployée, exactement dans le sillage du navire, puis un autre, un peu décalé, et leurs larges voiles carrées qui se chevauchaient cachèrent le fil de fumée à Fabian. La proue du premier navire, une tête de loup à gueule rouge, lui tira la langue, hilare. Tout à coup, Fabian sentit le froid, il se mit à grelotter et dut serrer les mâchoires pour ne pas claquer des dents.

À deux pas de lui et tout le long du bordage, les marins avaient fini de rattacher les drisses, et ils commençaient à flâner, les bras ballants, sous les cordages tendus. Des rires et des bavardages éclatèrent.

Un léger mouvement continu sur la droite attira l'œil de Fabian vers Amis. Celui-ci paraissait se gratter l'intérieur de la cuisse. Intrigué, Fabian épia les mains d'Amis. L'une, immobile, couvrait comme une capuche l'autre qui paraissait agitée d'un petit tremblement : tout en observant les marins alentour, Amis limait discrètement la corde qui lui attachait ses poignets avec un éclat de coquillage. Décidément, pas plus que sur la plage, Amis ne pouvait rester tranquille. Il fallait toujours qu'il s'occupât les mains.

Quel idiot ! Fabian ne put réprimer un ricanement. Même à supposer qu'Amis tranchât cette corde, qu'allait-il faire de la chaîne qui passait par leur carcan à eux quatre, et les tenait attachés aux barriques dans leur dos ? Allait-il aussi scier la chaîne de fer avec son petit coquillage ? Et, même à supposer qu'on les détachât, qu'allait-il faire ? Sauter par-dessus bord ? Croyait-il pouvoir atteindre le rivage à la nage, déjà à un quart-de-lieue, et qui s'éloignait encore, lui qui n'avait même pas pu s'échapper à travers une petite anse large de moins de cent brasses ?

Fabian tourna de nouveau le regard vers le rivage, à se démancher le cou.

Enfin, les deux navires dont les grandes voiles cachaient l'intervalle de forêt qui recelait la clairière s'écartèrent et le filet opaque reparut à l'horizon, mais désormais ténu comme une patte de moustique, à peine distinct de l'arrière-fond brumeux.

Fabian reprit le cours de sa rêverie. Où en était-il dans son histoire, déjà ? Ah ! oui, il avait donc poussé la porte. L'aïeule lui souriait. Et la mère…

La mère tournait la tête et disait d'un ton sec :

— C'est à cette heure-ci que tu rentres ?

Puis :

— Mais… qu'as-tu fait de ton frère ?

Que répondre ? Je t'ai désobéi, je l'ai entraîné sur la plage, je lui ai pris ses souliers, je suis même sorti de l'anse-aux-mouettes, et là j'ai attiré l'attention de marins en maraude, de Normands, car c'en était ; à cause des souliers d'Amis que je tenais à la main, les hommes du Nord ont compris qu'il y avait quelqu'un d'autre, ils se sont mis à sa recherche ; ils ne l'auraient sans doute pas trouvé, mais je leur ai indiqué sa cachette, et ils ne l'auraient sans doute pas attrapé, mais je l'ai incité à se livrer par un mensonge ; et maintenant, il est enchaîné sur un navire normand qui cingle à la vitesse d'un cheval au galop vers le large ? Que dirait-elle alors ? Et, surtout, que dirait le père ?

Fabian frémit, secoua la tête avec horreur, baissa le nez de honte, et se détourna du rivage. La mer ondulait jusqu'à l'horizon.

Peu après, un autre navire de la flottille rattrapa le leur. À vingt brasses, des marins oisifs bavardaient, accoudés aux boucliers ronds qui surmontaient le bordage. L'un d'eux avait un air particulièrement dur. Quand l'homme s'aperçut que Fabian l'observait, il donna un coup de coude à son voisin, remua la bouche et les deux hommes éclatèrent de rire. Honteux, Fabian tourna vivement la tête vers la gauche, où s'étendait la côte.

Tout signe de clairière, d'habitat, de famille s'était évanoui. Plus aucune fumée n'était visible. Une couche de brume cachait la forêt. Les dunes n'étaient plus qu'une mince lame jaune.

Puis le rivage se fondit dans la mer. Plus rien ne séparait le ciel pâle de l'eau sombre. Le marais, la forêt, la fumée, la clairière, toute trace de hutte avaient disparu. Tant mieux au fond.

DEUXIÈME PARTIE
QU'AS-TU FAIT DE TON FRÈRE ?

I

LE CALME APRÈS LA TEMPÊTE

La mer s'était calmée. On entendait à peine le clapotis des vagues. Dans la lueur qui précède l'aube, un ou deux rares nuages arrivaient encore de la mer, cachant au passage les dernières étoiles. Çà et là, des guerriers ramassaient du bois échoué sur la grève, faisant crisser les galets. Enchaîné contre la coque avec Amis et les deux autres captifs, Fabian grelottait dans ses vêtements trempés.

Dans le bosquet touffu qui dominait la grève, de l'autre côté du chemin côtier, des branches craquèrent. Les fourrés s'écartèrent et un guerrier parut, la lance au poing, suivi de deux autres qui portaient sur l'épaule une perche, d'où pendait un chevreuil vivant, suspendu par les pattes. Les suivait un homme qu'un filet replié enveloppait comme une cape. Ils avaient dû prendre la bête au piège.

Les chasseurs descendirent droit vers l'eau et s'arrêtèrent près de deux hommes tournés vers le large. L'un, massif comme un pieu, était Yeurn, l'autre, effilé comme un piquet, était inconnu de Fabian. Le piquet portait un manteau en peaux de bêtes, à laquelle était cousue une tête de renard. Sa silhouette et son vêtement faisaient penser au vieux Lug, un ermite de la forêt proche du marais, que les laboureurs et les bergers évitaient comme un sorcier et redoutaient comme la peste, mais que les vieux bûcherons s'obstinaient à vénérer comme un saint homme et à nommer « druide ». Appelons-le sorcier.

Le sorcier désigna aux chasseurs une longue pierre plate, en forme de barque pointant vers le large. Les deux porteurs y déposèrent le chevreuil sur le flanc, le museau vers la mer, le cou au bord de la pierre, la tête pendante au-dessus de l'eau. Puis ils remontèrent vers le haut de la plage où leurs compagnons entassaient du bois.

En comptant les deux guetteurs postés en hauteur aux deux bouts de la route et l'homme qui faisait résonner la coque sous ses pas et ses coups de marteau, Fabian dénombra quinze hommes du Nord, y compris le chef et le sorcier.

Où était le reste ? Sûrement passé par-dessus bord durant la nuit. Fabian en avait entendu, des cris, chaque fois qu'une lame balayait le pont, emportant parfois un homme, jeté dans les ténèbres et l'écume bouillonnante. Il y avait des avantages à être enchaîné à de lourdes barriques, elles-mêmes solidement encordées à la base du mât d'un navire.

Au bord de l'eau, le chef de mer et le squelette encapuchonné croyaient-ils faire apparaître, à force de scruter l'horizon, un des navires qui, la veille, faisaient la course avec le leur vers le sud, rasant l'écume comme un oiseau, fendant les vagues de sa proue effilée ? Ou du moins voir arriver un rescapé, accroché à quelque planche à la dérive ?

Quelques heures plus tôt, un coup de tonnerre avait déchiré la nuit et les cordages avaient sifflé. Les marins avaient tout juste eu le temps d'affaler la voile. Puis la houle s'était soulevée, et le navire était devenu fou. Balloté en tous sens, la tête cognant contre les barriques, étranglé par son carcan, Fabian avait entrevu tour à tour des morceaux de navire : une proue cabrée sur le ciel livide, une gueule de loup béante, un mât frêle comme un roseau, une ligne de boucliers ronds, tronquée. À chaque éclair, les fragments de navire étaient de plus en plus petits, de plus en plus épars, de plus en plus loin. Puis Fabian n'avait plus rien vu que des murs crêtés d'écume, hauts comme des frontons d'église. Et il s'était mis à prier.

Qu'étaient devenus les quatre navires engloutis par la nuit ? S'étaient-ils disloqués comme ce navire-ci avait paru tant de fois vouloir le faire, avec un énorme craquement ?

L'approche de l'aube éclairait la tension anxieuse du visage du chef de mer.

II

GÉNIE DU PAGANISME

Plus haut sur la grève, le feu prenait dans les branches ré-
unies en cône en crépitant. Un personnage mince et penché
s'en détacha et descendit vers les deux hommes immobiles au
bord de l'eau. Parvenu non loin d'eux, il s'arrêta, hésita, fit
un pas mal assuré, s'arrêta encore, se racla la gorge puis attendit, dans une posture humble. Tiens ! il avait la même chevelure blonde que le gars élancé que Fabian avait confondu
avec Achard, la veille et pris, bien à tort, pour un ami. Erik,
il s'appelait. Celui-ci devait être son frère indigne. Car il avait
piètre allure. Autant l'autre, la veille, respirait l'assurance,
la noblesse, autant celui-ci faisait pitié, avec son attitude de
gueux suppliant.

Yeurn, le chef de mer, se retourna, émit un grognement et
le mendiant blond s'inclina. En faisant demi-tour, il montra sa
face aux captifs. Mais c'était Erik ! Simplement, une nuit de
tempête en avait fait, ou refait, un petit garçon craintif. Dire
que c'était pour un sourire de ce minable que Fabian, la veille,
avait trahi son frère !

Le chef de mer héla les hommes groupés autour du feu. Ils
s'approchèrent lentement et se rangèrent en demi-cercle à une
distance respectueuse de la pierre au chevreuil. Le chef de mer

recula de trois pas, et prit une attitude presque aussi humble que celle de ses hommes.

Le sorcier encapuchonné s'avança jusqu'à la pierre. Un homme aux cheveux drus et au visage jeune mais au dos voûté, vêtu d'une mosaïque de peaux de rats, l'équivalent pelé, rapié-cé et sans capuche de la pelisse luisante du sorcier le rejoignit. Sans doute un apprenti-sorcier. Il s'inclina respectueusement devant son maître en lui tendant un poignard par le manche.

L'homme-renard se tourna vers la mer et, tenant l'arme à deux mains, il l'éleva vers le ciel, la pointe en bas. Il prononça quelques paroles d'une voix forte pendant que les farouches guerriers baissaient la tête en remuant les lèvres.

Puis le sorcier s'approcha du chevreuil, lui attrapa les deux oreilles, lui souleva la tête et lui trancha la jugulaire avec l'in-différence d'un boucher. Le sang jaillit en filet et, sous la tête de la bête, l'eau calme se couvrit d'une mousse et d'une vapeur rouges.

Tant que le sang coula, le sorcier boucher proféra une sorte de psalmodie gutturale. Par moments, il donnait un accent plus intense à ses paroles en tendant les deux bras vers l'hori-zon. Les autres, y compris Yeurn, gardaient une attitude re-cueillie.

Quand la bête fut vidée de son sang, le sorcier échangea son couteau ensanglanté contre une hache à double tranchant avec son apprenti. Ce dernier tira le chevreuil par les pattes arrière, ramenant la tête de l'animal sur la pierre. Quand la tête du chevreuil fut tout entière à plat, le sorcier leva la lourde hache à deux mains et l'abattit avec force, une force étonnante pour un homme aussi maigre, décapitant le chevreuil d'un coup. Rendant la hache à son apprenti, il prit la tête du chevreuil et, se tournant vers la mer, il l'éleva vers le ciel en un geste d'offrande. Puis il jeta la tête comme une pierre dans les flots.

L'un des chasseurs vint poser une question au sorcier, le buste penché en avant. Sur un signe d'acquiescement de celui-ci, il saisit les deux pattes arrière du chevreuil, laissa un camarade prendre les deux pattes avant et les deux hommes portèrent l'animal, dont la tête traînait et rebondissait sur les galets, jusqu'au feu qui flambait en haut de la plage.

Le chef et le sorcier reprirent leur guet, tournés vers la mer. Nombre d'hommes restèrent près d'eux, immobiles, comme fascinés par l'intervalle d'horizon qui s'étendait d'un bord de l'anse à l'autre.

Bientôt, des murmures s'élevèrent. Le chef de mer jeta un aboiement bref. Le silence se fit. Et tous les hommes remontèrent la grève à pas lents, non sans couler quelques regards, qui n'avaient rien d'amical, aux captifs blottis contre la coque. Ils rejoignirent le groupe qui se pressait autour du feu, sans doute pour se sécher à la chaleur des flammes. Les chasseurs dépouillèrent vite le chevreuil et, bientôt, les premiers morceaux fumaient sur le feu. Le vent, qui soufflait du sud, apporta une odeur de viande grillée, qui fit saliver Fabian. Un concert de borborygmes s'éleva des estomacs des captifs adossés contre la carène.

La veille, sur la plage voisine de l'anse-aux-mouettes, un homme leur avait jeté à chacun, comme un os à des chiens, un bout de racine crue, que Fabian avait justement rongé comme un os, tant la racine était dure. Un peu plus tard, Grim leur avait jeté des épluchures de fruit. Le genre de nourriture qu'on donne d'ordinaire aux pourceaux. Fabian avait dévoré les épluchures avec reconnaissance. Mais, depuis ce souper, rien. Pendant la nuit, la terreur de la noyade et les secousses brutales lui avaient fait oublier la faim. La faim se réveillait maintenant comme un animal qui mord.

Quelqu'un près du feu lança un appel en direction du navire échoué. Dans le dos des captifs, les planches de la coque retentirent de pas inégaux. Peu après, un homme court, du moins pour un homme du Nord, et large, surgit de derrière la proue et se dirigea vers le feu en roulant un tonneau devant lui. Sa tignasse était rousse et il boîtait de la jambe gauche. Ce ne pouvait être que Grim, pas encore remis du coup que lui avait donné Amis.

Là-bas, le cercle s'écartait devant le chef énorme, flanqué du sorcier. Un homme présentait respectueusement un haut de cuisse, un beau morceau, bien luisant, bien gras, enrobant un gros os à Yeurn qui le prenait sans rien dire, en homme qui reçoit son dû, puis un autre morceau, presque aussi beau, au sorcier coiffé d'une tête de renard.

Les hommes mangèrent en silence, debout sous les dernières étoiles. Ils avaient un air morne et tournaient par moments un regard haineux vers les captifs recroquevillés contre la coque du bateau. De temps en temps, l'un se détachait du groupe et venait se servir une louchée au tonnelet dressé à l'écart, presque à mi-chemin entre le feu et le navire. Il buvait en grimaçant, avant de raccrocher la louche au rebord du tonneau. Ensuite, avant de rejoindre le groupe, certains jetaient un regard mauvais aux captifs, comme si la bière, ou quel que fût le liquide contenu dans le tonnelet, avait mauvais goût par leur faute.

Bon goût ou mauvais goût, Fabian en aurait bien bu, tant il avait la gorge sèche, après une nuit passée à avaler de l'eau salée, chaque fois que le navire plongeait la tête sous l'eau comme un canard.

III

À BOIRE ET À MANGER

Le soleil n'était toujours pas levé, et Fabian tremblait de froid dans ses vêtements trempés. Il serrait les mâchoires pour ne pas claquer des dents. Par instants, un des captifs se mettait à grelotter, et la chaîne qui les reliait par le collier se mettait à tinter.

Près du feu, la bière et la bonne chère déliaient les langues : des conversations partirent, des voix grossirent, un rire éclata. Le chef de mer, qui était redescendu seul au bord de l'eau, à surveiller le large, se retourna et aboya en direction du feu. Les voix se turent. Certains hommes échangèrent deux à deux des paroles à voix basse et des paires de visages se tournèrent vers les captifs adossés à la coque échouée, les yeux pleins de rancune.

Grim revint peu après vers la coque, sans son tonneau. Comme il approchait, Amis l'interpela et, renversant la tête en arrière et portant la main en cornet à sa bouche, il mima quelqu'un qui boit. Le rouquin le dévisagea sans ralentir, l'air buté. Amis fit alors un grand geste vers le tonneau ouvert à vingt pas et dit :

— On a soif, nous aussi.

Il dit cela du ton impérieux et tranquille d'un soudard confortablement attablé dans une taverne. Il y avait dans sa voix pointue de douze ans ce tremblement de colère rentrée qui fait que le marmiton accourt.

Le rouquin s'arrêta, regarda par-dessus son épaule dans la direction du tonneau, hésita.

— Mais oui, mon gros, c'est ça ! Même avec ta jambe estropiée, tu peux le faire.

Évidemment, Grim ne comprenait pas un traître mot de ce que disait Amis.

Effet du ton de voix d'Amis ? Proximité du tonneau ? Rappel subit qu'un captif vivant vaut plus cher qu'une louchée de bière ? Complicité paradoxale entre combattants ? Respect pour un mioche haut comme trois pommes mais vaillant comme un sanglier ? Attirance pour ceux qui réussissent à nous faire mal ? Ou simple habitude de donner à boire aux bêtes ? Dieu seul le sait.

Toujours est-il que Grim fit demi-tour et revint peu après, non sans boiter légèrement, avec une écuelle remplie de trois ou quatre louchées puisées au tonneau. En voyant l'écuelle approcher, Fabian avança la tête. Mais le rouquin passa devant lui sans un regard et posa l'écuelle pleine, délicatement, sans éclaboussures, devant Amis. Amis se plia en deux, baissa sa bouche au ras des galets et lapa la bière diluée avec une élégance et une fierté félines.

Après avoir bu trois gorgées, pas plus, Amis se redressa et fit un signe de tête à Grim, désignant du menton la fille et le garçon étrangers à sa droite. Surpris, Grim fit signe à Amis de boire encore. Mais Amis fit non de la tête et pointa de nouveau les deux autres. Fabian en eut un pincement au cœur : pourquoi son frère ne le désignait-il pas, lui ?

Et Fabian dut subir le clapotis, à peine perceptible au-dessus du léger ressac, de la fille qui lapait le liquide, puis les gargouillis du queniot qui aspirait goulûment.

Enfin, le rouquin laissa tomber l'écuelle sur les galets devant Fabian. La moitié du contenu restant s'envola en éclaboussures. Fabian se précipita quand même sur l'écuelle presque vide. Moins souple qu'Amis, et plus raide encore de la nuit passée enchaîné, il bascula vers l'avant et se retrouva à quatre pattes, le nez dans l'écuelle. Une odeur acide le frappa aux narines. Il ouvrit grand la bouche et, aspira tant qu'il put le breuvage amer. Il léchait le dernier filament d'écume quand il vit l'écuelle glisser d'un coup vers la gauche et une botte prendre sa place. Emporté par son élan, il faillit lécher le cuir râpé. De justesse, il rejeta la tête en arrière. Même les esclaves ont de ces sursauts d'amour-propre.

Comme le rouquin s'éloignait vers la proue du navire en secouant l'écuelle humide, Amis l'interpela encore :

— Hé !

Grim se retourna. Amis fit le geste d'enfourner quelque chose dans sa bouche avec ses doigts. Grim le regarda avec des yeux bovins, puis tourna le dos. Les captifs sentirent bientôt leurs reins vibrer tandis que le bois de la coque résonnait sous un pas lourd.

Fabian avait renoncé à tout espoir de déjeuner, quand une voix appela d'en haut. Penché par-dessus le bordage, le rouquin tendait quelque chose à Amis, qui ouvrit ses mains comme deux clapets au-dessus de sa tête. Grim y laissa choir quelque chose de rond et de brun. Du pain !

D'instinct, Fabian leva des mains jointes vers le rouquin en émettant un cri plaintif. Le rouquin lui lança un regard plein de mépris, et il se détournait déjà vers la droite, vers les deux autres, quand Fabian tira le son le plus grave et le moins suppliant qu'il pût de son répertoire. Il dut réussir son « ho ! », car une boule atterrit dans ses mains.

Le quignon rejoignit sa bouche à la vitesse d'une balle qui rebondit. Fabian mordit à pleines dents dans la mie. Mal lui en prit. Car une douleur aiguë lui poignit la bouche, accompagnée d'un crac qui retentit dans son crâne.

Dans sa hâte, il avait oublié la première leçon de son enfance : picorer le pain et le mâcher lentement, ou gare aux dents cassées. Il se passa la langue sur les dents du côté de la douleur. Pas de brèche. Ouf. Sa deuxième bouchée fut plus prudente.

Comme il mâchait soigneusement, Fabian sentit qu'on le regardait. Du coin de l'œil, il entrevit, par-delà le profil d'Amis, qui tenait toujours son bout de pain intact dans les mains, deux ronds pâles tournés vers lui. Les petits étrangers le dévisageaient. Le bout de pain pesa soudain très lourd dans ses mains.

Il figea comme un écureuil surpris en pleine clairière, une pomme de pin entre les pattes. Que faire ? Avaler encore une ou deux graines ? Dangereux ! Les prédateurs sont vifs. Mais lâcher ce fruit ? La faim est encore plus vive.

Cependant, toute la coque vibrait sous les coups de marteau. Ayant servi le déjeuner à ses hôtes, le rouquin reprenait son travail et ne reviendrait pas. Donner deux quignons pour quatre était logique, après tout : à demi-portions, demi-portion !

Fabian ramena les yeux devant lui, sur son morceau de pain à lui, qu'il avait remporté de haute lutte, en forçant sa voix pour l'obtenir. Si les deux autres voulaient un morceau, ils n'avaient qu'à réclamer, eux aussi. Ce Grim avait sûrement du pain en réserve. Et sinon, même si c'était le dernier quignon que Fabian tenait là entre ses mains, que lui étaient les deux autres ? Ils n'étaient pas de la famille ; ni même du voisinage ; peut-être même pas du marais. Il ne les connaissait ni d'Ève ni d'Adam. S'il devait quelque chose à quelqu'un ici, c'était à son frère. Or, Amis avait déjà un morceau. Tout était donc en ordre.

Ce raisonnement était beau, mais, sous les yeux des petits affamés, ce fut comme si le pain lui brûlait les doigts. Alors, vite ! Fabian se hâta de l'engloutir. Le dur croûton resta coincé au milieu de sa bouche. Les mâchoires bloquées, écartelées, Fabian saliva lentement. Et pendant que la salive imprégnait la mie et que la croûte commençait à ramollir, il vit du coin de l'œil Amis qui partageait son morceau avec ses deux voisins. L'imbécile ! Charité bien ordonnée commence par soi-même. Est-ce qu'ils auraient partagé leur morceau avec Amis, eux, si le rouquin avait laissé tomber les deux morceaux de leur côté plutôt que de ce côté-ci ? S'il ne l'avait pas déjà mangé, Fabian aurait parié son dernier morceau de pain que non.

Cependant, la fille disait :

— Merci, d'une voix douce.

Fabian en eut un pincement au cœur. Honte ? Jalousie ? L'homme ne se nourrit pas seulement de pain. Mais on ne peut pas tout avoir. Et, d'ailleurs, la fille n'était pas si belle.

IV

LA CHANCE SE RIT DES AUDACIEUX

Le chef de mer et le sorcier avaient repris leur veille silencieuse au bord de l'eau, côte à côte face aux vagues. Ils parlaient, et le ton montait entre les deux hommes. Une voix rauque et grinçante sortait de la tête de renard. À mesure que la conversation tournait à l'aigre au bord de l'eau, les bavardages faiblissaient du côté du feu. Les hommes jetaient des regards obliques vers la querelle grandissante, courbaient le dos, rentraient la tête dans les épaules, se détournaient, l'air gêné. Une discorde entre le temporel et le spirituel déchire toujours le cœur.

Le chef faisait de grands gestes, tendant un bras vers le sorcier, l'autre vers l'horizon. Le sorcier ouvrait les mains en geste d'impuissance. Lors d'une accalmie, le sorcier coula un regard vers les hommes groupés autour du feu. Beaucoup baissaient la tête, mais deux ou trois, l'air hostile, avaient le nez tourné vers le navire échoué. Le sorcier suivit leur regard et découvrit les quatre captifs blottis contre la coque. Fabian frissonna. Le frisson du poussin surpris au nid par un renard.

Et soudain, le sorcier pointa du doigt les quatre captifs enchaînés. Ragaillardi, redressé, enthousiaste, montrant tour à tour les captifs alignés le long de la carène et la table au chevreuil, le sorcier se lança dans un discours véhément, digne d'un prêcheur de la fin des temps.

Le chef ne paraissait pas convaincu. L'homme renard redoubla de véhémence. Dans son excitation, sa capuche retomba en arrière et découvrit un visage hâve, sans barbe ni sourcils, lisse et sec comme une tête de mort. Le chef haussa les épaules, et fit un geste nonchalant de sa grosse patte, ce revers de main vers les nuages qui veut dire : « après tout, si tu insistes », le geste dont on use pour congédier un importun ou acquiescer du bout des lèvres à une requête idiote, mais sans conséquence.

Le sorcier se tourna aussitôt vers le feu et lança un ordre, ou un nom. Se détacha alors du groupe l'apprenti-ermite, un étui vide pendant à sa ceinture. La hache à décapiter était sans doute restée à sécher près du feu. L'apprenti emboîta le pas à son maître, qui se dirigea vers les captifs.

Le sorcier s'arrêta à quatre pas. Il regarda les captifs en plissant les yeux, les lèvres molles, l'air incertain. Son apprenti le regardait avec de grands yeux vifs, dans l'attitude du chien bien dressé, qui attend le signal du maître. Ce regard attentif qui le dévisageait dut aiguillonner le sorcier, car il avança la mâchoire, prit un air sévère, et devint effrayant. Il regarda tour à tour chacun des captifs assis à ses pieds, toisant, soupesant la chair fraîche avec des yeux glacés. Puis son regard s'échauffa et il se mit à danser d'un enfant à l'autre avec convoitise, faisant baisser les yeux à tous, sauf peut-être à Amis.

Quand Fabian releva les yeux, l'index du sorcier désignait le queniot à l'autre bout de la rangée. Fabian respira. Le sorcier glapit :

— Svend !

L'apprenti s'avança aussitôt, en se passant la langue sur les lèvres. Un bruit de chaîne retentit et Fabian eut la tête tirée vers la droite. Puis la tension de son collier de fer se relâcha.

Tenant d'une main la chaîne commune à tous les captifs, celles qui les reliait tous par leur collier, le dénommé Svend attrapa le queniot par un bras et tira dessus. Le garçonnet était si léger qu'il décolla de la coque et atterrit comme une feuille dans les jambes de Svend. Svend grimaça, empêtré dans les bras du garçonnet et les maillons de la chaîne. La suite fut confuse et se déroula vite. Mais si l'on coud ensemble les bouts de souvenirs de Fabian avec un brin de logique, voici sans doute ce qui se passa :

La fille aux cheveux châtains poussa un cri strident et s'agrippa à une jambe du garçonnet. Svend, lui, s'échinait à rattacher la chaîne au bordage avec sa seule main libre. Avant qu'il y parvînt, Amis tira d'un coup sec sur la chaîne et la lui arracha des mains. Puis il bondit sur ses pieds, porta les mains à son cou et fit défiler la chaîne à toute vitesse par l'œilleton de son collier, comme s'il grimpait à une corde. Svend, lâchant le garçonnet, se jeta après la chaîne, qui fuyait maintenant sur les galets comme un serpent.

Il arriva ainsi à quatre pattes devant Amis, toujours paré d'un collier de fer d'un goût douteux, mais qui ne le retenait plus à rien. En un éclair, Amis ramassa un galet et l'abattit sur l'arrière du crâne que Svend lui offrait comme sur un plateau. Toute la nuit, avec son coquillage dérisoire, malgré la tempête, le frérot avait dû limer fort pour que le gros cordage qui lui liait les poignets cédât ainsi à la première secousse, car il avait les mains libres. L'action « inutile » d'Amis s'avérait moins vaine que les rêveries de Fabian.

Svend s'étala de tout son long. Amis se laissa choir à califourchon sur sa tête, se pencha par-dessus son dos, tendit la main vers sa ceinture, attrapa un couteau dont le manche dépassait et lui donna un coup de taille sur la nuque, faisant voler au passage quelques touffes de sa pelisse. Du sang jaillit, éclaboussant les galets autour de Sven, qui poussa un couinement aigu.

Sans se laisser distraire, Amis bondit par-dessus le quadrupède ensanglanté et se rua, la pointe du couteau en avant, sur le sorcier. Celui-ci recula d'un pas, porta la main à son flanc, trouva un fourreau vide, voulut fuir, se sentit agrippé par le col de sa fourrure rousse, et ouvrit de grands yeux effrayés. Lorsqu'il sentit le fil d'une lame froide sur son cou, il se mit à trembler comme un lièvre.

Amis commanda :

— Fabian ! Grouille ! Les petits ! Prends-les ! Barrez-vous ! Là-haut ! Le bois !

Et, sous les yeux encore incrédules des hommes du Nord, Amis recula vers la coque du navire, en tenant la tête du sorcier, renversée en arrière, sur la lame de son couteau. En jetant un coup d'œil par-dessus son épaule, il vit Fabian et les deux autres figés. Il leur cria :

— Mais qu'attendez-vous ? Bougez-vous ! Ouste ! Taïaut !

Yeurn jeta lui aussi un ordre, et les hommes groupés autour du feu se réveillèrent. Tirant l'épée, ils s'approchèrent. Ils avaient les dents serrées, avec de la haine et de la colère dans les yeux. Parmi eux, Fabian reconnut Arne, le grand archer maigre qui s'était arrangé pour tirer à côté d'Amis la veille, sur la plage de l'anse-aux-mouettes. Arne ne souriait plus. L'épée nue, il avait l'air hargneux de l'homme qui s'avance pour frapper et faire mal.

Glacé par la vue de tant d'épées, et par la haine presque palpable qui émanait de ces hommes dont le cercle se resserrait, Fabian hésitait encore, lorsqu'une forme bestiale à la crinière rousse vola par-dessus sa tête depuis le bordage, fondit comme un fauve sur les épaules d'Amis et roula avec lui sur les galets. Amis dut se cogner violemment la tête contre une pierre, car il lâcha le couteau et cessa de bouger.

V

LA VENGEANCE DE L'HOMME COIFFÉ
D'UNE TÊTE DE RENARD

Le sorcier tremblait de tous ses membres, livide.

Quand il se passa le doigt sur le cou et qu'il le ramena rouge de sang, adieu, dignité sacerdotale ! La colère déforma son visage ; il pointa du doigt Amis, qui remuait faiblement, étalé sur le sol, la face contre les cailloux. Sa bouche se tordit, et on l'entendit cracher des mots.

Grim — car c'était lui, le fauve qui avait bondi du navire sur Amis — et tous les visages se tournèrent vers Yeurn. Après un silence, Yeurn fit un geste nonchalant de sa patte d'ours, le même geste consentant qu'il avait fait plus tôt au sorcier désireux d'aller faire son marché parmi les captifs.

Grim, assisté d'Erik qui sortit des rangs, ficela Amis avec des bouts de cordage. On n'est jamais trop prudent avec les petits démons. Quand Amis émergea de son étourdissement en battant des paupières, il avait les mains liées derrière le dos et les chevilles entravées. Le regard revint dans ses yeux, et un début d'intention. Grim et Erik saisirent Amis chacun par un bras et le relevèrent, sans cesser de le tenir solidement, chacun par un bras. On avait déjà vu des félins attachés bondir et mordre.

Le sorcier se passa l'ongle du pouce en travers de la gorge et, regardant Amis droit dans les yeux, il entrouvrit la bouche en un sourire hideux. La tunique d'Amis s'affaissa, comme un habit suspendu à deux crochets, et ses gardiens le rattrapèrent de justesse chacun par une aisselle.

Le sorcier ricana. Alors, Amis raidit les jarrets et se redressa. Le sourire expira sur les lèvres de la tête de mort, qui détourna les yeux vers la gauche. Là se tenait Grim. D'un geste nerveux de l'avant-bras, comme s'il lançait quelque chose par-dessus son épaule, le sorcier désigna du pouce la pierre au chevreuil.

Grim hésita et tourna la tête vers Yeurn, l'interrogeant du regard. L'air inquiet, presque apitoyé, il paraissait réticent à l'idée de faire subir à ce petit homme combattif, teigneux comme un furet, le sort d'un paisible herbivore. Le sorcier suivit le regard de Grim, vit le visage incertain du chef de mer et grinça quelque chose. Après un silence, Yeurn fit son geste familier en donnant un vague revers de patte dans le vide. Avec une expression de regret, Grim et Erik empoignèrent Amis chacun par un bras et le groupe se mit à marcher vers la table de pierre. Le sourire revint sur la bouche du sorcier.

En les voyant s'éloigner, Fabian pensa :

— Hé ! arrêtez !

Sa bouche commença :

— Hé !

Le sorcier tourna la tête et posa sur Fabian deux yeux gris comme un étang gelé. Le « arrêtez » resta coincée au fond de la gorge de Fabian. Et c'est la fille aux cheveux châtains qui compléta :

— Arrêtez !

Elle tenait son petit voisin de chaîne, son frère cadet sans doute, vu la similitude des traits, collé contre elle. Les deux se tenaient serrés l'un contre l'autre, leurs paires d'avant-bras emmêlées, confondues ensemble, comme si le frère et la sœur formaient un seul être à six pattes, pareils à quelque insecte. Et le monstre à deux bouches implora de toute la force de ses quatre petits poumons :

— Arrêtez !

Toutes les têtes se tournèrent vers l'insecte suppliant ficelé contre la coque. Mais le sorcier, son sourire malin aux lèvres, haussa les épaules. Il ne se souciait déjà pas de son propre apprenti, qui, recroquevillé sur les galets, pressait son capuchon roulé comme de la charpie sur sa nuque d'où le sang continuait à couler. Alors les supplications d'un insecte… Le sorcier fit signe à Grim et à Erik de le suivre, et tourna les talons.

Amis marqua un arrêt et sourit au petit insecte bicéphale, un sourire qui sentait à peine l'effort, un sourire simple et beau comme un merci. Puis il regarda Fabian. Alors les deux frères, qui avait pris six mille repas ensemble, assis en cercle autour du même feu, qui avaient dormi trois mille nuits côte à côte comme deux bêtes partageant la même litière, sans jamais échanger autre chose que des railleries, des insultes, des morsures et des coups, se donnèrent en un regard probablement plus d'amour qu'ils n'en avaient montré l'un pour l'autre en douze ans.

Puis Amis se détourna d'un mouvement franc. La pierre au chevreuil lui faisait face. Là, le sorcier l'attendait, le couteau à la main. On vit les jambes d'Amis fléchir et, de nouveau, ses gardiens durent le soutenir. Mais le fléchissement ne dura qu'un instant. Presque aussitôt, Amis se redressa et, comme s'il entraînait lui-même ses deux gardiens, accrochés à ses bras, entre deux haies d'hommes goguenards qui rengainaient leur épée en se pourléchant les lèvres, il marcha d'un pas ferme à l'abattoir.

Comme Amis s'éloignait entre ses deux gardiens, Fabian leva les yeux vers le ciel blême. Là, il vit, immobile, une étoile. Une étoile au-dessus de la mer. *Stella maris. Stella salutaris. Maria* ! *Sancta Maria* ! Un espoir fou l'étreignit. Il ferma les yeux, et adressa à cette étoile une prière intense, la plus fervente sans doute qu'il eût jamais prononcée :

— Sainte Marie, belle Notre Dame, protégez-le ! Épargnez-le ! Faites qu'ils ne le tuent pas ! Je vous en supplie ! Je donnerais n'importe quoi pour qu'ils ne le tuent pas. Je vous promets de vous prier tous les jours jusqu'à ma mort, d'être bon, d'être doux avec Amis, de ne plus jamais mentir, de pêcher avec lui, de ne plus jamais dire du mal de sa soupe, de ses coquillages dans la soupe, d'être gentil avec mère, père, et tous les gens de la clairière quand j'y retournerai, même avec la vieille mendiante édentée et puante, qui me réclame toujours des œufs d'oiseau ou du pain. De partager ma nourriture avec elle désormais. Je suis prêt à tout, je jeûnerai sans maugréer durant carême, je jeûnerai même dix jours avant le carême, toute l'année s'il le faut, je partirai en pèlerinage à Compostelle, et même jusqu'à Jérusalem, je voyagerai dix ans, mais de grâce, faites qu'ils ne le tuent pas, qu'ils l'épargnent !

Amis atteignait au but. Erik contourna la table de pierre et, avec Grim, ils allongèrent Amis à plat ventre, le nez au ras des flots, la tête vers le large. Une vague plus forte que les autres vint se briser contre le bord de la pierre au chevreuil et une bave teintée de rouge éclaboussa le visage d'Amis. Il s'ébroua puis releva la tête. Derrière lui, dans l'axe, le soleil s'apprêtait à se lever. Jusqu'à l'horizon, les vagues blanchissaient. Quand le sorcier lui empoigna les cheveux, Amis garda les yeux fixés sur la mer.

VI
DOUCEUR FÉMININE

Quand le sang cessa de couler dans les vagues, que le filet fut tari, le sorcier découpa la tête d'Amis au couteau. Peut-être un homme demande-t-il un rite plus compliqué qu'un chevreuil ? En tout cas, le bougre paraissait y prendre plaisir. Longue vie aux dieux qui sanctifient la cruauté ! Il y a des religions plus accommodantes que d'autres avec la bassesse humaine.

Après une brève invocation, sans doute très savante, l'homme renard lança la tête d'Amis au loin, comme un déchet. La tête roula dans les vagues, et avec elle, tout espoir de pardon. Fabian sentit une déchirure dans sa poitrine. Il hurla :

— Non !

Il reçut un coup sur la tête et se tut. Des larmes jaillirent de ses yeux. Il pleura en silence. Sa voisine aussi paraissait pleurer, le corps agité de petits hoquets. Avec son visage rond, ses cheveux châtains, ses doux yeux couleur noisette, elle était l'image de la parfaite consolatrice.

Assoiffé de tendresse, Fabian se tourna vers elle. Il rencontra des yeux durs et l'entendit siffler :

— Ça aurait dû être toi. Pourquoi ne t'ont-ils pas tué, toi ?

La haine tordait la bouche de la fille éplorée et luisait à travers ses larmes.

Fabian pensa : pourquoi n'ont-ils pas plutôt tué ton frère ? C'est lui qui avait été désigné ! Mais la honte lui ferma la bouche. Cette fille avait raison, et sans doute plus profondément qu'elle ne le croyait.

N'était-ce pas lui, Fabian, qui avait entraîné Amis sur la plage, malgré l'ordre exprès de sa mère, puis qui avait alerté les hommes du Nord en dépassant la pointe du cap-aux-mouettes, puis qui leur avait révélé, en tenant une seconde paire de souliers, l'existence d'un deuxième garçon, puis qui leur avait indiqué la cachette d'Amis, en suivant des yeux sa piste aux trois-quarts effacées dans le sable, puis qui avait attiré Amis à découvert, en lui racontant une fable ? Oui, tout était de sa faute.

Or la fille aux yeux noisette le regardait toujours, avec la fixité d'un juge. Se pouvait-il qu'elle sût tout cela ? Qu'elle devinât son crime de quelque façon ? Mais au fait, peut-être l'avait-elle entendu de la bouche d'Amis ? Oui, quand ils se parlaient sur le navire à voix basse et que la rumeur de l'océan et les claquements de voile couvraient leurs paroles, n'était-ce pas justement de cela qu'ils parlaient ? À cette pensée, Fabian sentit la jalousie lui poindre le cœur, comme si Amis était encore vivant.

Après un moment, il leva les yeux vers le ciel. Toujours à la recherche d'une consolatrice, peut-être ? L'étoile du matin avait disparu, noyée dans la lumière de l'aube. Eh bien, tant mieux ! Elle n'avait rien fait pour sauver Amis. Désormais, Fabian ne lui demanderait plus rien, plus jamais rien.

VII

LA MER NE REND PAS SA PROIE

Un cri retentit près de l'eau. Le sorcier, sa capuche rejetée en arrière, nu-tête dans son excitation, gesticulait en désignant le large. Yeurn vint à grands pas, bientôt rejoint par les hommes, qui accoururent de tous les coins de la plage.

Tandis que l'homme renard poussait des « hé ! » des « oh ! » des « ouh ! » et des « ah ! » en trépignant, Yeurn plissait les yeux, examinant la mer d'un air placide. Trois pas derrière eux, les hommes pépiaient comme des moineaux dans un buisson.

Fabian suivit du regard le doigt frétillant du sorcier. Là-bas, entre les deux pointes rocheuses qui délimitaient l'anse, sur les vagues éclairées par la lumière rasante du matin, flottait un objet sombre. La proue d'un navire ? L'objet, bercé par une faible houle, approchait. À mesure qu'il grossissait, le sourire s'éteignit sur le visage du sorcier et le pépiement des hommes s'atténua. C'était bien trop petit pour être un navire, ou même une barque.

Était-ce un oiseau ? Non, trop immobile. Un cormoran, un albatros ou un pélican aurait bougé la tête ou agité une aile de temps à autre. Ce drôle d'oiseau ne s'envolerait jamais.

Qu'était-ce donc ? Une vague souleva la chose. Et des cris de désespoir montèrent du groupe d'hommes du Nord. C'était une tête de loup à gueule rouge, qui flottait debout comme une quille sur les flots. Fabian reconnut la figure de proue du navire qui lui avait caché la fumée montant de la clairière pendant un long moment, au sortir de l'anse-aux-mouettes, la veille. Mais, derrière cette proue, il n'y avait plus rien. C'était juste un moignon d'étrave, ou d'épave. Ce bout de bois ne ramenait personne. Au contraire, il signalait la perte d'un équipage entier.

La tête de loup à la gueule sanglante dansait sur les vagues en se rapprochant. Tous se taisaient désormais. Un grand silence pesait sur la plage. À un moment, sous l'effet d'un courant ou du vent, la tête tourna sa gueule vers les captifs. Dressée à la crête d'une vague, elle tirait la langue, dardant des yeux globuleux. Fabian croisa le regard vide, vitreux, de la tête qui grimaçait, comme celle d'un vrai loup prêt à bondir, à mordre.

Sur la plage, des grincements sortirent de la bouche de l'homme renard. Grinçait-il que la tête de loup exigeait un nouveau sacrifice ? Impossible pour Fabian de le savoir. Quoi qu'il en fût, le visage de Yeurn s'empourpra. Sa voix tonna. Un torrent déferla sur le sorcier, qui fit le dos rond, rabattit son capuchon sur sa tête et recula d'un pas. Le chef de mer finit par se taire. Une autre vague coucha la figure de proue, qui enfin s'échoua sur la grève.

Dans les heures qui suivirent, la mer fut généreuse, prodigue même : le flux apporta planches, rames, espars, agrès, toile, vêtements, tonneaux, noyés mêmes, mais pas de survivant.

Les écumeurs du Nord avaient l'air abattu, comme des victimes qui se plaignent de l'injustice du monde. Mais de quoi se plaignaient-ils ? La mer avait reçu une tête. Elle en avait rendu une. Tête pour tête, dent pour dent. Certes, ce n'était pas la justice souhaitée par ces hommes, ni par Fabian d'ailleurs, qui aurait bien donné dix navires pour racheter la vie de son frère. Mais quel coupable a jamais applaudi à la condamnation du juge ?

TROISIÈME PARTIE
LE PRIX DE LA VIRILITÉ

I

COMPLOT NOCTURNE

Une crampe d'estomac empêchait Fabian de fermer l'œil. Était-ce encore l'effet du double coup de talon d'Amis ou simplement la faim ? Les nouveaux maîtres ne les nourrissaient pas plus que les hommes du Nord.

La lune luisait au milieu du ciel comme une tête livide sur un fond noir moucheté d'étoiles. Le visage d'Amis ! Son dernier regard fraternel. Ce regard hantait Fabian, lancinant comme un mal de tête, persistant comme le vent, comme la bise en hiver, obstiné comme un ruisseau souterrain qui sourd dans un coin de la hutte : on a beau boucher le trou, entasser le sable et la glaise, l'eau reparaît toujours, suinte, goutte, coule, s'étale comme un lac et envahit toute la cabane, d'une cloison à l'autre. Le regard d'Amis ne cessait de revenir cogner Fabian au front comme un bélier qui bat contre une porte.

Puis Fabian dut s'endormir, car il se réveilla en sursaut. Un garde l'injuriait :

— Boucle-la, morveux ! ou je te casse les côtes.

Fabian avait dû crier dans son sommeil. Sommeil haché. Zébré. Frissonnant. Assailli d'images sanglantes, horribles, des derniers instants d'Amis. Fabian aurait mieux fait de détourner la tête quand le sorcier avait empoigné la chevelure de son frère.

Pourquoi fallait-il que des hommes du Nord vinssent s'échouer sur la côte du marais ? Qu'ils fissent relâche juste derrière le cap de l'anse-aux-mouettes et justement ce jour-là ? Et qu'est-ce que les gens du marais leur avaient fait ? Ces hommes n'avaient donc pas de pays, des champs à cultiver, du poisson à pêcher, des fruits à cueillir, des moutons à paître et des esclaves pour les servir ? Et si leur terre était pauvre, aride, ingrate, n'y avait-il d'autres pays, plus proches du leur que le marais, à piller ? Pourquoi Dieu avait-il donc créé des hommes pareils ? Et quelle faute avaient-ils commise, eux, les maraîchins ?

Un chuchotement fit dresser l'oreille à Fabian. Une silhouette noire se découpait sur le clair de lune. Haute et large, elle remplissait la largeur de la route en contrebas du talus où les captifs enchaînés dormaient. Aux vrilles de vigne que le vent soulevait à ses tempes, Fabian reconnut l'homme qui les avait achetés sur la grève, le matin même, cette Muriel, ce Gidie, — car c'est ainsi que s'appelaient les deux autres — et lui, aux naufragés du Nord, avant de les faire attacher au convoi de captifs enchaînés qu'il commandait.

Son double rabougri le suivait : petite calotte sur le haut du crâne, mèches en queue de cochon sur les tempes, barbe longue et large comme un bavoir, manteau ouvert flottant par-dessus une ample robe sombre. Mais c'était un double en taille réduite et l'on aurait pu le confondre avec son ombre ramassée, courtaude, que la lune, proche du zénith, projetait sur le sol de la route.

Un gémissement assez proche s'élevait du talus sur la droite. Sans doute un captif qu'une douleur empêchait de dormir. Les deux silhouettes s'arrêtèrent près de la plainte, chuchotèrent.

Puis elles se turent et reprirent leur marche. Comme elles s'approchaient de Fabian, une troisième ombre surgit en sens opposé. Un homme mince, grand, élancé, large d'épaules. Le nouveau venu et le maître du convoi s'arrêtèrent face à face, de part et d'autre de Fabian. Fabian ferma les yeux et imita la respiration profonde d'un dormeur.

— Ha ! *Tiengue* ! Messire *Ounéfroi* ! Toujours marchant et surveillant ? Tenez-vous peur qu'*alguoune* captif rompe son *collar* ?

Fabian reconnut la voix du maître du convoi. Celui-ci parlait bas, sans doute pour ne pas réveiller les captifs, qui avaient besoin d'être en forme pour marcher, et un fort accent déformait ses mots, mais Fabian avait l'ouïe fine. Quand ils chassaient la grive dans les bois avec les copains, il était toujours le premier à repérer les notes du chant révélateur parmi la rumeur des branches.

— Ce n'est pas des captifs que j'ai peur, répondit une voix rocailleuse.

Cette voix-ci appartenait à l'espèce de loup maigre qui commandait à l'escorte. Dans la journée, du haut de son cheval, parlant peu, parlant net, il paraissait inspirer un respect avoisinant la crainte aux piétons, des hommes épais. Un loup menant des dogues. Fabian comprenait ce qu'il disait. L'homme avait juste un accent, comme les marchands ou les moines d'Anjou, mais son accent était encore plus étrange. Par exemple, quand il avait dit le mot « peur », il l'avait terminé en se raclant la gorge, au lieu de rouler le « r » sur le bout de la langue comme tout le monde. Cet homme devait venir de plus loin que d'Anjou. Du Maine, ou peut-être de contrées plus éloignées encore dont Fabian avait vaguement entendu parler, sans savoir où les situer, comme la France. En tout cas, cet homme n'était pas du marais.

— Tenez-vous peur que des rôdeurs *noctourneux* sortent de la *oumbra* et vous coupent la *gourga* ?

— Ce n'est pas pour moi que j'ai peur.

— Et pour qui *donqué* ?

— Mais pour vous, rabbi Éléazar !

— Comment *qué* ça, pour moi ?

— Eh bien ! Disons qu'à force de se traîner comme des limaces, mes soudards pourraient avoir envie d'un peu d'aventure. Qui sait ce que le diable peut mijoter dans leur caboche par une nuit aussi tranquille ?

— Mais pourquoi s'en prendraient-ils à moi, moi qui vais les payer, moi qui *tiengue* les cordons de la *borsa* d'où va sortir leur *solda* ?

— Peut-être parce que vous leur interdisez, depuis vingt jours, de battre les esclaves ? Ou bien parce que, ce matin, vous les avez empêchés de tailler en pièces ces naufragés ?

— Ah ! C'est étonnant. Les Francs sont plus connus pour se laisser rançonner par les hommes du Nord que pour les combattre.

— Le petit roi nomade qui se proclame roi des Francs, peut-être. Ou son conseil d'efféminés. Ou feu son grand-père. Mais mes hommes ? Vous les avez pourtant vus à l'œuvre dans la forêt de Montrichard, rabbénou ! Les avez-vous trouvés couards comme des lièvres, face à ces brigands qui prétendaient monnayer notre passage ?

— Non, j'avoue. S'ils me font penser à un animal, c'est plutôt à des *porcos*, ha ha ha ! Ils sont si sales !

— Des pourceaux, corrigea une voix aigre et lasse, qui n'avait pas encore parlé.

Une voix de corbeau fatigué, qui venait du côté où se tenait ce rabbi Éléazar. Sûrement celle du petit homme maigre qui suivait le rabbi.

— Pas vaut la peine de traduire, Sadoc. Messire *Ounéfroi* est un *ombre* intelligent. Il m'entend, dit le rabbi.

— En effet, je vous entends, dit messire Onfroi. Mais ne trouvez-vous pas mes hommes un peu sauvages pour des porcs ? Ne sont-ils pas plutôt comme des sangliers ?

— On pourrait le dire.

— Eh bien, avez-vous déjà chassé le sanglier, rabbénou ?

— Non. Quelle horreur ! Trop salissant !

— Eh bien, si vous aviez chassé le sanglier, rabbénou, vous sauriez que le sanglier n'est pas du genre à fuir.

Il y eut un silence. La voix de messire Onfroi reprit :

— Oui. Ils ont un côté sanglier, mes hommes. À croire qu'ils ont encore l'emblème des vieilles tribus gauloises tatoué sur la peau. En tout cas, ils ont gardé de leurs ancêtres le culte de l'or. Tantôt, après la soupe, autour du feu, ils enrageaient encore, en refaisant le compte des beaux dinars jaunes que vous avez donnés, que dis-je ? dilapidés, pour acquérir trois captifs. Des dinars qui auraient pu arrondir leur solde si vous les aviez laissé massacrer ces naufragés ! Je parie qu'ils en rêvent en ce moment. Ce n'est pas le temps pour leur chef de dormir. Qui sait ? En vous voyant, seuls sur cette route, il pourrait leur venir à l'idée de reprendre leur dû.

— Leur *dou* ? Considérez-vous vous aussi ces dinars comme votre *dou*, messire *Ounéfroi* ?

— Quelle question absurde. J'ai promis de vous conduire sain et sauf jusqu'à Pampelune. L'honneur de tenir parole vaut plus que toutes les pièces d'or.

— Vraiment ?

— Mettez-vous ma parole en doute ? grinça messire Onfroi entre ses dents.

— Comment pourrais-je douter de votre *palabra*, messire ? Si vous nous étripiez en route, qui, parmi nos frères, se confierait encore à votre garde dans le *futuro*, et comment feriez-vous alors pour vivre, car la Gaule est bien pauvre, hé ?

— J'ai assez entendu d'insultes pour ce soir. Je crois que je vais aller me coucher et vous laisser vous débrouiller avec mes soudards.

La voix de celui que le rabbi avait nommé Sadoc croassa :

— Ne vous fâchez pas, messire Onfroi ! Qu'un homme comme vous, qui accorde tant d'importance à l'honneur, daigne mettre sa noble épée et sa vaillante troupe au service de vils juifs comme nous, voilà une chance inouïe dont mon frère Éléazar, malgré sa langue un peu moqueuse, mesure tout le prix.

— Épargnez-moi votre ironie, messire l'Esculape de Cordoue, réduit à charcuter de petits esclaves. Mais croyez-vous que cela m'amuse de voir la Gaule dans l'état où elle est, envahie de toutes parts, par le nord, par le sud, sans roi digne de ce nom pour unir ses peuples et la défendre ? J'aimerais bien mieux tenir un fief de feu l'empereur Charles et guerroyer en chrétien comme faisait mon aïeul. Ah ! si je pouvais repasser les monts avec une troupe plutôt qu'avec ce troupeau d'esclaves, et échanger des coups d'épée avec les Maures plutôt que des salamalecs !

— Quels nobles sentiments ! On croirait entendre parler un preux. Mais que ne repassez-vous les monts pour bouter les Sarrasins hors d'Espagne et renouveler les exploits du fameux Roland ? dit le rabbi.

— Tout seul ? Avec une poignée de soudards ? Contre des Sarrasins nombreux comme des sauterelles ?

— *Acordado* ! Mais vous pourriez au moins protéger les orphelins de votre pays, messire *Ounéfroi*, au lieu de les livrer aux infidèles, comme vous dites, vous autres chrétiens.

— Bah ! tous ces moutons n'avaient qu'à mieux se défendre. Mais vous-même, rabbénou, cela ne vous gêne pas de fournir de la chair fraîche aux mahométans, qui ne sont pas connus pour être de grands amis de votre peuple, hein ?

— Occupez-vous de vos affaires, dit le rabbi d'une voix sèche.

Il y eut un froissement d'étoffes, un léger bruit de métal, comme une épée qui vibre dans un fourreau, puis le silence. Les yeux fermés, par tous les pores de sa peau, Fabian sentit l'air se tendre comme à l'approche d'un orage.

Mais la voix empressée de Sadoc croassa :

— Voyons, messires, pourquoi vous quereller ? Nous sommes tous amis ici et, surtout, nous avons tous le même intérêt : mener ces cinquante esclaves au plus vite et dans le meilleur état possible de l'autre côté des Pyrénées.

— Pour *ouné* fois, tu raisonnes bien, Sadoc, dit le rabbi.

Un silence suivit. On entendit alors clairement le gémissement ténu du captif invisible qui se plaignait sur la droite.

Après un long silence, la voix de messire Onfroi s'éleva :

— Justement, le petit qui geint, là-bas, est à deux doigts de crever. Il ne marchera pas un jour de plus. Qu'est-ce qu'on en fait ?

— C'est ce que je vous disais ce matin même, Éléazar, s'empressa d'ajouter la voix aigre de Sadoc, sur un ton qui se voulait mielleux mais ne parvenait qu'à être agaçant.

— À qui la coulpe, sinon à toi ? jeta sèchement rabbi Éléazar.

Puis il répondit sur un ton neutre à la question de messire Onfroi :

— Pour le garçon, soyons bons. Écourtons ses *souffrements*. Mais faites cela *discrétamennété*. N'effrayez pas les autres ! Ou demain ils traîneront encore plus la patte pour avancer.

— Si vous me laissiez faire, ils marcheraient, je vous le jure ! Le fouet, c'est une baguette magique. Un coup, et l'escargot se change en sauterelle.

— Je n'en doute pas, messire Onfroi. Mais il ne faut pas abîmer la marchandise.

— Quand on sait comment ils vont être traités là-bas !

— *Céla* ne nous regarde pas. Le *cliengue* est roi. Après qu'il a payé, la marchandise est à *loui*. Il peut en faire *cé* qu'il en veut.

— Quand même, vingt jours depuis Verdun, c'est abuser. Il va falloir encore combien d'étapes pour atteindre Roncevaux ?

— N'*importé*. Vous connaissez notre *ententé*. Si un de vos soudards abîme un de mes *slaves*, je *rédouirai* sa solde d'autant.

— Je ne vous le conseille pas, rabbénou. J'ai déjà bien du mal à retenir mes gens.

— Oh ! Je vous fais confiance pour y parvenir, messire *Ounéfroi*, vous tenez trop à votre *réputationne*, comme vous l'avez dit vous-même. Mais trêve de plaisanteries... Sadoc ! C'est le sixième qu'on perd depuis Verdun ! Pire que d'habitude. Si ça continue, on n'aura plus un seul *eunuco* à vendre en arrivant à *Granada*.

— Que voulez-vous que je vous dise, Éléazar ? La procédure est dangereuse. Amusez-vous à planter un bout de roseau dans le ventre de cent personnes. Vous allez voir combien survivent. La médecine ne peut pas faire de miracles. Si encore vous me laissiez châtrer nos petits patients de façon normale, en coupant juste les bourses, il y aurait moins de déchet.

— À quoi bon pelleter des *nouages,* bon sang ? Tu connais comme moi les nobles guerriers *dou* désert. Ils ont *ouné* jalousie à fleur de peau. Pas question de laisser *oune* homme avec le moindre restant d'appendice entrer dans leur harem. Alors, on coupe tout. Loué soit le Très-haut ! ils paient très cher pour ces prodiges vivants. Mais à ce train-là, nous n'aurons bientôt *plous* un seul *sourvivant* en magasin !

— Qu'est-ce que j'y peux ? Ne prenez pas cela comme une critique, Éléazar, mais vous faites marcher mes patients sitôt après l'opération. Ils n'ont pas le temps de se remettre. Corrigez-moi si je me trompe, mais je crois vous avoir déjà dit qu'il vaudrait mieux les opérer après le voyage, une fois à Grenade.

— Mais arrête donc de brasser *dou* vent, Sadoc. *Tou* sais très bien comme moi que la loi de Mahomet interdit la *castratione.* Il faut les livrer tout faits en Andalousie.

— Eh bien ! Je n'ai pas de solution. Ce lot d'esclaves est plus fragile que les précédents, voilà tout. Avec tout le respect que je vous dois, Éléazar, ce n'est pas moi qui les achète.

Le rabbi répondit par un grondement sourd.

— Ne prenez pas cela pour un reproche, s'empressa d'ajouter Sadoc.

Un grognement apaisé répondit. Puis la voix de rabbi Éléazar reprit :

— Admettons. Et ce qui est fait est fait. Mais voici maintenant mon *problémo* : il me reste cinq *castratos*, alors que j'en ai promis six, que j'ai *vendou* d'avance.

— Ah ! il me semblait que c'était cinq.

— Depuis quand me contredis-*tou*, Sadoc ?

— Pardonnez-moi, Éléazar. Vous faites bien de me corriger si je me trompe, mais j'avais noté cinq : deux pour le harem du gouverneur de Grenade, un pour le cadi, un pour l'imam, un pour les étuves.

— Il y en a un sixième pour les plaisirs privés d'un notable qui tient à rester *discréto*. Si j'en ai un pour le cadi, pas pour le gouverneur, ou pour le gouverneur, mais pas pour l'imam, ça va faire des jaloux. Dangereux pour mon *négocio*.

— Et pour votre santé ! glissa Sadoc.

Un bruit de gorge menaçant se fit entendre. L'impertinence du commentaire n'était sans doute pas au goût du rabbi.

— Si je peux me permettre une telle remarque ! se hâta de dire Sadoc.

Un grondement satisfait répondit. Rien de tel qu'une cuillerée de miel sur une gorge irritée. Après un silence, on entendit une voix flûtée demander :

— Et si j'en opérais un de plus, Éléazar ?

Sadoc avait déguisé sa voix pour faire cette demande. La question devait le gêner, ou la réponse lui tenir fort à cœur. Un grognement dubitatif répondit. La voix de Sadoc reprit :

— Un de ceux que vous avez achetés pour une bouchée de pain à ces naufragés venus du nord, ce matin. Joli coup, en passant ; sans vouloir vous flatter, tous mes compliments, Éléazar ; on reconnaît bien là votre sens aigu des affaires, par lesquels vous vous distinguez, même dans notre communauté. Tiens, justement, ces trésors sont couchés ici, à nos pieds.

Il y eut un silence, puis Sadoc ajouta d'une voix changée, un peu tremblante :

— Je pourrais m'occuper de celui-là, l'avant-dernier, qui est couché à la hauteur de messire Onfroi.

— Celui-là ? Ah ça non ! bas les pattes ! Avec sa tête d'ange, grelottant contre la coque, joli comme un cœur, je l'ai repéré *immédiatamennneté*. C'est surtout pour lui que j'ai acheté les trois. Je connais de fiers étalons du *désierto* qui seront ravis d'exercer leur virilité là-dessus. *Intacto*, il rapportera au moins 300 dinars.

— L'autre à côté alors, le dadais au chaperon ?

— Fabian tressaillit. Qui d'autre que lui portait un chaperon ? À travers ses paupières closes, il pouvait presque sentir le poids des regards pesant sur lui.

— Chut !

— Qu'y a-t-il, messire Onfroi ? demanda la voix de Sadoc.

— Parlez moins fort. Ce n'est pas un Slave, celui-ci. Il comprend notre français.

S'ensuivit, entre le rabbi et Sadoc, un échange dont Fabian ne comprit pas un traître mot. Sans doute dans une langue à eux. Un petit concert de rires moqueurs retentit.

— Quoi ? Qu'y a-t-il de drôle ? Vous moqueriez-vous de moi ? demanda vivement messire Onfroi.

— Nous n'oserions pas, messire Onfroi. Nous disions simplement qu'il dormait. Et rabbi Éléazar disait : « S'il nous entendait ? Et après ? que va-t-il faire ? Frêle comme il est, briser son collier épais de deux pouces, peut-être ? »

C'était dit sur un ton qui se voulait mielleux, mais restait aigre. Sadoc poursuivit :

— D'ailleurs, s'il nous entend, tant mieux ! C'est plus amusant quand ils comprennent ce qui les attend et qu'ils se débattent. Quand ils me voient, mon couteau courbe à la main, que je relève leur petite tunique et que je leur écarte les jambes…

— Bon, Sadoc, épargne-nous les détails sordides ! coupa le rabbi.

— C'est qu'il y prend du plaisir, le bougre ! Pas étonnant qu'il en meure tant, de ces petits eunuques ! souffla messire Onfroi.

Cela fut dit très bas, très vite, et sans doute compris de Fabian seul. Sadoc en tout cas, ne s'en offusqua pas, car il poursuivit d'un ton dégagé :

— D'ailleurs, risque à part, s'ils savaient ce qui les attend une fois hommes, ils me supplieraient de les débarrasser de leur virilité. Guerre, femmes criardes, enfants toujours malades, qu'on nourrit le plus souvent pour la tombe ! Et si jamais fiston survit, que papa, surtout, ne s'accroche pas trop longtemps à l'existence ! Ou son héritier impatient saura lui faire regretter de l'avoir mis au monde ! Les enfants les moins pires se contentent de laisser leur père vieillir seul. La vie de harem à côté, c'est le paradis. Oui, mieux vaut être au frais, à l'ombre des orangers, près d'un bassin au jet d'eau cristallin, à éventer des femmes parfumées, que sur la route en plein soleil, chargé comme un âne, fouetté par des officiers, en attendant de se faire embrocher par un maudit chrétien, sans vouloir vous offenser, messire Onfroi.

— Rien ne m'offense, de la part d'un satané juif. Mais trêve de compliments. J'aimerais finir ma ronde. À quelle heure voulez-vous que Garain vous amène le petit à capuche la nuit prochaine, Sadoc ?

— Disons minuit.

— Ce sera fait. Quant à l'autre qui geint et qui boite, je nous en débarrasse dès cette nuit.

Le lendemain, quand la colonne s'ébranla dans la fraîcheur de l'aube, les garçons aux cheveux très clairs qui séparaient Fabian de l'avant de la colonne, où marchaient des hommes robustes à l'air dur, n'étaient plus que cinq.

II

UN GESTE CHARITABLE

Dans la pénombre, allongé sur le dos, Fabian écoutait tinter un ou deux anneaux de la chaîne contre le collier du garçonnet sur sa gauche. Cela faisait un moment que le queniot grelottait, tandis que sa protectrice de sœur dormait. La lune éclairait la route. Pas de sentinelle en vue. Une odeur de bois brûlé flottait dans l'air : le feu du souper qui achevait de se consumer plus loin, au revers du talus, tout à l'arrière, là où les gardes avaient dressé leur camp pour la nuit. Le vent n'apportait aucun bruit.

Fabian approcha sa bouche de l'oreille du petit et souffla :

— As-tu froid ?

Le petit dit tout bas :

— Oui.

— Veux-tu mon chaperon ?

— Es-tu sérieux ? demanda vivement le petit.

— Chut ! Pas si fort !

Fabian retint son souffle et écouta. On entendait seulement la respiration régulière du voisin de droite. Fabian reprit, à voix très basse :

— Oui.

— Mais toi ?

— J'ai une tunique en laine, bien épaisse.

— Es-tu sûr ?

— Sûr. Il faut s'entraider entre maraîchins, n'est-ce pas ?

— Oui.

Toujours allongé sur le dos, Fabian défit le lacet de son chaperon et il le fit glisser doucement entre sa tête et l'herbe, en prenant garde de ne pas tirer sur la chaîne qui reliait les colliers de cinquante dormeurs. Puis il le poussa en boule entre les mains du garçonnet en murmurant :

— Allez, tiens, tu me le rendras demain.

Comme le petit se débattait avec le chaperon et risquait de faire tinter la chaîne, Fabian se souleva sur un coude et l'aida à étaler le chaperon comme une cloche autour de sa tête. Puis il lui souffla :

— Lève la tête.

Il fit glisser un pan de tissu sous la tête et les épaules du petit, en évitant de toucher aux maillons de la chaîne, puis murmura :

— Finis de l'enfiler et rattache-le, sans bruit.

— Merci !

— De rien, lâcha Fabian, du ton nonchalant d'un grand frère généreux.

Puis il se recoucha sur le dos. Le silence retomba. Peu après, le petit fit :

— Hé !

— Quoi ?

— Comment t'appelles-tu ?

— Euh…

Soudain, Fabian répugnait à avouer son nom. Et il s'entendit répondre :

— Leufric.

Pourquoi Leufric ? C'est le premier nom qui lui passa par l'esprit. C'était un nom assez commun à Grenouiller, un nom qui le laissait indifférent.

— Je m'appelle Gidie.

Fabian ne sut que répondre. Il aurait préféré ne pas le savoir. Il en fut irrité et faillit répondre :

— Et après ?

Mais il entendit les pas de l'homme de ronde qui approchaient sur la route et, dominant son irritation, il prit une voix douce :

— Bonne nuit, Gidie.

— Bonne nuit, Leufric.

III

BREF CAUCHEMAR

Fabian se réveilla en sentant une main qui lui tâtait le crâne. Il faisait noir. La lune devait être couchée. Fabian fit le mort. Après lui avoir ébouriffé les cheveux, la main lui lâcha la tête. Un murmure d'étoffe froissée s'éleva du côté de Gidie. Suivit un cri étouffé, comme le hoquet d'un dormeur qui fait un cauchemar. Puis du métal tinta contre du métal, comme quand on détache un collier d'une chaîne. Et des pas feutrés s'éloignèrent dans la nuit.

IV
DÉSOLÉ POUR LA CONFUSION

Le lendemain, à la clarté du jour, rabbi Éléazar cria un bon moment dans une langue inconnue. Sadoc laissa passer l'orage en silence, puis dit une phrase d'une voix douce. Le rabbi héla alors messire Onfroi, qui vint lentement, au pas de son cheval, écouta les reproches du rabbi d'un air impassible, puis se retourna et cria :

— Garain !

Accourut de loin un gaillard rougeaud, qui essuya, à bout de souffle, une brève remontrance, avant de filer aboyer sur deux gardes qui se tenaient là au bord de la route. Les gardes ne se laissèrent pas démonter :

On leur avait dit : « Prenez le dernier gosse à capuchon au bout de la chaîne ». Ils avaient pris le dernier gosse à capuchon au bout de la chaîne. Que répondre à cela ?

Rabbi Éléazar non plus n'avait sans doute pas trouvé quoi répondre à Sadoc, car il s'éloignait la tête basse, une posture qui ne lui était pas habituelle. Pas besoin d'être grand clerc pour deviner les arguments de Sadoc : Il fallait lui amener le bon patient ! Comment aurait-il pu deviner qu'il y avait erreur sur la personne ? La nuit, sous une tente, à la lueur d'un mauvais flambeau, on ne distingue pas les traits du visage. Et, là où il opérait, tous les garçons se ressemblent.

V

ISRAËL, ISMAËL ET MARCEL

Un coup de trompe sonna la fin de la halte. Les quarante-sept – Fabian les avait comptés – captifs de la colonne se levèrent comme un seul homme, faisant tinter la longue chaîne qui les reliaient tous par le collier. Tous, sauf ce Gidie et sa maman de sœur. Roulé en boule, la tête dans le giron de cette Muriel, le garçonnet se tenait le ventre en gémissant.

Un soldat aboya :

— Debout, toi !

— Il ne peut pas, s'écria sa protectrice.

— Quoi ? Je t'en ficherais, moi, des « peux pas » ! Debout, morveux ! Ou je vais te faire pleurer ta mère !

Un costaud au teint rouge brique survint à grand pas, avec la mine renfrognée d'un molosse qu'on arrache à sa sieste. Fabian reconnut l'adjoint de messire Onfroi :

— Quoi n'y a, vilain ? aboya Garain.

— Le nabot refuse de se lever, chef !

— Il ne refuse pas, il ne peut pas, s'écria la sœur.

— Quoi qu'il a ?

— Il a mal au ventre, s'écria la fille.

— Ah oui ? Par la tête du diable ! Moi aussi, j'ai mal au ventre. Tous mes gars ont mal au ventre. On a tous mal au ventre, sur cette satanée route. Et on marche. Alors debout !

Le petit, l'air effrayé, décroisa les bras, se souleva sur un coude, posa l'autre main dans l'herbe, et fit un effort pour se lever. Sa bouche laissa échapper une plainte et il retomba sur le flanc.

Garain garda le silence, les yeux fixés sur les taches sombres qui maculaient le drap bleu sous la ceinture du queniot. Messire Onfroi survint.

— Que se passe-t-il ? Une mauvaise tête ?

— Plutôt un gros mal de ventre, grommela Garain.

— Encore ! dit messire Onfroi en apercevant la tunique ensanglantée du garçonnet.

— Eh oui ! encore…

— Holà ! Rabbi Éléazar ! cria messire Onfroi en se tournant vers la tête de la colonne.

Une forme massive se détacha assez loin sur la route et s'approcha d'un pas vif. Le Gidie gémissait, la tête enfouie dans la jupe de sa sœur, qui lui caressait les cheveux.

— Que se passe-t-il, messire Onfroi ?

— Le dernier opéré de Sadoc, dit messire Onfroi en désignant du menton le garçonnet gisant dans le fossé. Il ne tient plus debout.

— Sadoc ! cria le rabbi, en se retournant vers la tête de la colonne.

Sadoc vint d'un pas traînant.

— Oui ? demanda-t-il d'un ton las.

— La *convalescencia* de ton dernier *patienté* se passe mal. Examine-le donc !

Sadoc s'accroupit au bord du fossé, releva le pan de tunique qui couvrait les cuisses du garçon et se passa la langue sur les lèvres. Une bouffée fétide s'éleva dans l'air. Fabian en eut presque la nausée. Le rabbi se boucha le nez et recula d'un pas en détournant la tête. Garain et le soldat grimacèrent. La garde-malade laissa échapper un sanglot. Le visage de messire Onfroi resta impassible comme un étang gelé.

Fabian coula un regard au fond du fossé. En guise de membre viril, une tige de roseau séché pendait entre les jambes du queniot. À la jointure du tuyau et du bas ventre suintait un filet de pus noir. L'anus paraissait englué dans une résine sombre.

— Alors ? demanda enfin le rabbi.

— Alors, avec tout le respect que je vous dois, Éléazar, je n'y suis pour rien !

— Ce n'est pas *cé* que je demande. L'*unico* qui m'intéresse, c'est : peut-il cheminer ? Le *resto*, on verra plus tard.

Sadoc haussa les épaules.

— Quand on veut, on peut. D'ailleurs, la marche est bonne pour la santé.

— Que ne faites-vous donc la prochaine étape à pied, maître Sadoc ?

Cela était dit d'un ton tranquille, par une voix nouvelle, qui parlait avec un accent proche de celui du rabbi et de Sadoc. Sadoc releva vivement la tête. Un cavalier occupait le milieu de la route et le regardait fixement du haut de son cheval, avec un petit sourire que démentaient ses yeux froids.

Fabian reconnut l'homme aux façons étranges, qui chevauchait le plus souvent seul, en marge de la colonne. La première fois qu'il avait aperçu sa silhouette se découper sur le ciel, dans un grand manteau à capuchon qui rappelait une bure, Fabian l'avait d'abord pris pour un moine, peut-être le père Lorcan ? et son cœur avait tressailli. Mais, en s'écartant, un pan de son manteau avait révélé une épée, et la joie de Fabian s'était éteinte. Pourtant, comme le père Lorcan, le cavalier restait souvent immobile à observer le paysage. Il paraissait mesurer les distances, prendre des repères et il jetait fréquemment des notes sur une tablette.

Le sourire disparut des lèvres du cavalier et son visage devint dur :

— Ainsi, vous pourriez prêter votre monture à votre patient, qui semble en avoir bien besoin.

Sadoc se leva d'un bond.

— Êtes-vous fou, saïd ? glapit-il. Il tacherait ma selle.

Messire Onfroi émit un grognement amusé. Sadoc sursauta :

— Si vous trouvez l'idée amusante, messire Onfroi, que ne prêtez-vous, vous, votre cheval à ce garçon ?

— Personne d'autre que moi ne touche à mon cheval, répondit messire Onfroi en détachant les syllabes.

Sadoc émit un petit rire qui, devant l'air sinistre de messire Onfroi, s'étrangla en un gloussement. Il regarda autour de lui, en homme qui cherche du secours. Le cavalier comme le rabbi, gardant les yeux fixés sur messire Onfroi, l'ignorèrent. Sadoc se tourna vers son patient, qui reposait, la tête enfouie dans le giron de la Muriel. Il le regarda comme s'il voulait, lui aussi, se cacher dans les jupes de la grande sœur. Mais la place était déjà prise. Faute de mieux, il se ragenouilla près du blessé, souleva de nouveau la tunique de celui-ci et se réfugia dans la contemplation de la blessure.

Sur la chaussée, le silence se prolongeait entre les trois hommes : rabbi Éléazar, messire Onfroi et le nouveau venu, qui affichaient des visages froids, fermés, hostiles. Relevant la tête, Sadoc hasarda un petit rire gêné. Il fut le seul à rire. Soudain, il se tourna vers rabbi Éléazar :

— Et si on mettait le petit sur un animal de bât ?

— Hors de question, dit le rabbi. Les mules sont *exhaustées*. Perdre un *esclavo*, passe encore. Mais une mule ? Pas au *précieux* qu'elles coûtent !

— On pourrait le faire porter par les hommes de tête. Ils sont costauds.

— Pour qu'ils arrivent défraîchis au *mercado* et que je doive les revendre à *Granada* moins cher que ce que j'ai payé pour eux autres à Verdun ? Je comprends pourquoi tu t'es jadis *rouiné* en affaires, mon pauvre Sadoc.

Cependant, le cavalier avait mis pied à terre, donné les rênes de son cheval à un soldat et enjambé le fossé. Accroupi près de la tête du blessé, du côté opposé à celui de Sadoc, il approcha une fiole des lèvres du blessé en murmurant :

— Ouvre la bouche. Ça va te faire du bien.

Gidie entrouvrit la bouche, l'homme y fit couler quelques gouttes, Gidie avala et les coins de sa bouche se relevèrent en un léger sourire.

Sadoc ricana :

— Vous allez le guérir avec quelques gouttes, peut-être ?

— Si la blessure était naturelle, peut-être en effet. Mais je suis certain que vous avez fait le nécessaire pour qu'elle soit incurable.

Sadoc commença à rire, en homme qui sait apprécier une bonne plaisanterie, mais son vis-à-vis le regarda de telle façon que le rire s'étrangla dans sa gorge et qu'il se hâta de rabattre la tunique de son patient comme s'il voulait en cacher la blessure.

L'homme referma sa fiole et se releva. Il fit un saut par-dessus le fossé, atterrissant souplement sur la route, face au rabbi. Il était moins large et moins épais que celui-ci, mais aussi grand, et de vingt ans plus jeune.

Il murmura une phrase que Fabian devina plus qu'il ne l'entendit :

— Il est perdu. Abrégez donc ses souffrances.

— Pas en plein jour. Pas devant les autres.

— Détachez-le. Et j'en prends soin jusqu'à ce soir.

— Combien ?

— Comment ?

— Je vous cède un esclave. Combien m'en donnez-vous ?

— Vous plaisantez ? Je vous délivre d'un boulet qui va ralentir votre colonne. Je vous prête mon cheval.

— Eh bien moi, seigneur Idris, je vous loue les services d'un petit esclave pour une après-midi. Cinq dinars !

— Hors de question.

— Comme vous voudrez.

Le rabbi se détourna et pointa du doigt Fabian, qui tressaillit :

— Toi ! Tu vas le porter.

Puis il dirigea son index vers la Muriel, en disant :

— Et toi, tu vas l'aider.

— Mais ils sont trop faibles ! s'écria l'étranger.

Rabbi Éléazar continua sans le regarder :

— Et si vous ne suivez pas la cadence, je vous fais dévorer par mes chiens. Je n'aurais jamais dû vous acheter. Trois bons à rien ! Qui vont me coûter plus cher en nourriture que les maigres piécettes qu'on voudra bien me donner pour vous autres au *mercado* !

Fabian regarda le visage de l'étranger, chercha ses yeux et les trouva. Des yeux attentifs, humains. L'homme soupira et se retourna vers rabbi Éléazar, tira une bourse de sa manche, l'ouvrit et tendit une pincée de pièces au rabbi, qui inclina la tête :

— Merci, saïd… Messire Onfroi ! Faites détacher le *chico*. Le seigneur Idris veut prendre soin de l'orphelin. Qui suis-je pour l'en empêcher ?

Et rabbi Éléazar fit un clin d'œil à Sadoc.

— Ne raillez pas, Éléazar. Au lieu de jouir de l'admiration vile d'un chirurgien raté et vicieux, accroupi comme un chien près de sa victime, vous feriez mieux de rechercher l'approbation de Celui qui voit tout et de songer à faire profiter les orphelins de vos trésors.

Le rabbi se rembrunit et se rengorgea.

— Vous pouvez faire le généreux, seigneur Idris ! Mais c'est avec nos dinars. Si vous autres mahométans ne nous confisquiez pas autant d'argent pour nous protéger, comme vous dites, nous pourrions nous aussi nous payer le *louxo* d'être *caritables*. C'est mon argent que vous venez de me rendre.

Et il fit sonner dans sa main les pièces d'argent que le seigneur Idris venait de lui donner. Le cavalier solitaire parut grandir et il posa la main sur la poignée de son épée, une longue épée courbe suspendue à sa ceinture. Le rabbi n'avait qu'un bâton.

— Hum ! voilà le genre de paroles que vous feriez bien de vous abstenir de prononcer au-delà des montagnes… Certains pourraient y voir une critique des lois divines que nous avons reçues du prophète, et en prendre ombrage.

En un instant, messire Onfroi, lui aussi la main sur la poignée de son épée, se dressa au côté du rabbi. Et il jeta sèchement :

— Eh bien nous ne sommes pas au-delà des montagnes.

Drôle de tableau, ces trois hommes ! Israël et Ismaël se faisaient face. Et soudain surgissait Marcel, littéralement un marsicule, un tout petit Mars, un diablotin de la guerre.

Une vieille querelle de famille, une vieille rivalité entre demi-frères, comme il y en a tant dans les saintes écritures, entre le fils de l'épouse légitime et le fils de la servante, entre l'aîné et le cadet. Et voilà que Marcel s'en mêlait ! Un qui n'était pas de la famille. Un à qui l'Éternel n'avait rien promis : ni la terre d'autres peuples, déjà toute cultivée et toute bâtie, qu'ils auraient juste à prendre, ni descendance nombreuse comme les étoiles du ciel et les grains de sable au bord de la mer. Ni même, pour le consoler d'avoir été chassé de la famille, qu'il serait « le fils d'un grand peuple ». Un qui n'était pas prévu. Un qui avait dû tout bâtir lui-même sur sa propre terre. Sans doute pour le bénéfice de nomades à venir. Un qui n'existait pas. Un nul.

À Israël on avait promis un royaume. À Ismaël on avait promis un apanage. À Marcel on n'avait rien promis. Certes, dans un autre livre, un certain Jupiter avait promis à Rome un empire sans borne et sans fin. Mais ce livre-là ne comptait pas. Il n'était pas admis dans le canon des écritures. D'ailleurs l'histoire du monde avait prouvé depuis que cette promesse ne valait rien. Ce qu'on avait pris pour une prophétie divine n'était rien d'autre que le murmure du vent entrant et ressortant de la bouche d'une statue vide. Non seulement cette Rome était morte, mais elle avait été chassée de son propre livre. Un évêque kabyle du nom d'Augustin était allé jusqu'à arracher le nom de Rome de son grand poème pour le recoller dans des ouvrages qui l'affublaient d'un nouveau sens : précurseur de la Jérusalem céleste ! Et Marcel restait seul avec un vieux parchemin rempli de trous.

Or, voilà qu'Israël et Ismaël étaient de nouveau face à face. Comme toujours, le prétexte était futile. Cette fois, c'était à cause d'un esclave émasculé, charcuté un peu trop vite, à une heure un peu trop tardive, sous une tente un peu trop sombre, par un médecin un peu trop passionné, qui ne prenait pas assez de repos. Mais n'importe le motif, les deux frères étaient là, inspirés, brûlant d'en découdre, avides d'écrire ensemble le prochain chapitre de leur querelle millénaire, de faire couler à nouveau le sang.

Qui était le vrai fils ? Isaac, bien sûr. Et le Père avait d'abord promis la terre à Israël. Israël était le géniteur du peuple élu, aucun doute là-dessus. C'est écrit. Mais ensuite, Israël n'avait-il pas démérité au point d'annuler la promesse ? N'était-ce pas Ismaël qui méritait désormais l'amour du Père et donc le ciel et donc, surtout, la terre ?

Deux invités étaient à table et se disputaient. Et voilà que le chien s'en mêlait. Pourtant, Jésus n'était pas venu pour sauver les chiens. « Il n'est pas juste de prendre le pain des enfants, et de le donner aux chiens. » C'est écrit. Alors, mille ans après la Cananéenne, pourquoi Marcel insistait-il ? Avait-il l'audace de se croire « appelé », lui aussi ? Pourquoi pointait-il son museau entre les deux élus en pleine dispute ?

Pourquoi diable lui avait-on prêché la bonne parole, lui à qui elle n'était pas destinée ? Et pourquoi diantre l'avait-il prise au pied de la lettre ? Pourquoi ? Peut-être parce qu'elle était écrite dans un excellent grec ? Peut-être parce que le traducteur latin était bon ? Peut-être parce que les premiers prêcheurs étaient fervents, inspirés ? Peut-être parce que l'Éternel le voulait ainsi, faisait en effet une nouvelle promesse, même à Marcel ? Peut-être parce que ce Dieu paternel, amical qu'on appelait « notre père », qui faisait cultiver sa vigne, punissait les mauvais vignerons, récompensait les bons bergers et les bons investisseurs, les bons intendants, les bons comptables, les bons trésoriers, et pardonnait toujours à ses fils, si humain, si débonnaire, si proche des hommes, si semblable à un bon père, ressemblait beaucoup à Jupiter, le père des dieux et des hommes. Et puis ce Jésus qui marchait sur les flots, ne rappelait-il pas étrangement Neptune ? Ce guérisseur, n'était-il pas effrayant et beau comme Apollon ? Ce jeune maître qui arpentait les routes poudreuses, n'était-il pas comme ces dieux qui se déguisaient en voyageurs pour se mêler aux hommes ? Ou comme un roi vêtu en mendiant qui revient prendre possession de son royaume et de son épouse ? Ou comme un enchanteur qui prend l'apparence d'un simple mortel près d'une source magique au fond d'une forêt ? Tout cela était bien familier à Marcel.

En tout cas, avec ou sans opération du Saint Esprit, la greffe avait pris, l'arbre poussait, donnant du fruit. Et voilà pourquoi, un peu avant l'an mille, entre la Loire et la Garonne, sur une vieille voie romaine, Marcel surgissait au côté d'Israël, se mêlant d'une querelle entre les enfants d'Abraham qui ne le regardait pas.

Et il était là, campé au milieu de la route, comme si le pavé lui appartenait. Et puisqu'il était au nord des Pyrénées, du bon côté des montagnes, là où les chrétiens ont le droit de porter armes, comme il convient à des hommes libres, eh bien ! lui aussi, comme Ismaël, il avait l'épée au côté, et la main sur la garde, prêt à dégainer.

Mais alors Israël et Ismaël se mirent à parler dans une langue que Marcel ne comprenait pas. Pas une langue comme la sienne, une langue vulgaire, que n'avait illustré aucun grand prophète, aucun grand poète, dans laquelle Dieu n'avait pas daigné se révéler ; une langue qui n'existait pas deux siècles plus tôt, se corromprait avant trois siècles, disparaîtrait avant un millénaire et qui, une fois morte, n'intéresserait plus personne. Car pourquoi l'apprendre ? Pour lire des contes à dormir debout, des histoires remplies d'ogres, de fées et de nains puérils, des farces grossières, des chansons égrillardes ?

Non, ils parlaient une de leurs langues à eux, une de ces langues millénaires, enchâssées dans un livre sacré, dans laquelle Dieu même, le Dieu unique s'était révélé ; qu'on parlait et qu'on lisait il y a trois mille ans ; et qu'on parlera et qu'on lira tant que le soleil brillera sur la terre, se lèvera le matin et se couchera le soir sur la mer.

Marcel comprit. Il était congédié. Il s'écarta.

L'entretien en langue sacrée finit par un échange de grands sourires entre Israël et Ismaël.

Le rabbi ordonna :

— Faites détacher le *chico* et qu'on aide l'honorable cheik à le jucher sur son cheval. Cueillez des herbes, et qu'on les étale sur la selle du cheik pour que le *sangré* n'en tache pas le noble *cuiro*.

Puis Israël, Ismaël et Marcel redevinrent Éléazar, Idris et Onfroi. Et les trois hommes se séparèrent.

Gidie poussa un hurlement quand l'homme que rabbi Éléazar avait appelé tour à tour « saïd », « seigneur Idris » et « cheik » tenta de l'asseoir de côté sur une couverture jetée en travers de son cheval. Le cavalier fit alors couper un jeune peuplier par les gardes chargés de l'aider, improvisa avec le tronc et les branches un travois en triangle, dont il attacha le sommet le plus aigu à l'arrière de sa selle. Il coucha lui-même le blessé sur la claie de branchages. Et le convoi se mit en marche.

VI
LA CONSOLATION DU MENSONGE

Le soir, Garain revint, flanqué de deux soldats, prendre possession du captif. En voyant l'état de celui-ci, Garain appela messire Onfroi, qui donna l'ordre de le laisser sur la claie et de l'allonger tel quel sur le talus sans lui remettre son collier de fer.

— Allongez-le tout au bout, après la fille, même pas besoin de le rattacher.

Le lendemain, Gidie avait disparu. À sa sœur éplorée, Garain jeta :

— Qu'as-tu donc à chialer ? Sacrée anguille, ton frangin ! Il nous a filé entre les doigts, le veinard ! Nous n'aurions jamais dû le laisser libre. Il nous a bien roulé dans la farine, hier ! avec son mal de ventre ! On est vraiment trop bon avec vous autres. On vous donne ça, vous prenez ça, dit-il en faisant le geste de se couper la main, puis tout l'avant-bras.

— Maintenant, continua-t-il, arrête de brailler, bouge ton cul et marche !

La fille se leva en reniflant. Bientôt, elle renifla moins fort. Elle savait bien que son petit frère, Gidie, ne s'était pas enfui. Fabian aussi, le savait. Tout le monde le savait. La preuve, c'est qu'aucune troupe ne s'était élancée à la poursuite du fugitif. Pourtant, étrangement, le mensonge de Garain parut consoler la Muriel, car elle se mit à pleurer moins fort, ses sanglots s'espacèrent, elle se moucha et même, comme devant un miroir, replaça une mèche de cheveux qui lui était tombée en travers du front. Quel fin connaisseur de l'âme humaine, ce Garain !

Au réveil, un peu plus tôt, avant que Garain surgît et parlât, Fabian, en entendant sangloter la fille à côté de lui, s'était soudain senti coupable d'avoir causé la mort de ce Gidie. Mais ce n'était quand même pas sa faute si ce Sadoc travaillait comme un boucher ! De toutes façons, ce queniot aurait dû mourir voilà belle lurette, saigné sur la pierre au chevreuil. S'il s'était laissé docilement égorger au lieu de geindre, Amis serait encore en vie. Oui, à bien y penser, Amis était mort à cause de ce geignard. Bref, ce petit morveux l'avait bien mérité. Ce raisonnement était beau, mais les sanglots de la fille étaient bien forts. Pire, une pensée déplaisante s'était insinuée dans l'esprit de Fabian. Puisque, justement, ce queniot aurait dû être égorgé à la place d'Amis six jours plus tôt, c'est Amis qui aurait dû coucher sur le talus à côté de Fabian. Est-ce qu'à Amis aussi, Fabian aurait prêté son chaperon ?

Heureusement, grâce à Garain, la fille ne sanglotait plus. Quand les proches de la victime cessent d'accuser, les remords du coupable se résorbent. D'ailleurs, il se pouvait très bien qu'il n'y eût pas de victime, que ce Gidie se fût en effet enfui. Sa sœur même avait l'air d'y croire. Pourquoi, lui, Fabian, étranger à la famille, se serait-il fait des reproches ? Alors, malgré la crasse, malgré l'urine séchée et les restes d'étron qui lui collaient à la peau après six jours sans bain, Fabian se sentit blanc comme neige. Il ne regrettait vraiment pas d'avoir échangé sa place avec le queniot. Non, ce qu'il regrettait, c'était son chaperon, car le vent de l'aube était froid.

QUATRIÈME PARTIE
TU SERAS MINEUR, MON FILS

I

EN ATTENDANT LE CHALAND

L'ombre des maisons s'allongeait sur le sable. La convoitise muette des flâneurs succédait à l'excitation des enchères. Des solitaires à la robe rapiécée traînaient la savate au milieu des enclos, reluquant le rare invendu blotti dans un coin : ici, un homme frêle, là une femme desséchée dont un nourrisson suçait le sein flasque, là-bas des garçonnets à la peau noire comme du charbon. Des oisifs désargentés, sans doute, répugnant à regagner leur trou, qu'on devinait sordide, retardant le moment d'aller manger, en tête-à-tête avec eux-mêmes, face à un mur lépreux, quelque soupe insipide. Mieux valait renifler les derniers relents de chair fraîche qui flottaient encore sur le marché. Le rabbi et Sadoc remballaient : chacun à un coin de l'enclos, ils se battaient avec la ficelle de la toile qui, toute la journée, avait protégé la marchandise du soleil.

À maintes reprises, le rabbi avait essayé de pousser Fabian entre les mains d'un acheteur. En vain. Des hommes durs, secs, au visage sombre enfoui dans une barbe noire, la tête entortillée d'un linge qui leur passait sous le menton, drapés dans un manteau grossier, le buste barré d'un baudrier de cuir râpé d'où pendait un fourreau usé engainant une épée à poignée grise, avaient alterné avec des hommes parfumés et imberbes, vêtus, coiffés et chaussés de couleurs vives comme des fleurs de printemps. Fabian n'avait intéressé ni les uns ni les autres.

Muriel avait été la première à partir. Il faut dire qu'elle attirait. À la lueur de l'aube, Fabian avait mis un moment à comprendre que c'était elle, la belle jeune femme que le rabbi poussait dans l'enclos et qui faisait tourner les têtes des hommes enchaînés. Elle n'avait plus les cheveux châtains, mais blonds, ses lèvres n'étaient plus pâles, mais vermeilles, son teint n'était plus hâlé, mais blanc, sa poitrine n'était plus plate, mais saillante, ses yeux n'étaient plus ternes, mais profonds. Quand il l'avait aperçue, quelques semaines plus tôt, sur la plage voisine de l'anse-aux-mouettes, recroquevillée contre la coque noire d'un navire échoué, Fabian l'avait d'abord prise pour un garçon, indiscernable de son frère serré contre elle.

Mais le rabbi avait du métier. Avec un peu de peinture et de teinture, il avait fait de la petite paysanne aux cheveux raides comme un fagot une belle jeune femme aux boucles d'or. En trois coups de ciseaux, il avait échancré son col et découpé dans le bas de sa tunique des ondulations qui cachaient et montraient savamment le lait de ses cuisses. Avec quelques couleurs en plus et une demi-aune d'étoffe en moins, l'enfant à la poitrine plate s'était changée en femme aux formes pleines d'attraits. Il ne lui manquait plus qu'un piédestal. Manque comblé par un petit escabeau, que Sadoc avait apporté et déposé à l'avant de l'enclos. Sur un claquement de doigts du rabbi, Muriel y était montée, Vénus surgie du zoo.

Et les acheteurs s'étaient précipités. Autour de l'estrade, la vente avait tourné à l'encan, trois rivaux sérieux se disputant les faveurs du propriétaire de la belle. Le rabbi leur avait tenu la dragée haute, comme à des chiens excités, avant d'adjuger l'objet au plus joufflu des prétendants.

Et tandis que, dans la main droite du rabbi tombait une poignée de pièces jaunes qui brillaient d'un éclat que Fabian n'avait jamais vu, pas même au reliquaire éclairé par les cierges de l'église des moines de l'Herm, pas même aux coquillages pailletés qui luisaient au fond de la mer, les jours de soleil, Fabian avait senti dans son dos l'autre main du rabbi qui le poussait vers l'acheteur.

Tout en caressant son fin collier de barbe, l'homme avait laissé traîner sur Fabian un regard moite comme une main. Fabian en avait été rempli de honte. Heureusement, le regard était passé vite. Le client avait nonchalamment hoché la tête de droite à gauche et s'était détourné.

Lorsque le rabbi avait remis la corde attachée au collier de fer de Muriel entre les doigts boudinés de l'acheteur et qu'elle s'était éloignée, docile, derrière ce gros scarabée vert, balançant ses fausses boucles d'or au milieu des coiffes entortillées qui se pressaient dans l'allée centrale du marché, Fabian avait respiré avec soulagement. Enfin, il était débarrassé d'elle, du poids de son regard jugeur.

Fini, les regards fielleux, hautains, définitifs, les lèvres pincées, tordues, qui lui reprochaient sans cesse la mort de ce… comment s'appelait-il déjà ? Mais à quoi bon se rappeler son nom ? Un pleurnichard comme il en mourait au moins un par mois à Grenouiller, un geignard qu'il ne connaissait pas deux mois plus tôt et qu'il ne croiserait plus jamais sur cette terre.

Savourant la sensation de délivrance et de légèreté, Fabian avait esquissé un pas de danse, oubliant la chaîne qui l'entravait. Une piqûre cuisante entre les côtes lui rappela la réalité, et de ne pas trop s'approcher des gaillards blonds aux coudes pointus et à l'humeur irascible enfermés avec lui.

À mesure que le soleil montait dans le ciel et que les rayons du soleil tapaient de plus en plus fort sur la toile tendue au-dessus de l'enclos, des barbus de moins en moins fiers et des imberbes de moins en moins élégants, vêtus de couleurs de plus en plus criardes, avaient défilé, tendant une bourse de moins en moins garnie au rabbi, tout en désignant tel ou tel homme. Le rabbi leur proposait aussi Fabian, avec des gestes dont on déduisait qu'il était prêt à donner Fabian pour rien, en prime, en cadeau, pour compléter un lot. Peine perdue. L'acheteur faisait non de la tête et repartait avec un demi-costaud ou une brochette d'enfants aux traits grossiers.

Une seul fois, un homme, un barbu maigre en robe de drap élimé avait poussé l'intérêt jusqu'à soulever la lèvre supérieure de Fabian et à lui passer le pouce sur les gencives. Fabian avait alors pensé au petit cheval qu'il avait fallu vendre l'année précédente, car la récolte avait été mauvaise. Il avait revu en un éclair le maquignon inspectant le roncin avec indifférence, ses dents, ses sabots, son poitrail. Son cœur s'était serré quand le maquignon s'était éloigné avec le petit cheval. Son père avait posé sa main sur sa tête, l'air triste. C'est la mère qui avait insisté pour qu'on vendît le cheval.

Mais à peine l'acheteur miteux lui avait-il tâté l'épaule et le haut du bras qu'il avait reculé avec une grimace de dédain. De l'épisode, Fabian avait gardé un goût de vase ou de poisson dans la bouche, jusqu'à ce qu'enfin Sadoc le laissât boire au seau dont les ânes avaient laissé un fond.

Dès midi, un acheteur peu difficile s'était éloigné en traînant en laisse une paire de gaillards presque nains, le rebut des hommes minces aux épaules larges et aux hanches étroites qui avaient marché en tête de colonne pendant le voyage. Peu après, une espèce d'homme aux manières de femme avait emmené le dernier bellâtre de l'inventaire du rabbi. Et Fabian était resté seul dans l'enclos.

Le soleil avait fait les trois-quarts de sa course quand retentit un chant grave qui paraissait tomber des toits. Une voix d'homme traînante, chevrotante, chantait une espèce de psaume, entrecoupé de coups de glotte et de raclements de gorge. Aussitôt, toutes les négociations s'interrompirent. Marchands et acheteurs déroulèrent de petits tapis, et se mirent, alignés en rang, à ânonner d'une seule voix. Puis ils s'agenouillèrent, assis sur leurs talons, et se prosternèrent et se redressèrent tour à tour comme un seul homme tout en psalmodiant des paroles incompréhensibles.

Fabian reconnut le rituel : le cavalier solitaire que rabbi Éléazar nommait « cheik », celui qui avait été à deux doigts de se battre avec messire Onfroi au sujet du queniot blessé, le pratiquait plusieurs fois par jour, presque à chaque halte, lors de la longue marche qui avait conduit le convoi d'esclaves du pays des Francs jusqu'à ce marché. Après le passage des grandes montagnes enneigées, il avait été rejoint dans ces rites par les soldats enrubannés et à la robe flottante qui avaient pris la place de messire Onfroi et de ses hommes comme gardes du convoi.

Et voilà que Fabian revoyait le même rituel exécuté par tous en plein marché. En effet, les mahométans prient plusieurs fois par jour comme si c'étaient des moines. D'ailleurs, ils portent l'habit des moines : longue robe ample de toile épaisse descendant jusqu'aux chevilles, souvent dotée d'un capuchon. Mais au lieu de s'isoler et de prier discrètement comme notre maître nous l'a appris, ils étalent leur piété aux carrefours et sur les places comme le faisaient les pharisiens. Certaines sectes sont plus démonstratives que d'autres, sans doute un reflet des mœurs du peuple où elles sont nées.

Après ces sortes de vêpres, le rabbi s'était mis à héler les rares passants qui déambulaient encore devant l'enclos. La plupart ne détournaient même pas la tête. Et maintenant, tandis que les rayons obliques du soleil déclinant donnaient une teinte ocre aux façades des maisons qui fermaient la place du côté du levant, à mesure que les acheteurs, aux ombres de plus en plus longues, quittaient la place devenue silencieuse, cédant l'allée centrale aux flâneurs, la poitrine de Fabian se serrait, prise dans l'étau d'une angoisse grandissante : qu'allait-il devenir ?

Dans son dos, Fabian entendait le rabbi parler d'une voix hachée, précipitée, querelleuse. En tournant la tête, il surprit le regard exaspéré du rabbi posé sur lui, tandis que Sadoc lui coulait un regard malin et gourmand, le même qu'il fixait sur le queniot agonisant sur le talus, quelque semaines plus tôt, de l'autre côté des montagnes, en se passant la langue sur les lèvres.

Fabian se rappelait vaguement avoir entendu dire au rabbi que l'émasculation était interdite dans ce pays-ci. Mais, dans le marais aussi, il était interdit d'égorger des coqs, de faire bouillir des chats noirs ou de jeter des sorts. On le faisait quand même. Il suffisait de trouver une grotte ou une cabane écartée. De même, avec ses yeux malicieux, il ne faisait aucun doute que Sadoc saurait trouver une cave discrète où le regard des juges ne pénétrait pas, où la loi du pays ne s'appliquait pas et que ces hommes à l'air sévère qui arpentaient les allées du marché depuis le matin et dont le rabbi accueillait l'approche en baissant la voix, avant de les saluer par une profonde inclinaison et un large sourire, ne devineraient jamais.

II

LE FOND DU PANIER

Soudain, un passant jaillit du coin de place le plus proche. Dépassant les solitaires miteux qui traînaient dans l'allée centrale, il filait droit devant lui, en paraissant glisser sur le sable. Son allure de félin concentré rappelait vaguement quelqu'un à Fabian, mais qui ?

Un marchand affala une grande toile et l'homme, tout à coup ébloui par le soleil, porta vivement la main au-dessus de ses yeux. À ce geste, Fabian reconnut le cavalier solitaire qui chevauchait en marge de leur colonne d'esclaves enchaînés, toujours à examiner le paysage, pendant la longue marche qui les avait conduits de la plage où s'était échoué le navire des hommes du Nord jusqu'à la grande porte de Grenade. Le même poignard courbe enfoncé dans un étui à motif étoilé pendait à sa ceinture de cuir. Pas de doute, c'était le même homme ; celui qui avait négocié avec le rabbi le droit d'allonger le queniot agonisant sur un brancard, pour lui épargner une dernière étape à pied.

Fabian perçut le mouvement d'une idée dans son esprit, vague comme la forme d'un animal qui court dans les buissons et fait bouger les branches. D'instinct, il jeta un coup d'œil par-dessus son épaule en retenant son souffle. Au fond de l'enclos, près des maisons dont les façades d'un seul tenant ceignaient la place, accroupis près de la toile qu'ils roulaient, le rabbi et Sadoc avaient le dos tourné, absorbés par leur besogne.

L'inconnu approchait. Fabian lança sans réfléchir sa main comme pour lui attraper la manche, avec le geste convulsif d'un nageur à bout de forces qui agrippe la perche qu'on lui tend. L'homme fit un écart et jeta un tel regard à Fabian que celui-ci frémit, retira vivement sa main et, tout penaud, rentra la tête dans les épaules.

Fabian ébaucha une phrase en esprit : « Messire, pourriez-vous… », puis l'idée qui surgit dans son esprit lui fit tellement peur qu'il recula devant elle comme une chauve-souris effrayée par la lumière et se recroquevilla derrière la clôture.

Le passant haussa les sourcils, en homme qui se demande ce que pouvait bien lui vouloir cet esclave qui cachait aux trois-quarts son visage derrière une planche de son enclos. Et, comme Fabian restait muet, il fit un pas pour reprendre sa route.

— Non ! Attendez ! souffla Fabian de toutes ses forces, mais sans faire vibrer ses cordes vocales, afin de ne pas attirer l'attention du rabbi et de Sadoc qui grognaient et maugréaient juste dans son dos.

L'homme s'arrêta. Fabian ouvrit la bouche pour parler, mais il avait maintenant la tête vide et aucun son ne sortit. Il dut avoir l'air idiot, car un sourire amusé releva les coins de la bouche de l'homme qui dit, employant la même langue que Fabian :

— Eh bien ! quoi ?

Fabian balbutia :

— Messire ! euh !… saïd !

Ce titre avait retenti toute la journée sur le marché, chaque fois qu'un bel homme riche à l'air distrait s'approchait d'un parc à esclaves. Puis Fabian, à court d'idées, se tut. De nouveau, l'homme parut plus amusé que contrarié :

— Oui ? je t'écoute.

Enfin, Fabian eut une idée avouable :

— Me reconnaissez-vous ?

L'homme dévisagea Fabian, puis fit non de la tête.

— Nous avons voyagé ensemble. J'étais un des captifs, dans la colonne…

Fabian s'interrompit et montra discrètement du pouce le fond de l'enclos où s'affairaient le rabbi et Sadoc.

— Ah ! dit l'homme d'une voix indifférente.

— Oui, j'étais enchaîné à côté du garçonnet dont vous avez pris soin, en l'installant sur un travois, souffla Fabian.

— Ah ?

L'attitude du saïd n'était guère encourageante, mais l'idée vague devant laquelle Fabian avait reculé avec effroi, qu'il avait lâchée et rejetée comme un tison brûlant, avait désormais pris forme. Seulement, oserait-il l'exprimer ?

L'homme s'impatientait :

— Et alors ?

— Euh, pourriez-vous, s'il vous plaît, saïd, si je peux me permettre d'oser vous faire une telle demande…

— Eh bien, parle, que veux-tu ?

— Pourriez-vous parler pour moi au rabbi ? dit Fabian d'un trait.

— Pour lui dire quoi ?

— Eh bien, excusez mon audace, excusez-moi, si vous pouviez lui demander…

— Quoi, enfin ?

Fabian rouvrait la bouche pour répondre, quand une exclamation éclata au fond de l'enclos et le fit sursauter. Fabian crut avoir déclenché la colère du rabbi, et il eut tellement peur que ses jambes se dérobèrent sous lui et qu'il dut se raccrocher à la clôture de bois.

Mais non, le rabbi Éléazar venait avec un grand sourire et adressait des paroles manifestement cordiales à son ancien compagnon de route. Le saïd et le rabbi échangèrent sur un ton amical quelques paroles inintelligibles pour Fabian, dans ce mélange de raclements de gorge, de crachats et de paroles chantantes propres au langage qui avait retenti toute la journée sur la place, et que Fabian avait entendu de plus en plus souvent à mesure que leur colonne descendait vers le midi.

Soudain, le passant se tourna vers Fabian et lui dit en parler du marais :

— Au fait, mon garçon, que me voulais-tu donc ?

Fabian eût voulu rentrer sous terre.

— Euh …

Le rabbi vint à son secours, dans ce parler étrange, mais compréhensible, qu'il employait dans ses échanges avec messire Onfroi au nord des grandes montagnes enneigées :

— Voyons, seigneur Idris, ne faites pas du semblant. Ce n'est pas un singe vieux qu'on instruit aux grimaces. Je vous comprends, c'est bonne guerre, je fais le même. Le *mercado* va clore et vous quêtez l'aubaine.

— Mais non ! Je ne veux rien acheter. Mon auberge est juste à côté. Je passais ici par hasard, quand ce garçon m'a interpelé. Je me suis arrêté comme vous l'auriez fait vous-même si une voix s'était élevée sur votre passage, voilà tout.

Aucune mention de la main que Fabian avait levée vers lui ou, pire encore, sur lui, un geste que beaucoup d'hommes de haut rang, tel que celui-ci paraissait en être un, auraient exigé qu'on punît comme un crime. Fabian poussa un soupir de soulagement.

— Ah ! vraiment ? Il ne vous intéresse pas ? De loin, pourtant, votre intérêt m'a, comment les Francs disent-ils, déjà ? bondi aux yeux.

L'homme ne protesta pas. Le rabbi se tourna alors vers Fabian et dit d'un ton paternel :

— Je parie que tu as des *talentos* plein ta *bolsa*. Dis-moi, en quoi excelles-tu, mon jeune *amigo* ?

— Euh…

— Les chevaux ! Tu t'y connais en chevaux ?

— Euh, oui.

Grosse exagération. Un jour d'automne, le père était revenu avec un petit cheval, un roncin pommelé. Sensation dans la clairière ! Une famille capable de nourrir un cheval ! Mais c'est le père qui s'en occupait, pas Fabian, et l'on n'avait gardé l'animal que le temps d'un labour. Dès le premier hiver, le fourrage avait manqué. Les hennissements de la bête affamée avaient répandu beaucoup de joie dans le voisinage. Et Fabian avait aperçu bien des sourires, quand ils étaient passés entre les huttes, le père et lui, par un matin glacé, tirant le petit cheval par son licou pour aller le revendre.

Les chevaux étaient rares, dans le marais. Presque personne ne pouvait s'offrir un tel luxe. Même si tous en rêvaient, de ces belles bêtes adroites qui tournaient serré au bout des guérets, ne gaspillant pas un pouce de la glèbe durement gagnée, arbre après arbre, racine après racine, souche après souche, sur la forêt envahissante ; de ces belles bêtes vaillantes qui se tueraient à la tâche si on ne les arrêtait pas ; de ces animaux dont le croupion produisait un engrais magique, plus précieux que l'or et, en plus, aussi facile à ramasser que des coquillages.

Ce n'était pas comme les bœufs, ces gros paresseux, qui s'arrêtaient à tout bout de champ, dès qu'ils sentaient la moindre fatigue ; et qui vous prenaient de grands virages à l'extrémité des labours, obligeant à laisser une large bande de terre en friche, comme si l'on avait de la terre à perdre ! Il fallait toujours se battre avec les bœufs. On se demandait parfois s'ils étaient bons à autre chose qu'à produire de la bouse, ces lourdauds; une bouse salissante et sans vertu, en plus. Mais, de nouveau, la famille de Fabian avait dû se contenter d'un bœuf, comme tous les autres maraîchins. Et, de nouveau, l'année suivante, le grain avait manqué avant la moisson et il avait fallu ronger des racines pendant des jours.

Et Fabian avait recommencé, comme tous les enfants du marais, à rêver d'un cheval. Si l'on pouvait apprendre quoi que ce fût à rêver, alors oui, Fabian s'y connaissait en chevaux. Il hocha la tête.

— J'en étais sûr ! Tu as une tête à aimer les chevaux.

Le rabbi se tourna vers le seigneur Idris :

— Et voilà un *chico* de tout trouvé pour *couider* votre cheval !

— Sauf que mon voyage se termine demain, et que je revendrai mon cheval sitôt rentré à Ouedi Achi.

— Bah ! Il *soindra* le cheval que vous *cavalerez* pour votre prochain voyage.

— Ce sera dans très longtemps.

— *Boueno*, en attendant, usez le garçon pour les tâches de la *casa*.

— Mais je n'ai pas besoin d'esclave. Je n'ai ni noria ni meule.

— Mais vous avez *sécurament* champ à *culturer*, jardin à abreuver, potager à racler, fruits sur arbres d'où fuir oiseaux, *ovinos* à paître, brebis à trahir, je voulons dire, à traire, troncs à trancher, bûches à fendre, eau à déporter, lapins à herber, poules à déplumer, feu à tenir, latrines à curer, ruches à *soindre*, miel à…

Le seigneur Idris interrompit le flux de paroles en levant la main.

— Je n'ai pas tant à faire. Et surtout, ma maison est trop petite pour loger une personne de plus.

— Vous êtes *sécurament* trop modeste, seigneur Idris. Mais qui parle de loger *loui* dedans ? Voyez comme il est *péquégno* et maigre, vous avez *sécurament* quelconque niche ou terrier à sa taille. Faites-le dormir avec lapins, ou avec chèvres, ou avec …

Le rabbi resta court et regarda Fabian comme pour lui demander de fournir un troisième exemple.

Fut-ce le vague souvenir d'un conte dit par l'aïeule lors d'une veillée ? Quelque histoire de prince devenu porcher, et tournant la tête d'une princesse ? Ou une fable racontée par le père Lorcan ? Un cadet quitte la maison de son père, muni d'un riche héritage, mais il le dilapide dans un pays étranger, où il devient si pauvre qu'il doit louer ses services à quelque comte qui l'envoie garder les pourceaux dans les champs. Là, on ne lui donne même pas à manger les cosses qu'on donne aux pourceaux. Mourant de faim, le cadet repense à son père, à la maison qu'il a quittés. Fabian n'était plus sûr de la suite exacte, mais il se rappelait vivement l'image finale : le père, tout joyeux, faisait rôtir son veau le plus gras pour célébrer le retour de son fils. Bref, quels que fussent les détails, toutes ces histoires de héros passant par une porcherie finissaient bien, par des noces ou des retrouvailles. C'était de bon augure. Et Fabian lâcha d'une voix forte :

— … les cochons.

Le seigneur Idris sursauta, s'écarta de la clôture et dit froidement :

— Excusez-moi, Éléazar, j'ai à faire.

Et il fit un pas pour s'éloigner. Fabian s'écria d'instinct :

— Non, attendez !

Le seigneur Idris s'arrêta, regarda Fabian en pleine face puis son regard glissa un peu plus bas, à hauteur de la poitrine de Fabian. Suivant le regard du seigneur Idris, Fabian s'aperçut qu'il avait les mains jointes, comme un suppliant. Il écarta vivement les mains et les cacha derrière son dos.

Cependant, le rabbi levait l'avant-bras, la main grande ouverte en un geste apaisant, et disait d'un ton bonhomme :

— Mais oui, attendez donc, seigneur Idris. Ne vous offensez pas. Vous savez bien comme sont les Francs. Ils n'ont pas eu la chance d'être instruits, comme nous, dans une vraie religion. Ils mangent et boivent n'importe quoi, et se lavent à peine. Pour eux, le *porcino* est un animal comme un autre. Ce n'est pas la faute de ce garçon. Il ignore que le porc est un animal impur. N'est-ce pas, mon garçon. Le porc n'est pas une nourriture interdite dans ton pays ?

Fabian en fut éberlué. La viande était si rare. Parfois, presque par miracle, on parvenait à se mettre sous la dent un morceau de porc bouilli. Qu'y avait-il de mal à cela ? Dans le cochon, tout est bon, répétait-on dans le marais. Fabian ne pouvait pas savoir que, sous les climats chauds, Dieu interdisait tout contact avec cette pauvre créature, infligeant aux contrevenants des maux de ventre et des plaies pires qu'à Job.

— Mais, à partir d'aujourd'hui, tu cesseras d'en manger, hein ! *chico* ? et d'en parler ?

Et le rabbi posa un regard appuyé sur Fabian, avec des yeux durs soudain.

Si on lui avait donné un tel ordre en d'autres circonstances, Fabian aurait éclaté de rire. Intelligent, rustique, content avec des épluchures, le cochon a l'art d'être heureux. C'est un modèle de sagesse et de frugalité. En quoi pouvait-il faire du tort ? Quant à son cousin velu, le sanglier, n'en parlons pas. C'est une bête qui inspire un profond respect dans le marais, une bête dure à tuer, qui a éventré maint chasseur. Un jour d'automne, de retour du champ, le père avait posé un objet sur le coffre qui servait de table dans la hutte. La famille avait fait cercle. En plein labour, le soc de la charrue avait soudain heurté quelque chose de dur. Le père avait fait reculer le bœuf. Et il avait déterré cette chose : une statuette en bronze représentant un sanglier chargeant, le groin en avant, tout velu, avec des boucles de poils le long des flancs. La figurine reposait sur une plaque fixée à un manche de métal brisé. Le bronze était abîmé et noirci, mais on reconnaissait bien l'animal, qui paraissait courir comme s'il était vivant. C'était sans doute une enseigne tombée un soir de bataille, que les vainqueurs avaient piétinée et abandonnée là, tandis qu'ils égorgeaient les blessés, enchaînaient les enfants et déshonoraient les femmes. Toute la famille avait admiré l'emblème des ancêtres, bouche bée. Fabian avait eu le cœur serré le jour où le père avait passé la porte en emportant l'objet, tout cela pour revenir avec un maigre sac de farine noire que la famille avait englouti en deux jours.

Mais Fabian n'était plus dans le marais, et il s'empressa d'acquiescer. De l'autre côté de la clôture, le seigneur Idris parut se détendre. Alors, le rabbi reprit, fixant des yeux doux sur Fabian, comme sur l'objet le plus beau, le plus précieux et le plus intéressant du monde :

— Dis-nous, mon garçon, parmi toutes tâches que tu faisais dans ton pays, qu'est-ce que tu faisais le mieux ?

Fabian réfléchit. Il fendait les bûches de travers, se déplaçait comme une tortue, n'arrivait pas à soulever un seau plein d'eau et avait même du mal à se faire obéir des moutons. Il ne trouva rien à répondre.

Le rabbi reprit.

— Qu'est-ce que tu faisais mieux que les autres, que les autres de ton âge ?

À nouveau, Fabian réfléchit. À bien y penser, il faisait tout pire que les autres. Il resta muet.

Le rabbi dit encore :

— Allons, tu recevais bien des compliments. Pour quelle tâche ?

Fabian réfléchit : il ne recevait jamais de compliments.

Le rabbi insista :

— Allez, cherche bien, il y a *sécurament* une tâche.

Il y avait bien une chose, en effet, qu'il faisait mieux que les copains, et même que les parents : compter. La plupart des gens de la clairière étaient perdus au-delà de cent. Beaucoup lâchaient même pied à partir de vingt. Pour certains, qui ne savaient pas compter sur leurs doigts, douze, le nombre de mois de l'année était une barrière infranchissable. Et il ne fal-

lait pas leur demander de faire la somme de deux nombres, ce
à quoi Fabian aimait s'exercer depuis que le père Lorcan lui
avait appris comment faire, une après-midi, en tête à tête, dans
le verger des moines. Le père Lorcan paraissait l'avoir pris en
amitié et lui enseignait des choses que seuls certains moines savaient : des histoires anciennes, le nom et les vertus des herbes,
les figures formées par les étoiles, et aussi à compter justement.
Mais cette aptitude à compter ne lui valait guère de compliments, bien au contraire. Sa manie de compter, comme disait
la mère, passait, au mieux, pour une perte de temps, au pire,
pour de la sorcellerie, et ce, même aux yeux d'autres moines
qui désapprouvaient les calculs du père Lorcan et sa science
des herbes. Quand la mère surprenait Fabian les yeux fixés sur
des cailloux qu'il avait arrangés sur le seuil, elle les dispersait
avec son balai en s'écriant : « Encore à compter ! »

Fabian hésitait donc à révéler ce talent que presque tous,
dans le marais, considéraient comme une tare. Mais, comme
le seigneur Idris se raclait la gorge avec un air impatient, et
qu'il ne se trouvait aucun autre talent, Fabian finit par lâcher :

— Compter, peut-être ?

— Ah ! Tu vois ! s'exclama le rabbi.

Puis il se tourna vivement vers le seigneur Idris :

— Vous voyez, seigneur Idris. Comme scribe des domaines
du calife, n'avez-vous pas plus de comptes à *recointer* qu'il n'y a
de *minutos* dans une journée ? Un garçon qui sait *cointer*, mais
c'est le Très-haut qui vous l'envoie !

Le seigneur Idris se tourna lentement vers Fabian, l'observa un moment puis demanda tout à trac :

— Si j'ai dix-sept pièces et toi vingt-cinq, combien de pièces
avons-nous à nous deux ?

Fabian fit la somme sur ses doigts à toute vitesse, selon la méthode du père Lorcan, qui permettait de compter jusqu'à cent. La main gauche enregistre les dizaines et la main droite, les unités. Un doigt ne vaut rien quand il est tendu, il vaut un quand il est à demi plié, et deux quand il est enroulé contre la paume.

Fabian fit d'abord le plus gros nombre : vingt-cinq, en recroquevillant l'auriculaire gauche et en pliant deux doigts et demi de la main droite. Puis il s'occupa d'y ajouter le plus petit nombre. Il fléchit donc l'annulaire gauche pour ajouter une dizaine, put faire tenir encore cinq dans la main droite jusqu'à ce qu'elle formât un poing, transféra la dizaine ainsi complétée de sa main droite à son annulaire gauche, puis replia l'auriculaire droit pour ajouter les deux unités restantes. Enfin, il lut le nombre accumulé dans ses mains :

— Quarante-deux !

— Hon, hon, approuva le seigneur Idris.

— Et si j'ai six milliers quinze-vingt et douze dinars et que tu en as trois milliers, six centaines et quatre-vingt-deux, combien avons-nous de dinars à nous deux.

Fabian fut saisi de vertige devant de si grands nombres, comme si on l'avait soudain transporté en haut d'une falaise face au vide. Le Père Lorcan lui avait bien parlé d'une méthode permettant de compter sur les doigts jusqu'à mille, mais il ne la lui avait pas encore enseignée. Et l'incompréhension dut se lire sur le visage de Fabian, car le seigneur Idris se tourna vers le rabbin et dit :

— Oublions cela. Il ne sait pas plus compter qu'un paysan !

— Allons, allons ! répliqua le rabbi d'une voix bonhomme. Il apprendra vite s'il a le don.

— Rien ne dit qu'il ait le don.

— Pas difficile d'en avoir le cœur, comment disent les Francs, déjà ? ah oui, clair ! c'est ça, pas difficile d'en avoir le cœur clair. Ne *meuvez* pas, je vous prie, seigneur Idris, je fais l'*aller-venir*.

Le rabbi fila au fond de l'enclos avec une rapidité étonnante pour un homme de sa corpulence, farfouilla dans un coffre, et revint avec une baguette d'osier. Du bout de cette baguette, il traça dans le sable un cercle et, à l'intérieur de ce cercle, une étoile à cinq branches, dont les pointes toutefois dépassaient. Puis il se tourna vers Fabian et dit en désignant tour à tour les deux éléments de la figure hybride :

— Cercle. Pentagramme. Lequel a surface *maxime* ?

Fabian regarda le rabbi sans comprendre. Le seigneur Idris traduisit :

— Qu'est-ce qui est le plus gros : le rond ou l'étoile ?

Fabian examina le dessin par terre, les lignes tracées dans le sable. Et soudain, tout le reste disparut. Les deux figures parurent se détacher du sable, se purifier, flotter dans l'air, et ce fut comme si Fabian les voyait en esprit et pouvait les faire tourner, glisser, s'éloigner ou se rapprocher l'une de l'autre à sa guise, au gré de son imagination.

— Alors ? On t'écoute, dit le rabbi.

— Le rond.

— Vraiment ? Est-ce que les pointes de l'étoile ne dépassent pas hors du rond ? demanda le seigneur Idris.

Fabian n'hésita pas. Timide avec les hommes, il était audacieux avec les idées.

— Si, mais pour chaque pointe qui dépasse, il y a aussi un bout du rond coincé dans la fourche entre deux branches de l'étoile, un coin qui ressemble à une pointe d'étoile, mais tournée vers l'intérieur, et cette pointe qui regarde vers le dedans est plus grosse que la pointe voisine qui regarde vers le dehors.

— Ah ! vraiment ? Ces deux pointes d'étoile, comme tu les appelles, cette pointe sortante et cette pointe rentrante, il me semble pourtant qu'elles ont à peu près la même longueur et la même largeur, non ? demanda le seigneur Idris.

Fasciné par la figure dans le sable, Fabian en oubliait les grognements de Sadoc dans le fond de l'enclos. Il ne sentait pas non plus les rayons du soleil qui lui brûlaient le dos, ni les frottements du collier de fer qui ravivaient les écorchures de sa nuque. Il était absorbé comme quand il comptait les mouettes sur la plage ou les petites pierres sur la crête d'un sillon, tandis que son père s'égosillait en vain dans son dos à lui crier de redresser car il s'écartait du tracé, entraînant le bœuf derrière lui.

— Oui, c'est vrai, les côtés ont l'air d'avoir la même longueur, mais le cul des branches d'étoiles qui regardent vers dehors est creux comme un fond de bouteille, alors que le cul des branches qui regardent vers le dedans est enflé comme un tonneau. Donc les branches qui regardent vers le dedans sont plus grosses que celles qui regardent vers dehors. Et donc le rond qui contient ces parties est plus gros que l'étoile qui ne les contient pas.

Quand Fabian releva la tête, il rencontra les yeux du seigneur Idris qui lui parurent, à sa grande surprise, embués.

— Alors ? demanda le rabbi au seigneur Idris, le menton relevé, dans une attitude de défi tranquille.

Mais le seigneur Idris se rembrunit, comme s'il redescendait sur terre après avoir baigné lui aussi dans le monde céleste des figures, des étoiles et des sphères.

— Ça ne veut rien dire. Vérifier des comptes, comprendre la logique, réduire des égalités pour répartir des héritages, c'est autre chose que raisonner avec des mots d'enfants sur deux figures dessinées dans le sable. Et puis…

Le seigneur Idris se tourna vers Fabian et lui dit une phrase à laquelle Fabian ne comprit rien. Son incompréhension dut se lire sur son visage, car le seigneur Idris se retourna vers le rabbi :

— Vous voyez, il ne comprend même pas l'arabe.

— Vous *loui* instruirez.

— Quand ? Entre minuit et la treizième heure ? Je n'ai pas une minute à moi dans une journée.

— Bah, homme talentueux *como* vous êtes ! Vous feriez de quiconque apprenti *ouné maestro* en un clin de paupière.

— N'essayez pas de me flatter, Éléazar. Vous me proposez un esclave comme si j'étais contrôleur des comptes, avec une grande maison. Je ne suis qu'un petit scribe, logé dans une coquille d'huître avec les miens.

— Vous serez bientôt *promou* contrôleur, j'en mettrais ma *mano* à couper !

— En attendant, je ne le suis pas. Inutile d'insister, Éléazar !

— Eh bien, je vous offre un traité, seigneur Idris, un traité juste pour vous. Un traité que je n'ai jamais offert à personne. C'est vraiment parce que je vous aime. Achetez-moi ce *chico*, emmenez-le chez vous, *instruisez-lui* l'arabe, les comptes, l'abaque, les héritages et si, dans sept mois, il ne vous a pas donné *satisfactionne*, je le reprends et vous rembourse.

— C'est généreux à vous, mais…

Le rabbi coupa la parole au seigneur Idris :

— Non, ce n'est pas généreux ! C'est mon intérêt, et le vôtre !

— Mais si vous deviez me rembourser ?

Le rabbi jeta un regard autour de lui, puis il dit, en baissant la voix et en se rapprochant de son interlocuteur :

— Je le livrerai à Sadoc, qui lui fera payer ma perte en nature.

Puis le rabbi se recula et reprit à voix haute :

— Croyez-moi, je ne prends aucun risque, seigneur Idris. Ce garçon vous donnera *sécurament* toute satisfaction. N'est-ce pas mon garçon ?

Et il planta un regard froid et dur dans les yeux de Fabian. Fabian s'empressa de faire oui en hochant vigoureusement la tête. Le seigneur Idris porta une main à son menton, y appuya celui-ci comme au creux d'une coupe, et regarda Fabian en se caressant la joue de l'index, l'air pensif. Il paraissait tenté. Mais son expression changea soudain et il dit :

— J'ai déjà du mal à faire vivre ma maisonnée. Je ne pourrai pas nourrir une bouche de plus.

— Mais regardez comme il est maigre. Il ne vous coûtera rien. Je parie qu'il mange moins de *dos* onces par jour. Dans pays barbare, ils mangent des miettes de pain noir dans *dou* bouillon. Vous pourriez nourrir *loui* avec juste des *éplouchoures*, ce serait encore mieux que chez *loui*. N'est-ce pas, mon garçon, *tou* manges des *éplouchoures* ?

Fabian s'empressa d'acquiescer et, dans son élan, il ajouta :

— Oui, je ne coûte pas plus cher à nourrir qu'un c…

Décidément, difficile de ne pas mentionner cette aimable créature quand on parle la langue du marais. Fabian se reprit :

— … qu'un canard, en priant pour que le seigneur Idris n'eût rien contre les canards.

Or, soudain, dans un coin du marché, un âne invisible se mit à braire. Le seigneur Idris parut se réveiller d'un rêve, il opposa ses deux mains au rabbi, en homme qui repousse une offre, dit quelques mots dans la langue gutturale des maîtres de ce pays, sans sourire et d'un ton assez sec, et il tourna les talons.

Par-dessus son épaule, il lança à Fabian :

— Désolé, mon garçon, bonne chance !

Et il s'en fut de son pas souple, contournant un homme en robe grise qui se tenait immobile à quelques pas. Celui-ci avait un capuchon rabattu sur sa tête et Fabian le prit d'abord pour un moine, venu peut-être pour le délivrer. Courte joie : l'homme portait une épée au bout d'un baudrier râpé. Quand le rabbi l'interpela, l'homme rejeta son capuchon en arrière et découvrit un crâne entortillé dans une toile qui paraissait incrustée d'un sable rouge sombre. Il avait un nez aquilin, une barbe courte et drue et des yeux durs. Son habit était plus miteux que l'habit du plus miteux des acheteurs qui s'était présenté jusque-là. Mais sa nuque était raide et fière, et dans ses yeux brûlait un feu qui faisait peur.

L'homme s'approcha et une discussion s'engagea dans la langue gutturale. À un moment le rabbi alla vivement au fond de l'enclos, farfouilla de nouveau dans le coffre d'où il avait tiré sa baguette de géomètre un peu plus tôt, et il en revint avec un grand morceau d'étoffe simple, mais propre, sur l'avant-bras, qu'il déploya sur les épaules de Fabian, le couvrant du même surplis ample dont les acheteurs de l'espèce farouche et armée qui avaient défilé toute la journée était affublés. Désespérant de vendre son dernier esclave, le rabbi se faisait tailleur : il vendait une robe, avec un esclave dedans.

Enfin, le rabbi remit la chaîne qui pendait du collier de fer de Fabian à l'homme au nez crochu, qui l'accepta sans lui donner la moindre pièce en échange. Se débarrasser d'un esclave invendable, c'est s'enrichir.

III

POLITESSE INDIGÈNE

L'homme au nez crochu vociféra un ordre du haut de sa mule, et le manchot en tête de colonne avança, tirant Fabian par le cou. Aux premiers pas, Fabian se sentit les pieds légers comme des oiseaux. L'avantage d'avoir les chevilles libres après avoir marché avec des entraves pendant deux mois ! Mais, à mesure que les lieues s'accumulaient et que le soleil montant changeait la vallée pierreuse en four, les pieds de Fabian redevinrent pesants comme du plomb.

Jamais Fabian n'avait eu aussi chaud, pas même sur le plateau aride qu'ils avaient traversés avec le rabbi avant d'atteindre la ville du marché aux esclaves. Il bénissait les rares haltes. On les parquait sous un arbre et on les laissait s'asseoir.

L'homme au nez crochu, le garçon aux cheveux carotte qui trottait à l'avant et les deux gardes à pied prenaient chacun leur gourde et buvaient à la régalade. Mais ils ne partageaient pas avec les captifs.

Une seule fois, au bord d'un pré où paissaient des chèvres, on s'arrêta près d'un puits. Le chevrier allongé sous un arbre se leva. Il ne vit d'abord que le petit rouquin et le repoussa rudement. Puis il aperçut un des gardes à pied, un gros rougeaud à la barbe blonde, muni d'un simple bâton et il tendit la main, en frottant son pouce contre son index, voulant visiblement monnayer l'accès à la margelle. Mais dès qu'il repéra le barbu au nez crochu, l'épée au côté, son attitude changea. Tout sourire, il puisa lui-même un seau d'eau fraîche pour le nouveau-venu, puis pour sa mule, puis pour les deux gardes à pied, puis pour le petit rouquin et enfin pour les six esclaves assis à l'ombre d'une haie. Il ne versa pas plus d'une gorgée à chacun des six captifs. Mais la gorge desséchée de Fabian savoura cette brève lampée d'eau fraîche.

On croisait parfois un piéton ou un homme à dos d'âne. Les hommes à dos d'âne montaient de côté. En apercevant de loin le barbu au nez crochu sur sa mule, ces derniers se laissaient glisser de leur selle et s'inclinaient profondément. Le barbu ne paraissait même pas les voir. Ils restaient penchés au bord du chemin jusqu'au passage du garde armé qui fermait la marche de la petite colonne. Plus tard, Fabian apprendrait que c'était des chrétiens et que telle était la loi.

On rencontra un seul homme à cheval de toute la matinée. Le cavalier, enveloppé dans un grand drap ample, la tête entourée d'un linge qui lui passait sous le menton, l'épée au côté, passa fièrement, le menton relevé, saluant à peine l'homme au nez crochu monté sur sa mule. C'était un Sarrasin, un descendant d'Ismaël. L'homme au nez crochu n'était qu'un Maure.

IV

FERVEUR LOCALE

Le soleil tapait d'aplomb. L'homme au nez crochu se tourna vers les captifs et se passa l'index en travers du cou, d'une oreille à l'autre, imitant un boucher qui égorge une bête, avec une grimace menaçante. Puis il rejoignit les deux gardes et le petit rouquin qui paraissaient l'attendre, debout sous un arbre. Là, le petit rouquin lui versa de l'eau d'une outre dans une petite bassine et il se lava les mains, but et recracha, une fois, deux fois, trois fois, se lava le visage, les avant-bras, la tête, les oreilles, le cou et les pieds. Puis l'homme au nez crochu, les deux gardes et le petit rouquin se tournèrent, comme nos autels et nos églises, vers l'orient, et ils fermèrent les yeux. L'homme au nez crochu entonna une psalmodie gutturale, que le garde et le garçon reprirent en chœur. Après deux ou trois phrases, il s'agenouilla, se prosterna face contre terre, imité par ses deux compagnons, puis il se redressa et, le buste droit, assis sur ses talons, il se remit à psalmodier, selon le rituel que tous les gens de ce pays paraissaient exécuter plusieurs fois par jour, où qu'ils fussent, avec une régularité monastique.

La ferveur qui tendait le visage de l'homme au nez crochu et du plus jeune des deux gardes, qui se tenait à côté de lui, frappa Fabian. À la différence du petit rouquin et du gros rougeaud, qui gardaient leur visage habituel, ces deux-là étaient transfigurés comme s'ils avaient bu quelque potion, de celles que buvait la devineresse de la forêt de Triaize, avant de prédire l'avenir, les yeux exorbités, la bave aux lèvres. Si c'était une prière qu'ils prononçaient, Fabian n'avait encore jamais vu personne prier avec autant d'intensité : ni les maraîchins, ni le prêtre qui venait chanter la messe pour eux le dimanche au centre de la clairière, ni même les moines de l'abbaye de saint-Michel. Est-ce que le cavalier et les gardes qui avaient accompagné le convoi de rabbi Éléazar se recueillaient avec autant de ferveur ? Fabian n'aurait su le dire, car il ne les avait vu s'agenouiller que de loin. Quant à la foule du marché aux esclaves, elle lui tournait le dos.

Fabian, lui, n'aimait pas prier. Heureusement qu'il ne devait pas prier comme ces gens, tous les jours et à heures fixes. En de rares occasions, dans le danger, ou quand il désirait ardemment quelque chose, il invoquait dame Marie. Comme lors de la tempête qui s'était déchaînée la nuit qui avait suivi son enlèvement par les hommes du Nord. Ou comme lorsque l'homme coiffé d'une tête de renard attendait Amis, le poignard à la main, près de la pierre au chevreuil. Mais la Dame exauçait rarement les prières. Les entendait-elle seulement ?

D'ailleurs, c'était parfois aussi bien. Comme ce jour de juin. La récolte de l'année précédente avait été maigre et les greniers étaient vides, à plusieurs semaines de la moisson. Même le poisson semblait avoir déserté la mer. Il n'était pas question de manger les brebis qui donnaient le fromage. Tout le marais avait faim.

Fabian avait quitté les communaux, franchi la lisière de la forêt interdite, là où ceux de la clairière n'avaient aucun droit, pas même de ramasser du bois mort. Il était entré comme un voleur, à la recherche d'un cours d'eau. Il avait rencontré une rivière et y avait lancé un hameçon. Il avait prié dame Marie qu'elle lui fît attraper un poisson, si petit fût-il. Il n'osait pas demander un brochet. Et puis son hameçon s'était accroché, sans doute à quelque racine. Il avait tiré sur le fil, trop brusquement. Le chanvre avait cédé. Dans cette partie vaseuse, l'eau était trouble et profonde, impossible de plonger. Et puis il fallait se faire discret, rester tapi dans l'ombre, ne pas attirer l'attention en barbotant. Fabian s'était résigné à rentrer bredouille, l'estomac dans les talons, chagrin d'avoir perdu son unique hameçon. Il était si rare de mettre la main sur un brin de métal.

Et soudain, un garde avait surgi des fourrés ; l'avait accusé de braconnage ; l'avait fouillé. Mais la tunique de Fabian ne cachait rien de pendable : ni hameçon, ni piège. Juste une innocente petite ficelle. Pour entraver les chevreaux ou les agneaux indociles, avait expliqué Fabian. Le garde avait fixé sur lui des yeux soupçonneux, pas dupe. Mais il avait mieux à faire qu'à tirer les vers du nez d'un petit vilain trop maladroit pour attraper la moindre poignée de poil, de plume ou d'écaille. Et il avait poussé Fabian vers la lisière du bois, d'où il l'avait chassé, avec un grand coup de pied au derrière.

En s'éloignant à travers une jachère, Fabian avait remercié dame Marie de ne pas l'avoir exaucé pour le poisson. Sans doute savait-elle mieux.

N'empêche, il s'ennuyait ferme chaque fois qu'il fallait écouter la messe. Heureusement que ce n'était qu'un jour sur sept. La statuette que le prêtre du marais posait sur une souche près de l'autel n'était même pas belle. Du simple bois. Pas comme la vierge de l'abbaye de Saint-Michel. On n'y allait que pour les grandes fêtes. Là, une statuette de dame Marie tout en or, sertie de pierres précieuses, assise sur un trône, se dressait près de l'autel. Tellement belle... Celle-ci était peut-être puissante.

Ce que Fabian aurait aimé être, c'est un moine dispensé de prier ; libre de compter les cailloux, d'observer les étoiles et de cultiver des plantes aux propriétés puissantes, comme le père Lorcan semblait passer sa vie à le faire.

Dans la messe, Fabian aimait toutefois la partie où l'on écoute des histoires. Il se rappelait celle des dernières Pâques. Les gens du peuple de Dieu, qui étaient esclaves, avaient mangé des agneaux et fait des croix de sang sur leur porte, puis ils s'étaient enfuis dans la nuit. Leur maître les avait poursuivis avec une armée, mais l'océan de Dieu les avait engloutis, hommes et chevaux, sous ses vagues... L'abbé qui contait l'histoire changeait de timbre selon les personnages. Sa voix tonnait quand il exprimait la colère de Dieu. Ce jour-là, sous les voûtes de pierre de l'abbaye de saint-Michel, tout au fond de l'église, Fabian avait cru sentir la présence de l'archange.

Mais pour revenir à cette halte de midi, si c'était une prière que ces gens-là faisaient, assis sur leurs talons, les visages de l'homme au nez crochu et de son jeune voisin traduisaient une concentration intense, que Fabian ne se rappelait pas avoir vu sur des visages en prière.

V

UN HACHIS BIEN LÉGER

Vers le soir, le petit rouquin poussa un cri en désignant un point au bout de la vallée. Une excitation saisit les gardes. Même l'homme au nez crochu, que les autres appelaient « charif », parut joyeux. Tous répétaient une phrase, qui ressemblait à « Ouais ! Du hachis ! » et Fabian se prit à rêver d'un vrai repas. Plus tard, il comprendrait que c'était le nom d'une ville : Ouedi Achi. Là-bas, dans la direction indiquée par le doigt du rouquin, au centre d'une plaine rocheuse flanquée de pitons bruns, une colline couleur sable se détachait, dorée par le soleil.

Peu à peu, le profil de la colline se dentela, comme deux escaliers adossés l'un à l'autre. Plusieurs étages de murailles tirées au cordeau ceinturaient la colline. Un damier de maisons ocres ou brunes et de jardins verts remplissait les intervalles. Malgré l'épuisement et la soif, malgré la peur de ce qui l'attendait, Fabian ne put s'empêcher d'admirer la beauté puissante de la ville forte.

Au bout d'une heure de marche sur une route caillouteuse, la troupe atteignit le rempart extérieur. Après un conciliabule avec un garde de la ville qui se comportait comme s'il en était le chef, l'homme au nez crochu obtint droit d'accès, et les membres de la troupe entrèrent l'un après l'autre sous la voûte sombre d'une porte. Fabian savoura la fraîcheur qu'exhalaient les pierres.

Tout à son délice, il ralentit le pas. Le captif manchot qui marchait devant lui, irrité sans doute de se sentir tiré en arrière, donna un coup sec sur la corde qui reliait leurs deux colliers. Comme sur la plage voisine de l'anse-aux-mouettes, quand il marchait en laisse derrière le géant du Nord, Fabian courut deux pas pour ne pas tomber en avant. Son collier de fer, retenu par la corde qui l'attachait au captif suivant, l'arrêta net dans sa course en l'étranglant. Le manchot accueillit sa quinte de toux par un ricanement. Depuis deux mois que Fabian avait perdu son chaperon, l'échauffement douloureux que cause le frottement du métal sur une nuque exposée au soleil lui était familier. Mais, cette fois-ci, le bord coupant du collier avait dû lui entailler le cou, car il crut qu'on y appliquait un charbon ardent. Il découvrit l'effet que cause une vraie brûlure, et qui dure. Guéri de sa distraction, Fabian calqua son pas sur celui du manchot irascible, surveillant bien la tension de la corde qui se balançait entre eux.

D'un dédale de rues étroites, Fabian entrevit des taches de couleur vive, des vêtements flottants, des auvents d'échoppe. Il entendit des bruits d'atelier. Il perçut des odeurs de cuisine inconnues, qui réveillèrent sa faim latente. Ses bras frôlèrent d'autre bras. Dans le brouhaha des bavardages, il discerna la langue gutturale habituelle. Dans une rue précise, peuplée d'hommes porteurs d'une ceinture orange, il crut plusieurs fois voir et entendre rabbi Éléazar ou Sadoc. L'intonation générale des conversations n'était pas très différente de celle de la langue gutturale. De temps à autre, dans le vacarme de ces deux langues maîtresses, se glissait une phrase aux sons plus doux, mélodieuse comme un chant d'oiseau. N'était-ce pas la même langue qui résonnait, libre et joyeuse, dans les derniers villages que leur convoi avait traversés avant de franchir les grandes montagnes enneigées? Mais non, Fabian devait se tromper. Cette langue-ci était bien trop lugubre. Les mêmes mots, dits par un homme jeune et plein d'espoir, deviennent méconnaissables dans la bouche d'un vieillard triste. Et quoi de plus triste qu'un peuple résigné à mourir ?

Le manchot tourna l'angle d'un mur, entraînant Fabian par son collier. Sous les semelles, la terre unie remplaça les pavés inégaux. Soudain, le manchot cessa d'avancer et Fabian fit de même. Fabian détacha les yeux de la corde qui le reliait à la nuque du manchot. Une cour les entourait. À gauche, des voix bruyantes sortaient d'une longue maison à étage, pleine de portes et de fenêtres. À droite se dressaient des appentis. Au fond s'alignaient des cahutes de bois percées de meurtrières sombres par où l'on entrevoyait des pelages luisants. Sans doute une étable. Un puits, entouré de pierres grossières, sans mortier, trônait à côté des captifs assoiffés, comme pour les narguer.

Après un moment, trois enfants au teint sombre sortirent de la maison et vinrent regarder les captifs sous le nez. Ils se les montrèrent du doigt en riant. Puis ils leur tirèrent la langue. Enfin ils s'écartèrent et se mirent à leur jeter des pierres, jusqu'à ce que l'homme au nez crochu se fachât et les fît fuir. On n'abîme pas la marchandise.

À bout de forces, Fabian fut tenté de se laisser tomber sur place. Mais la vue du fouet qu'agitait l'homme au nez crochu le retint.

Le petit rouquin puisa de l'eau et fit boire la mule, qui engloutit trois seaux. Puis il raccrocha le seau à la poutre du puits sans un regard pour les captifs et emmena la bête vers l'étable. Sur un geste de l'homme au nez crochu, le gros garde au bâton emboîta le pas à la mule, tirant les six captifs en laisse.

L'étable s'avéra une écurie, qui sentait fort le crottin. Une bonne odeur, amicale. Les deux premières stalles étaient oc-cupées chacune par un cheval. L'un, beau et noble, au pelage luisant. L'autre, à la robe miteuse. Mais ses yeux respiraient la douceur. La mule prit la troisième cellule. Restait une der-nière cellule, la plus petite.

Le gros bâtonnier y poussa les captifs en paquet et glapit en abaissant la main vers le sol. Comme le manchot protestait qu'il n'y avait pas assez de place pour s'asseoir, le garde lui donna un coup de bâton sur la tête.

Fabian se laissa glisser par terre, le dos contre une cloison. Il était serré entre une épaule osseuse et le moignon de bras droit du manchot, qui lui entrait dans les côtes. Il n'y avait pas un pouce de libre sur le sol de terre battu, plein de trous et de bosses formés par les sabots. Fabian sentait l'arête d'une empreinte qui lui entrait dans la fesse gauche. Mais ses jambes savourèrent le répit de n'avoir plus à porter un tronc, deux bras, une tête et un collier de fer.

Le petit rouquin apporta peu après un seau d'eau qu'il posa sur le seuil de la stalle. Chaque captif reçut une louchée, pas plus. Le rouquin vida le fond du seau par terre avant de le remporter. L'eau coula comme un ruisseau. Si seulement Fa-bian avait pu s'y laver ! Il se sentait d'une saleté répugnante. Des croûtes d'excrément séchés lui tiraient sur la peau. Dire que, chez lui, il se baignait tous les jours dans l'un ou l'autre des bras de mer qui divisent le marais !

Le garçon revint avec des petits bols vides qu'il distribua. Fabian saisit avidement le sien entre ses paumes liées. Le garçon disparut. Écrasé de fatigue, Fabian faillit s'étendre, comme le firent ses deux voisins de droite, qui s'allongèrent tête-bêche, tassés contre le fond de la stalle, et s'endormirent. Mais il avait trop faim. Il se força à rester assis, espérant que son bol ne resterait pas vide.

Le garçon fut long à reparaître avec un fond de marmite. Fabian surveilla attentivement la louche qui s'approchait, fumante. Au lieu du hachis rêvé, un bouillon clair, trop clair, coula dans son bol. N'importe, il avala goulûment une gorgée. Il se brûla la langue. Il continua à aspirer le liquide, ignorant la brûlure, tant il avait faim. Il trouva au fond deux petits morceaux noirs. De la viande ? C'eût été trop beau. Il mâcha quand même avec plaisir les deux fèves, lentement, l'une après l'autre, le plus longtemps possible.

Enfin, il glissa le bol vide sous sa tunique. Sait-on jamais ? Il y aurait peut-être une autre ration plus tard. Et il se laissa glisser de tout son long, forçant un passage avec ses pieds entre les hanches de ses vis-à-vis, qui léchaient encore leur écuelle.

Soudain, un cri rauque éclata du côté de ses pieds et Fabian se sentit tiraillé par son collier, toujours relié à ceux des camarades. Des bruits de coup retentirent. En face, l'un des captifs volait le bol de l'autre. Indifférent, repu autant qu'on peut l'être après une bolée d'eau chaude, Fabian ferma les yeux. Peu après, il sentit des orteils qui lui écrasaient le nez et s'enfonçaient dans ses narines. C'était au tour des voisins d'en face, dont l'un avait dû avoir raison de l'autre, de s'allonger. La fatigue noyant le dégoût, Fabian s'endormit.

VI

DÉPART SANS FANFARE

Une secousse réveilla Fabian. Sans doute Amis, impatient d'aller traire la brebis ! Pourquoi fallait-il que les jambes lui démangeassent toujours, à celui-là. Toujours à vouloir gambader dès l'aurore. Mais quand donc apprendrait-il le sens du mot repos ?

Fabian ouvrit les yeux, vit un gros orteil incrusté de terre, sentit une odeur nauséabonde, et se dressa sur son séant. Dans la pénombre, une cloison de planches disjointes lui faisait face. Autour de lui gisaient des hommes couchés tête-bêche. Il bougea la tête. Il sentit un poids à son cou. Le frottement d'une matière froide, dure et rugueuse. Des écorchures se réveillèrent. Il se souvint.

Jamais plus Amis ne le réveillerait ! Quant à connaître le repos… Sa tête aux yeux grands ouverts flottait-elle encore, roulée par les vagues ? Pourvu qu'un maraîchin ne la retrouvât pas ! On ne savait jamais, avec les courants côtiers. À l'idée de la mère ou du père ouvrant la porte et découvrant la tête d'Amis, Fabian frissonna d'horreur. Heureusement, les navires des hommes du Nord filaient comme des oiseaux. Ils avaient dû en faire du chemin, en une nuit. Même si un pêcheur du marais ou un de ces marchands qui arpentent la côte et connaissent tout le monde retrouvait la tête du frérot, les oiseaux et les crabes l'auraient sans doute déjà nettoyée jusqu'à l'os. Nul ne la reconnaîtrait. Ainsi, nul ne reprocherait jamais à Fabian d'avoir entraîné son frère sur la plage, ni de lui avoir menti pour le faire sortir de sa cachette, ni de l'avoir laissé égorger sans lever le petit doigt. Ni vu, ni connu !

Mais Fabian se rappela une petite voisine, jolie comme un cœur, partie cueillir des champignons en forêt, et qui n'était jamais revenue. Sa mère en était devenue folle. Et si la mère devenait folle, elle aussi, à force de les attendre ? Ou, du moins, d'attendre Amis, car, vu l'accueil que lui réservait habituellement la mère, ou plutôt l'absence d'accueil, sa disparition à lui ne l'empêcherait probablement pas de dormir. Mais, au fait, il y avait un danger encore plus grand que la folie. Si l'on ne retrouvait pas le corps d'Amis, on ne pourrait pas l'enterrer. Comment ferait-il alors pour ressusciter au jour dernier ?

Un bruit de tiges écrasées interrompit les réflexions de Fabian. Dans la stalle voisine, la mule mâchait son foin. La faim ressaisit Fabian au ventre comme un poing griffu et la vision d'un bol de gruau lui remplit l'esprit. Il espéra. Mais le bâtonnier rougeaud qui surgit dans le cadre de porte n'apportait rien, hormis son bâton, qu'il enfonça au hasard dans la masse des dormeurs en aboyant.

Après avoir suscité quelques plaintes rauques, le gros garde tira d'un coup sec sur la longe du manchot. Tiré par la tête, celui-ci se leva d'un bond, entraînant Fabian, qui entraîna son voisin, un pied-bot — visiblement, l'homme au nez crochu avait raclé les fonds de panier du marché aux esclaves — et ainsi de suite jusqu'à ce que les six captifs fussent debout. Le cou écorché de Fabian se mit à lui brûler de plus belle. Sensation sans doute partagée dans la stalle, car un concert de plaintes jaillit de la bouche des captifs.

Dehors, la cour sableuse, les murs plâtreux de l'auberge, les cloisons de bois des étables, les toits de tuile rose pâlissaient dans la lueur de l'aube. Près du puits, le petit rouquin posait un seau devant la mule de l'homme au nez crochu. L'animal but. Le rouquin puisa de l'eau une deuxième fois et reposa le seau devant la mule. L'animal but encore, puis releva la tête. Le garçon l'invita à boire davantage. La mule renifla, renâcla et cracha avec dédain dans le liquide. Alors le garçon prit une louche, la plongea au fond du seau et donna à boire au premier des captifs. Quand son tour vint, Fabian ferma les yeux pour ne pas voir la bave et les débris de paille qui flottaient à la surface. La soif n'attendait pas le soleil. Fabian but avidement, les dents à demi serrées pour filtrer les impuretés les plus grosses.

Puis le garçon jeta à chacun des captifs une galette dure, que Fabian attrapa entre les mâchoires de ses mains liées. Fabian reniflait l'aliment, moucheté de tâches bleuâtres, avec suspicion, quand il sentit le regard oblique d'un compagnon de corde. Il se rappela le bol volé la veille. Vite, il mordit un grand coup dans le pain. Un goût de moisi lui remplit la bouche. N'importe, il avala la bouchée le plus vite possible, puis une autre, puis une autre, jusqu'à la dernière.

Le cri familier d'un appel chevrotant retentit par-dessus les toits. Le rouquin disparut dans le corps de logis. Et le long bâtiment exhala bientôt par toutes ses ouvertures un brouhaha psalmodié, tandis que les captifs attendaient, debout derrière la mule, sous l'œil fixe du garde au bâton. Celui-ci ne participait pas toujours à ces rites. La veille, comme ils passaient devant une masure au toit crevé, il avait baissé la tête et, après avoir jeté un regard furtif autour de lui, il avait brièvement porté son pouce à son front et, Fabian l'aurait juré, il s'était signé, comme font les saints hommes de l'abbaye en l'Herm, quand ils passent devant leur église. Était-ce une église, cette masure sans croix ? Pauvre comme une étable, on aurait à peine osé y parquer des brebis, par peur d'un écroulement. Il est vrai qu'une niche ajourée, propre à abriter une cloche, en surmontait le pignon. Mais la niche était vide. Ni cloche ni croix. Et aucune trace de statue, aucun symbole sur la façade. Ah ! si ! une pierre martelée au-dessus de la voûte de l'entrée, comme si l'on s'était acharné à faire disparaître un symbole.

Se pouvait-il que cet homme fût chrétien ? Il était aussi brutal que les autres avec les captifs ! Mais cela ne prouvait rien. Les soudards qui escortaient le convoi de rabbi Éléazar arboraient eux aussi les signes de la vraie foi. L'image de la petite croix noire qui pendait au gros cou de Garain et qui sautillait, tandis que ses veines gonflaient à éclater et qu'il déversait un flot d'injures sur un captif qui peinait à se relever pour repartir après une halte, traversa l'esprit de Fabian.

Toutefois, ce garde-ci parlait comme le reste de son groupe, la même langue gutturale, il était vêtu comme eux, d'un drap flottant par-dessus une longue tunique tombante, et il avait la même coiffe : un linge clair entortillé autour de sa tête et qui lui passait sous le menton.

Une différence, néanmoins : il ne portait ni épée ni poignard, juste un bâton. Et tiens ! il saluait toujours en premier l'autre garde, celui qu'ils appelaient Hakim, alors qu'il aurait pu être son père. Oh ! et puis, lors des distributions d'eau et de nourriture, il passait toujours en dernier. Enfin, lors des repas, il mangeait un peu à l'écart. Tout cela, du reste, faisait une belle jambe à Fabian. Pour lui, ce gros rougeaud était un garde comme un autre, qu'il valait mieux éviter de contrarier, sous peine de recevoir des coups.

L'homme au nez crochu sortit de la longue bâtisse blanche, tout pimpant, la peau du visage luisante, dans un habit tout propre qui respirait le neuf au soleil levant. Fabian envia cette propreté. Le charif enfourcha sa mule et piqua des deux. Le gros bâtonnier mit ses pas dans ceux de la bête, le manchot dans ceux du garde et Fabian dans ceux du manchot. Il ne s'agissait pas d'augmenter les frottements du collier sur son cou écorché en marchant à contre-temps.

Moins fatigué que la veille, Fabian regarda autour de lui. Les premières ruelles, étroites et sinueuses, étaient vides dans la lumière du matin. Puis les rues s'animèrent. Des échoppes ouvraient. Des boutiquiers tiraient leurs portes et ôtaient les volets de bois des fenêtres. Un drapier suspendait ses étoffes devant sa boutique, sous un auvent. Il portait un habit moiré vert, que Fabian admira.

Des passants dignes et fiers bouchaient presque la rue avec leurs robes flottantes. Entre eux et le mur, se faufilait parfois un homme à l'air humble, penché, rasant le plâtre, saluant bas, comme s'excusant de passer par là. Pas une seule femme. Il ne pouvait pourtant pas y avoir que des hommes, dans ce pays ! Mystère.

Le petit convoi descendit une rue étroite. Le pavé, fait de petits galets gris, était poudreux et sec. Et Fabian reconnut sous ses pieds la pente bosselée qu'il avait gravie la veille en peinant. C'était bon de redescendre. Si seulement il n'y avait pas eu ce collier de fer qui lui brûlait le cou ! Cette corde qui lui sciait les poignets ! Et puis ces sandales dont la courroie lui entaillait la cheville !

Après un virage, l'air s'assombrit, et de nouvelles sonorités frappèrent les oreilles de Fabian. Comme la veille dans une certaine rue, il reconnut la langue que rabbi Éléazar et Sadoc parlaient entre eux quand ils étaient seuls. Aux petits cailloux serrés succédèrent des pavés grossiers, inégaux, fendus. Il fallait prendre garde où l'on mettait le pied. Les façades étaient défraîchies. Presque tous les passants portaient un chapeau conique à large bord et des mèches en vrille aux tempes, et tous portaient une ceinture orange, comme rabbi Éléazar et Sadoc sur le marché aux esclaves.

Puis la file des captifs descendit un escalier étroit aux marches glissantes et s'enfonça dans une tranchée. À gauche se dressait le rempart extérieur, à droite, une enfilade de cabanes, de taudis et de maisons crasseuses. La rue n'était plus pavée, le pied s'engluait dans un sol spongieux. L'ombre régnait. L'air empestait le moisi.

Les habitants, qui comptaient beaucoup de femmes, étaient hâves et maigres. Tous étaient nu-tête ou coiffés d'un simple mouchoir noué. Fabian reconnut l'attitude penchée des passants qui, un peu plus tôt, dans les rues claires de la haute-ville, se faufilaient entre le mur et les hommes à l'air important. Beaucoup boitaient, avaient un bras ou un œil en moins. Tous portaient une ceinture orange comme dans la rue des sosies de rabbi Éléazar et de Sadoc, mais d'un tissu râpé, effilé, troué.

Les conversations étaient étouffées mais Fabian perçut des bribes de cette langue mélodieuse et triste que, plus haut dans la ville, les autres langues, parlées à plein poumon, dominaient. Des bruits de métal retentirent. Peut-être la forge où l'on avait fondu ce maudit collier qui l'étranglait ?

Ralentis par des monceaux d'ordures, des gravats et des brouettes, les captifs piétinèrent un long moment dans cette tranchée fétide où flottaient des ombres humaines. La pitié gagnait Fabian, quand il croisa des yeux bleus, durs de haine. Une vieille femme le regardait fixement. Ce fut comme un seau glacé sur son cœur mollissant. Toute illusion de fraternité s'évanouit.

Enfin, on repassa sous la grand-porte fortifiée et Fabian cligna des yeux dans le soleil. Combien d'heures encore à marcher, à cuire au fond de la vallée pierreuse comme dans un four ? Fabian frissonna.

VII

QUAND COMPTER NE SUFFIT PLUS

Le sentier montait entre des rocs aux formes bizarres, comme des champignons décapités. Fabian eut vite les jambes lourdes. La gorge lui brûlait. Et la poussière soulevée par les sabots et les semelles qui le précédaient n'était pas faite pour le rafraîchir. Un ruisseau coulait sur la gauche. L'eau cristalline et fraîche d'où montait une mélodie joyeuse était une tentation permanente.

Tout à coup, Fabian se sentit tirer par la peau du cou et il entendit un « pouf » derrière lui, comme le choc d'un sac de grain qui tombe par terre. Il se retourna vivement. Le pied-bot qui, un instant plus tôt, boîtait derrière lui, était à genoux dans la poussière. Il gémissait : « de l'eau, de l'eau, de l'eau ! » en tendant les bras vers le ruisseau qui coulait à deux pas, et des larmes coulaient sur son visage.

Le charif bondit à bas de sa mule, dévala la pente en poussant de côté le manchot puis Fabian. Arrivé devant l'homme à genoux, il éclata en vociférations et brandit son fouet. Le pied-bot montra le ruisseau du doigt en suppliant. Le fouet s'abattit, arrachant un grand cri au captif, qui se releva en chancelant, une joue en sang. Un sourire moqueur illumina le visage de l'homme au fouet. Avec une moue de dédain, il cracha par terre.

Fabian croisa le regard de l'homme au fouet quand celui-ci releva la tête. Le mépris se changea en haine. Fabian baissa les yeux, mais trop tard. Il reçut un coup sur le crâne, d'un objet dur, poing ou manche de fouet, et la douleur irradia jusqu'au tréfonds de son cerveau.

La marche reprit. Fabian avait chaud, soif, la bouche sèche, les yeux lui piquaient, inondés d'un mélange de sueur et de poussière, et maintenant, en plus, il avait un gros mal de tête. Le sentier montait toujours.

Enfin, le convoi fit halte. Le charif sur sa mule, le petit rouquin, le gros garde au bâton et le jeune garde à l'épée sortirent chacun leur eau et burent à la régalade. Du haut de sa mule, l'homme au nez crochu regardait la file des captifs avec un petit sourire, savourant visiblement les regards fascinés par sa gourde. Puis il rangea son récipient, lança un ordre et la marche reprit.

On grimpa longtemps sur le sentier en pente. Fabian se sentait faiblir. Combien de temps allait-il encore pouvoir mettre un pied devant l'autre ? L'envie le prit de se laisser choir. Puis il repensa au sort du pied-bot, qu'il entendait gémir derrière lui. Il eut peur du fouet. Il se força à ne pas regarder du côté du ruisseau. Pour garder le rythme et se forcer à continuer à faire un pas, puis un pas, puis un pas, il se mit à compter en cadence dans sa tête : un, deux, trois, quatre, un, deux, trois, quatre...

Mais vint un moment où même compter ne suffit plus, où l'envie de se laisser tomber devint si forte qu'il n'eut plus d'énergie pour compter. Il éprouva le besoin de quelque chose de plus fort pour le porter. Alors, sans qu'il y pensât, sans qu'il eût à les chercher, des mots surgirent dans son esprit, des paroles s'élevèrent dans son cœur, des sons retentirent à ses oreilles : *Ave Maria, gratia plena*. Surpris, Fabian reconnut une des prières qu'on récitait en chœur, le dimanche, dans la clairière de Grenouiller, rassemblés derrière le prêtre.

S'il avait bien compris les explications du père Lorcan, c'était par ces paroles qu'un ange avait salué Marie, avant de lui annoncer qu'elle aurait un enfant, qui serait béni. Bribes par bribes, en tâtonnant, Fabian s'efforça de démêler la salutation complète, en faisant le tri parmi des bouts de prières qui se mélangeaient : *Ave Maria, gratia plena... ora pro nobis... Pater Noster... judicare vivos et mortuos. Credo in spiritum sanctum, ... vitam aeternam.*

Il ne comprenait pas tous les mots, mais il voyait clairement une statue en pierre, au fond d'une nef, à côté d'un autel, une mère debout dans une belle robe à plis bleus, portant une couronne d'or, avec des joues rondes et un nez mince, tenant un enfant bouclé sur son avant-bras comme sur un trône. Une des statues de dame Marie qui ornaient l'église des moines de Saint-Michel-en-l'Herm.

Ave Maria, gratia plena, Dominus tecum... Après, il y avait une longue phrase compliquée qu'il ne se rappelait pas... *Iesus... Sancta Maria, Mater Dei... Amen* lui revinrent. Il lui manquait toujours des morceaux, il n'était pas sûr de l'ordre. Peu importe, il récita en boucle ce qu'il connaissait :

A- : pied gauche, *-ve* : pied droit ; *Ma-* : pied gauche, *-ria* : pied droit ; *gra-* : pied gauche, *-tia* : pied droit ; *ple-* : pied gauche, *-na* : pied droit... *Ma-... -ter... De-... -i,... Sanc-... -ta... Ma-... -ria* : pied droit.

Il récita les syllabes en boucle. Puis il perdit le compte des pas. Les syllabes fusionnèrent, se détachèrent de la cadence de la marche. Son esprit se mit à flotter dans la prière. Il voyait en esprit la belle vierge couronnée d'or au visage tout rond, tenant un enfant au visage adulte assis de face sur son avant-bras. Il ne voyait ni ne sentait plus rien d'autre. Il oublia qu'il marchait.

Puis les parois du ravin s'écartèrent et le sentier déboucha sur un terrain plat. Marcher devint plus facile et Fabian cessa de prier. Le ruisseau luisait toujours sur la gauche, mais sans bruit.

Le mouvement humain devant Fabian cessa et, sans y penser, il fit halte lui aussi.

VIII

À ROME, FAIS COMME LES ROMAINS

Un aboiement éclata du côté du ruisseau. L'homme au nez crochu faisait signe à la file de captifs d'approcher. Allait-on les laisser boire ? Tous les captifs s'élancèrent vers l'eau. Le barbu maigre leva les deux mains pour les arrêter. Les six captifs s'arrêtèrent d'un bloc, figés sur une ligne comme par la baguette d'une fée. La soumission est une habitude.

Derrière les pieds du charif, dans un bassin de granit, le ruisseau dormait, immobile et large comme un petit étang. Seule une feuille, pointue aux deux bouts comme une barque fine, glissait lentement au centre du bassin, attirée par la pente que la troupe venait de gravir : une feuille dentelée, tombée d'un des châtaigniers aux feuillages verts qui formaient une voûte à claire-voie.

Le charif rentra son fouet dans sa ceinture et tira son épée, aussitôt imité par le jeune garde. Même le petit rouquin sortit un poignard de sa ceinture. Sur un ordre du charif, ce dernier s'avança vers les captifs. La respiration de Fabian se bloqua. Il revit en esprit le sorcier déguisé en renard, attendant Amis, le couteau à la main, debout à côté de la grande pierre plate au bord de l'eau. Allait-on les tuer, eux aussi ?

Le rouquin se dirigea droit vers Fabian, suivi du garde à l'épée tirée. Pourquoi lui ? Fabian voulut reculer mais son col-

152

lier le retint, solidement relié, par la corde commune, à ses voisins de droite et de gauche, immobiles comme des complices. Le garde allongea le bras et Fabian sentit une pointe dure lui piquer la poitrine à hauteur du cœur. Mon Dieu ! C'était donc ça, une vie ? Il ferma les yeux. Il sentit qu'on lui empoignait les doigts, puis une tension sur ses poignets, puis qu'on lui lâchait les mains, et que ses bras retombaient tout flasques à ses côtés. Quand il rouvrit les yeux, le rouquin le regardait avec un tel mépris que, d'ordinaire, il eût baissé la tête. Mais là, il se sentait seulement soulagé d'être encore en vie. La honte viendrait plus tard.

Tandis que le rouquin s'attaquait aux nœuds du boiteux à sa gauche, Fabian sentit une sueur froide lui mouiller les reins, la seconde de sa vie.

Quand tous les captifs eurent les mains libres, le rouquin, sur un ordre du charif, se laissa glisser tout habillé dans le bassin limpide. Le dos tourné, il ôta sa tunique en la faisant passer par-dessus sa tête et se mit à frotter le tissu entre ses mains comme une lavandière.

Puis le gros bâtonnier dénoua et fit glisser la corde qui passait par la boucle de chacun des carcans, et les captifs se trouvèrent libres, juste parés d'un collier d'un goût douteux. Le charif leur fit signe de rejoindre le rouquin qui, le dos toujours tourné, se frottait maintenant la poitrine comme quelqu'un qui se lave. Ils n'ont donc pas de savon dans ce pays, pensa Fabian.

Les captifs hésitèrent. Ils étaient comme des moutons habitués à paître dans un enclos. On a beau leur ouvrir la clôture, ils ne veulent pas sortir. Il faut les y encourager. Et c'est ce que fit le gros garde, visant les jambes avec son bâton. Il atteignit les premiers mollets venus, ceux du marcheur de queue, un grand gaillard dont la bouche était toujours ouverte, ce qui lui donnait un air un peu niais, quoique, des six esclaves achetés au rabais par le charif, il fût le moins mal bâti.

Le gaillard se cabra, bondit et retomba au bord de l'eau. Croyant bien faire, il passa sa tunique par-dessus sa tête et se trouva nu, debout sur le rebord de granit, humant l'air, comme il faisait sans doute au bord de sa rivière natale, avant chaque bain.

Il n'eut pas le temps de se mettre à l'eau. Le dénommé Hakim, le jeune garde maigre, se jeta sur lui, le visage déformé par la colère, le fit tomber sur le granit et se mit à lui bourrer les côtes de coups de pied. Le grand niais se recroquevilla en gémissant comme un chien incapable de mordre son maître, et, au lieu de se protéger, dans un mouvement de pudeur idiote, il chercha sa tunique à tâtons sur la pierre, tandis que les coups continuaient à pleuvoir. Le charif se mit de la partie et lui aussi se mit à taper du pied avec furie, au hasard, dans les jambes, dans le dos, dans la tête, que le grand niais, les deux mains en feuille de vigne devant son bas ventre, ne songeait même pas à protéger. Le rouquin aussi s'en mêla, plaçant ici et là des petits coups de pied en couinant de plaisir, tandis que les deux autres continuaient à cogner comme des brutes.

Un mot prononcé d'une voix forte résonna soudain. Les danseurs s'arrêtèrent net, une patte en l'air, comme des chats surpris en plein ébat. Il se redressèrent, mauvais, et regardèrent dans la direction de la voix. Leurs yeux aperçurent alors le gros garde, appuyé sur son bâton, les épaules rentrées, l'air timide, comme effrayé par son autorité inattendue.

Hakim fut le premier à réagir. Il se rua sur le gros, l'épée
pointée en avant et il l'aurait sans doute transpercé si le charif
ne l'avait pas retenu à bras-le-corps. Le charif souleva le jeune
fou furieux et le rejeta vers l'arrière, puis il leva la main dans
un geste d'apaisement. Hakim était livide, se mordait la lèvre,
avait le poing serré, et dans son autre main, l'épée tremblait. Il
était ramassé comme un fauve prêt à bondir.

Mais, dès que le charif leva la pointe de sa propre épée et
se mit en garde, Hakim recula d'un pas, et abaissa sa lame.
Les deux hommes s'observèrent en silence, respirant fort après
tous les coups qu'ils avaient donnés. Enfin, le jeune garde desserra le poing et se redressa. Le charif l'observa encore un
moment avant de se détourner. Méfie-toi de l'eau qui dort.

Le charif dit quelque chose de bref et de sec au gros en
lui désignant le pauvre niais, qui gémissait, recroquevillé sur
le granit éclaboussé de sang. Le rougeaud ne bougea pas. Le
charif désigna alors du menton par-dessus son épaule le jeune
garde et prononça une nouvelle phrase. À cette phrase, un petit sourire entrouvrit les lèvres du jeune Hakim, et la pointe de
son épée commença à se relever lentement. Le charif fit alors
de nouveau face au rougeaud et lui dit une phrase qui montait
sur la fin, une question sûrement. Et il pencha le buste de côté
comme pour s'écarter. Il était clair qu'il était le seul obstacle
entre l'épée de ce Hakim et la peau du gros, qui aurait bien du
mal à se défendre avec son pauvre bâton contre ce jeune fou
débordant d'énergie, maintenant tout à fait détendu et certainement pas manchot.

Le gros bâtonnier haussa les épaules et se dirigea vers le
blessé, à pas lents. Il leva son bâton, hésita. Le charif aboya
quelque chose. Le rougeaud ferma les yeux et abattit son bâ-

ton au hasard. Le coup atteignit les côtes, et le pauvre idiot poussa un hurlement pitoyable. Le rougeaud sursauta et rouvrit les yeux. Le charif poussa un aboiement. Le rougeaud inspira avec force, prit son élan et, visant soigneusement la tête, il abattit son bâton.

Et là, par malheur, par instinct, étant sans doute bien au-delà de toute pudeur et de tout souci humain désormais, le pauvre idiot songea enfin à se protéger la tête. Il lâcha le chiffon de tunique qui lui servait de feuille de vigne et improvisa un casque avec ses bras. Et, tandis que le gros frappait maladroitement, hurlant de colère maintenant, et non plus dans la langue gutturale, mais dans cette langue mélodieuse qui dominait dans la ville basse traversée le matin, l'idiot accueillit chaque coup par un sursaut, un sursaut de plus en plus faible, de moins en moins bruyant. Il finit par se taire.

Le rougeaud frappa un bon moment dans le tas de chair inerte. Enfin, il se redressa, lâcha son bâton et s'essuya les yeux. Sueur ou larmes, Dieu seul le sait. Le charif s'approcha du corps immobile, tâta le ventre bleu du bout du pied. Pas de réaction. Plus aucun mouvement ne soulevait la poitrine de l'idiot. Sur un geste du charif, le gros saisit le cadavre par les chevilles, le tira vers la pente, que le pauvre hère avait gravie pour rien, et il disparut dans les fourrés comme un loup traînant sa proie.

Le charif se retourna vers le jeune garde, le menton relevé. Le jeune garde acquiesça de la tête, l'air satisfait. En vrai descendant d'Hannibal, le Maure au nez crochu exigeait de ses soldats une obéissance absolue, mais il leur donnait de temps à autre le plaisir de voir couler le sang.

Les captifs, figés, osaient à peine respirer. Le charif aboya en leur désignant le bassin. Qu'est-ce que cela voulait dire ? Était-ce un piège ? Une ruse pour les faire dépouiller leur tunique encore à peu près propre et la leur voler avant de les saigner, comme ils avaient fait avec le grand niais ? Car, sinon, qu'est-ce que le pauvre niais avait fait de mal ? Pas un captif ne bougea.

Le charif tira alors son fouet de sa ceinture et le fit claquer à deux doigts de la tête du manchot. Du coin de l'œil, Fabian vit l'unique main du manchot trembler, ce qui le consola. Il n'était pas le seul à avoir peur. Enfin le manchot avança un pied, puis l'autre, fit encore un pas, s'assit prudemment au bord du bassin, trempa les pieds dans l'eau et, exactement comme l'avait fait le rouquin, il se laissa glisser tout habillé dans l'eau sous l'œil sévère du charif et de Hakim qui avaient toujours l'épée nue. Pas de réaction, pas de coups d'épée. Ça ne semblait pas être un piège.

Le rouquin fit signe au manchot d'enlever sa tunique et de laver son vêtement en le frottant dans l'eau comme lui. Le manchot, de profil, attrapa le col de sa tunique derrière sa nuque et commença à tirer dessus. Le charif lui fit signe avec colère de se tourner complètement. Ces gens paraissaient haïr la nudité. Étrange. On était juste entre hommes. Mais il ne fallait pas chercher à comprendre. Fabian n'en était pas à sa première surprise, depuis qu'il avait passé les hautes montagnes enneigées qui servaient de frontière à ce pays. Ce n'est pas pour rien qu'une seule lettre sépare étranger d'étrange.

Et ce n'était pas la dernière fois que le petit polythéiste, l'Européen sédentaire, l'habitant des forêts, le Gallo-franc, le vénérateur de dieux humains et de saints débonnaires, serait

surpris par des lois conçues pour des nomades du désert, dic-
tées par un Dieu tout puissant et tout punissant. Ses dieux à
lui, c'était un prêcheur mort sur une croix entre deux ban-
dits, un père, un berger, la femme d'un charpentier, une mère
comme il y en a tant, bref, des personnages pas très différents
des enchanteurs, des fées et des anciens dieux du ciel, du fleuve
et du feu qui hantaient encore la forêt. Des dieux pas toujours
vainqueurs, loin d'être tout-puissants, mais qui reflétaient bien
la vie, connaissaient eux aussi la souffrance et parlaient parfois
aux hommes comme à des amis. Mais l'heure n'était pas à
l'étude comparée des religions.

L'homme au nez crochu se retourna vers la rangée de captifs et leur pointa à nouveau le ruisseau du doigt, le fouet levé.
Un captif puis deux se dirigèrent lentement vers l'eau, et Fabian les suivit. Même à travers la tunique grossière, la fraîcheur de l'onde lui fit un bien intense.

Les baigneurs se dévêtaient, s'aspergeaient le torse, frot-
taient leurs nippes souillées entre leurs paumes. À mesure que
leurs pieds remuaient le fond du bassin, l'eau devint trouble.
Fabian s'écarta un peu vers l'amont, où l'eau restait claire, et
but avidement entre ses mains. Il entendit un aboiement. Sûrement l'homme au fouet ! Sans se retourner, Fabian devinait
que c'était pour lui. Il cessa de boire.

Puis il ôta son vêtement, la tête un peu rentrée dans les
épaules. Rien. Ni cri ni coup. Le courant du ruisseau, léger,
traversait le bassin. Fabian se détendit et en savoura la caresse
sur sa peau nue. Presque aussi bon que les vagues de la mer. Il
se récura le corps, gratta les croûtes qui collaient un peu partout sur sa peau, jusque dans les creux les plus intimes. Pouvoir
se laver, enfin, après tant de jours, quel délice !

Puis il empoigna son vêtement et se mit à le frotter. Il vit les autres remettre leur vêtement, enfoncés dans l'eau jusqu'aux aisselles, puis se relever tout habillés, et fit de même. Devoir cacher sa nudité alors qu'il n'y avait aucune femme présente, c'était étrange. Mais la nudité semblait vraiment faire horreur à ces gens. Et c'est eux qui tenaient les épées.

L'eau redevint limpide. Le charif glapit un ordre, et Fabian sortit de l'eau, à regret, le dernier. Il sursauta en voyant une grande flaque de sang sur le bord de granit. Pendant quelques minutes, il avait oublié la mésaventure du pauvre niais, que le gros garde finissait sans doute d'enfouir sous des pierres ou du sable dans les fourrés en contre-bas.

Comme les autres, sans même en recevoir l'ordre, Fabian alla reprendre sa place dans la file. On fit repasser la longe par la boucle de leurs colliers, comme un fil par le chas de cinq aiguilles. Cinq et non plus six. Le petit rouquin vint leur réattacher les poignets l'un après l'autre sous le regard sévère du charif, l'épée toujours tirée. Ensuite, Hakim rasa grossièrement le crâne de chaque captif avec la lame d'un poignard. Puis le gros garde réapparut, suant, haletant et couvert de poussière. Un ordre claqua, et la marche reprit.

IX

VOUS QUI ENTREZ, GARDEZ ESPOIR

C'est ainsi qu'on imagine l'enfer : un gouffre béant, des parois abruptes, une fumée rouge, des démons noirs qui tourmentent des damnés. C'était là-dedans que Fabian descendait, précédé d'un manchot, suivi d'un boiteux et de deux autres compagnons de corde, pitoyable cortège encadré par un homme au nez crochu, un jeune gardien nerveux, un petit rouquin sautillant et un gros rougeaud muni d'un bâton, sur un sentier escarpé, de la largeur d'une mule batée. En bas du sentier, l'homme au nez crochu fit halte, aboya un ordre et ses acolytes firent mettre les captifs sur un rang, dos à la paroi rougeâtre, face à la cuvette.

Ce n'était pas l'enfer, mais une mine à ciel ouvert. Des forçats, debout sur des gradins ceinturant une cuvette de pierre, taillaient le roc avec des pics. Au fond de cette crique asséchée, dans un brouillard rouge, des silhouettes isolées se mouvaient lentement, arc-boutées sur de lourdes brouettes. Çà et là, au pied des parois, des groupes de deux ou trois hommes tiraient sur des cordes qui pendaient de portiques inclinés, trente pieds au-dessus de leurs têtes, comme des arbres morts. Le cirque rocheux résonnait des chocs du métal et de la pierre.

Fabian, les jambes affaiblies par la longue marche du matin, s'adossa contre la paroi. Un aboiement de Hakim le rappela à l'ordre. Un peu plus tard, le rouquin releva à coups de pied un captif qui s'était accroupi. Et pas une goutte d'eau. La mule se reposait à l'ombre d'un surplomb, la veinarde ! À gauche de Fabian, le boiteux n'arrêtait pas de tousser. La poussière, sans doute. Le collier de Fabian tressautait à chacune de ses quintes.

L'arrivée de nouveaux captifs ne parut pas produire d'effet dans la mine. En face, au sommet d'une paroi haute comme une falaise, un homme marchait, un arc en bandoulière, surveillant les forçats en contrebas. Un sentier, de plain-pied avec le plateau environnant, dominait la cuvette comme le chemin de ronde d'une forteresse vertigineuse. L'archer eut le temps d'en faire deux fois le tour avant qu'un bruit de sabots et de voix s'élevât vers l'entrée. Quand Hakim et le gros rougeaud tournèrent la tête de ce côté, l'homme au nez crochu poussa un aboiement bref, et les deux gardes ramenèrent les yeux sur les captifs.

Peu après, trois hommes descendirent tranquillement le chemin étroit. L'homme de tête et l'homme de queue se confondaient presque avec la paroi rougeâtre. Leur coiffe de drap entortillé était rouge de poussière. On aurait dit des jumeaux de l'homme au nez crochu, mais en plus maigres encore, dans une robe brunâtre serrée par une mince ceinture noire. Chacun portait une épée, dans un fourreau suspendu à une bandoulière d'étoffe. Le fourreau de l'homme de tête était noir. Celui de l'homme de queue était rouge sombre, comme du sang de bœuf.

Mais l'homme qu'ils encadraient se détachait de la paroi comme une tache claire sur une tenture foncée. Tout dodu, tout pimpant, il avait la peau du visage luisante et lisse, une mince barbe grise et son habit flottant vert et jaune chatoyait au soleil. Fabian en admira le tissu, qui reflétait la lumière comme la houle de la mer sous un ciel bleu. L'homme détonnait dans cette cuvette sale et laborieuse. Il avait l'air nonchalant et supérieur du riche qui rend visite à des gueux.

L'homme au nez crochu alla au-devant de l'homme élégant et s'inclina profondément. Celui se contenta de sourire, puis il bifurqua vers les captifs. Lorsqu'il aperçut le manchot, son visage s'assombrit. Il s'approcha vivement, l'empoigna par la manche, tâta la toile, comme stupéfait de ne pas y trouver de bras et s'écria :

— Safa !

L'homme au nez crochu accourut comme un petit enfant à l'appel de son nom. Le visiteur élégant, l'air incrédule, pointa tour à tour du doigt le manchot et une plateforme où s'échinaient des forçats, comme pour dire : qu'est-ce que cet infirme va pouvoir faire là ? En réponse, l'homme au nez crochu désigna une palissade qu'on entrevoyait à travers le brouillard de poussière au fond de la cuvette. Apparemment, cet enclos de rondins taillés en pointe, quoi qu'il contînt, recelait des tâches à la portée d'un manchot.

L'homme élégant en resta bouche bée, puis il haussa les épaules et tourna son attention vers le prochain captif de la rangée : Fabian. Il lui tâta l'épaule, lui pinça la clavicule, fit une moue de pitié ou de dégoût, puis il lui prit le menton entre le pouce et l'index et, d'un geste sec, lui releva la tête en arrière. Fabian aperçut le bord de la cuvette et le bas du ciel, puis il sentit des doigts qui lui retroussaient les lèvres. Un goût de poisson lui emplit la bouche. Il regarda en haut, essayant d'être ailleurs. Un oiseau planait dans l'azur. En un éclair, Fabian revit l'anse-aux-mouettes, l'océan, et il rejoignit en esprit cet oiseau, planant de cap en cap au-dessus de la mer.

Les doigts cessèrent de lui tâter les gencives, sortirent de sa bouche et laissèrent retomber sa lèvre. Fabian aurait aimé cracher. Mais quelle insulte ç'aurait été pour ce riche personnage ! Gare au fouet ! Fabian dut avaler sa salive, tandis que son esprit planait, très haut. Il attendit que le goût disparût de sa bouche pour se détacher de l'oiseau qui planait dans l'azur et redescendre habiter sa peau, au fond de la crique desséchée aux parois rouges, captif enchaîné entre un manchot et un boiteux.

Quand l'homme élégant eut inspecté les cinq captifs, lui-même grimaçait de dégoût, et il tenait ses mains loin du corps, en homme qui s'est souillé les doigts et ne veut pas tacher son bliaut. Il héla d'une voix aiguë le petit rouquin qui accourut et lui versa de l'eau de sa gourde. L'homme élégant se nettoya longuement les mains en frottant chaque interstice, comme si le moindre repli de peau était couvert d'impuretés tenaces. La quantité d'eau qu'il utilisa et qui tomba sur le sol poussiéreux, y faisant une petite boue rouge, fit mal au cœur à Fabian.

Après s'être essuyé les mains avec un linge, qu'il jeta ensuite avec répugnance au petit rouquin, l'homme élégant se tourna vers l'homme au nez crochu et ouvrit la main d'un air d'autorité, en homme qui réclame son dû. Comme l'homme au nez crochu restait de marbre, l'homme élégant dit une phrase qui montait sur la fin comme une question et se terminait par « Safa ». Le nom de l'homme au nez crochu, sans doute.

Le dénommé Safa tira une bourse de sa manche et la tendit à l'homme élégant. Celui-ci parut déçu. S'ensuivit une conversation animée entre les deux hommes. Aux gestes et aux regards de l'homme élégant, qui allaient des captifs à la bourse, de la bourse aux captifs et de là aux plateformes, Fabian comprit qu'il ne voyait pas le rapport entre l'état de la bourse que lui rendait l'homme au nez crochu, la piètre qualité des captifs qu'il lui amenait et le travail qu'ils auraient à faire.

Plus tard, un camarade polyglotte confirmerait les suppositions de Fabian : l'homme élégant, un Sarrasin nommé Moukadam ben Moussa, qui exploitait la mine pour le compte du calife — une sorte de pape des mahométans qui est en même temps leur roi — confiait de temps à autre, quand la main-d'œuvre était usée, de l'argent à Safa, son employé maure, pour que celui-ci achetât un nouveau lot au marché de Grenade. Safa, dont le salaire était maigre, du moins à ses yeux, attendait le soir pour faire son marché, visitait les enclos aux trois-quarts vides, débarrassait les marchands malchanceux de leurs invendus pour une bouchée de pain, facturait à son patron le prix des articles de luxe du matin, et empochait la différence.

Une fois de retour à la mine, il invoquait une pénurie d'esclaves pour justifier l'épuisement de la bourse. Moukadam ben Moussa commençait par se fâcher, pas dupe, mais, après quelques minutes, il faisait mine d'y croire. Après tout, c'était l'argent du calife, dans cette bourse, pas le sien. Lui n'était qu'un simple intendant. Et puis c'était de bonne guerre. Lui-même ne prélevait-il pas sa marge sur les profits de la mine avant d'expédier la cassette de dinars due chaque mois à Cordoue ? Le maître doit être indulgent envers son serviteur, comme notre maître à tous est indulgent envers nous, infidèles serviteurs que nous sommes.

Après une longue scène où le dénommé Safa porta dix fois la main droite à son cœur tout en levant la gauche vers le ciel, sans doute pour le prendre à témoin de sa bonne foi, l'homme élégant secoua la tête d'un air découragé, poussa un soupir, haussa les épaules et se détourna de son mauvais, mais indispensable, serviteur. Contrairement aux esclaves, dont la réserve est inépuisable comme le gibier, un énergumène comme Safa, assez dur et effrayant pour tenir en respect tout un groupe de forçats, et assez cruel, assez vicieux, assez ivre du plaisir de fouetter pour vouloir rester dans une telle cuvette ; pour accepter d'avaler autant de poussière dans un tel gouffre, isolé du reste du monde, plutôt qu'accumuler gloire, profit et grand mérite aux yeux d'Allah, chevaucher et piller allègrement les villes et les fermes des idolâtres ; pour accepter de rester pauvre dans ce trou à rats, pendant que ses confrères manieurs d'épée s'en donnaient à cœur joie, pillant et mettant les pays chrétiens à feu et à sang, et revenaient riches de butin, de femmes et d'enfants esclaves, après avoir égorgé les hommes, dangereux et inutiles ; pour consentir à rester dans ce gouffre enfumé, poudreux à se morfondre — mais non, justement, pas à se morfondre ; là où presque tout autre se serait morfondu, lui jouissait de son pouvoir de vie et de mort et savourait chaque coup qu'il donnait, se pourléchait les babines de chaque condamnation qu'il prononçait — ; bref, un pareil homme, pervers à ce point, ne se trouvait pas sous le sabot d'un cheval. Or, il lui fallait un tel adjoint pour pouvoir continuer à diriger la mine depuis sa belle maison au cœur du village voisin d'Alquife, dans son jardin rempli de roses, loin de la poussière et de l'odeur putride, sans jamais avoir à souiller ses babouches brodées ni ses vêtements soyeux. Oui, il lui fallait bien un tel homme pour que cette mine produisît et lui valût les compliments du calife tout en lui rapportant force commissions sur les ventes de minerai de fer aux forges et aux armureries voisines, tandis que lui se reposait, lisait de la poésie, lutinait tour à tour sa dévergondée d'esclave chrétienne et son épouse bien comme il faut, mahométane exemplaire, jouait du luth à l'ombre d'un laurier et bien sûr priait cinq fois par jour et lisait longuement le saint Coran, s'acquérant autant de crédit auprès du Miséricordieux qu'auprès du calife.

L'homme élégant fit signe au bâtonnier rondouillard d'approcher, puis il se campa devant les cinq captifs, levant le menton et avançant la mâchoire, plus ridicule qu'effrayant, à vouloir donner un air martial à son visage joufflu, à sa robe moirée, à ses pantoufles en soie brodée de fils d'or. Un descendant bien amolli d'Ismaël.

C'est plutôt les gardes armés qui l'encadraient, avec leurs yeux brillant d'un feu ardent au fond de leurs orbites, leurs joues creuses, et leurs mains sèches et noueuses posées sur la garde de leur épée ou serrant le manche de leur fouet passé dans leur ceinture, qui faisaient peur. Mais, pour quelque raison inconnue, en vertu de quelque ordre social mystérieux, les loups maigres obéissaient au gros lapin, qui faisait peur par ricochet et respirait l'autorité par reflet.

L'homme élégant émit un grognement en langue gutturale, puis il fit un geste nonchalant du côté du gros bâtonnier, qui dit à son tour une phrase, mais dans la langue mélodieuse. Tout un discours suivit ainsi, phrase à phrase, d'abord dite par l'homme élégant dans la langue gutturale, puis par le gros rougeaud dans la langue mélodieuse, la langue chantante, harmonieuse, qui rappelait les sonorités des chants entonnés

par les moines à l'église, pleines de « ou », de « é » et de « o »,
quoiqu'avec plus de chuintements et de roulements de langue.

Sur le moment, Fabian ne comprit pas un mot du discours.
Mais on le lui expliquerait, et, plus tard, quand il me le raconta, il se le rappelait à peu près ainsi :

— Vous ne méritez pas de respirer l'air d'Allah, fils de
chiens ! Or, dans son infinie miséricorde, le commandeur des
croyants, le Victorieux, que sa bonté perdra, vous fait grâce de
la vie. Plus encore, d'ici cinq ans, il vous fera grâce de la liberté,
du moins à ceux d'entre vous à qui le Tout-puissant daignera
ouvrir les yeux. Vous aurez juste à réciter la profession de foi
des bons croyants du fond du cœur, et les murs de cette mine
s'ouvriront devant vous. Alors, ne soyez pas ingrats. Travail-
lez comme des bêtes. Forez, piquez et taillez ! Arrangez-vous
pour que votre plateforme rapporte ! Et vous aurez la belle
vie. Mais si votre plateforme ne fournit pas, si les corbeilles ne
descendent pas croulant sous la charge, je me moque de savoir
qui, dans l'équipe, tire au flanc. Je vous envoie tous, toute la
plateforme, contremaître inclus, dans une mine de cinabre.
Pareil pour les haleurs et pour le brouetteur ! Si vous croyez
que c'est dur ici, attendez d'avoir vu Almadén. Ici, la poussière
fait tousser. Mais on s'y habitude. On est au grand air. On
respire. Là-bas, vous passerez la journée dans des boyaux de
mine, à suffoquer dans un air vicié. D'abord vous sentirez des
chatouillements, des fourmis dans les pieds, qui n'auront l'air
de rien, et vous vous direz : cela passera. Mais cela ne passera pas, et le fourmillement montera le long de vos jambes,
envahira votre ventre, votre torse, votre cou et jusqu'à votre
crâne. Vous aurez l'impression que des fourmis vous courent le
long du corps. Puis vous saliverez, du matin au soir, puis vous

gonflerez, de la tête aux pieds, puis vous tremblerez, comme des feuilles de peuplier, puis vous perdrez la vue, puis l'ouïe, puis l'odorat, puis le goût – sans jamais cesser de saliver pour autant – et enfin vous deviendrez fou. Et vous implorerez la mort, mais elle ne viendra pas. Enfin pas tout de suite. Alors, forcez-vous ! Et marchez droit ! Ne faites pas le moindre pas de travers ! Pas la moindre insolence ! Filez doux ! Je délègue mon pouvoir de vie et de mort sur vous, fils de chiens, à Safa ici présent. Moi, je suis gentil. Il m'arrive de condamner tel ou tel à mort, parce qu'il faut bien punir et faire respecter l'ordre, n'est-ce pas ? Mais lui, ça lui fait plaisir. N'est-ce pas, Safa ?

Et Safa retroussa les lèvres sur un sourire hideux.

— Une chose encore. Je suppose que vous êtes nazaréens, tous. Soit. « Le Tout-puissant aveugle ceux qu'il veut perdre. » C'est écrit. Et ça m'est égal. « À moi, ma religion. À vous votre religion. » Ça aussi, c'est écrit. Priez donc votre Christ et votre Marie selon votre loi dans le secret de vos cœurs si ça vous chante. Mais pas de provocation ! Pas de salamalecs nazaréens ici. Pas le moindre signe de croix tracé du bout du pouce sur votre front ou vos lèvres. Pas le moindre chant. Pas la moindre prière polythéiste visible ni audible, à voix haute, ni à voix basse. Une règle : le silence. Et attention ! Attention ! Si vous osez blasphémer le prophète, la paix soit sur lui ! C'est la crucifixion. Et je vous avertis ! N'essayez pas de jouer au plus fin avec moi. Cet hiver, un de vos prédécesseurs, un de vos compagnons, un forçat comme vous ici, s'est cru malin : il s'est campé au milieu de la cuvette et a hurlé des blasphèmes à tue-tête, dans notre langue, pour être sûr d'être bien entendu. L'écho des parois a porté ses blasphèmes jusqu'au village d'Alquife, jusque dans mon jardin, et ses injures ont atteint, ô crime impardonnable, les oreilles de mes chers enfants et ont troublé leur esprit. Ce blasphémateur pensait sans doute obtenir une mort rapide. Il était sans doute las de la vie, croyait échapper à Almadén et sortir par la grande porte, crucifié comme son idole Jésus. Je l'ai fait crucifier en effet. Mais j'ai interdit qu'on le fouettât avant, et j'ai fait dresser sa croix à l'ombre, et je lui ai fait arracher les ongles, et écorcher un peu de peau ici et là, et j'ai pris soin de ne pas le priver d'eau. Il a mis vingt-trois jours à mourir. Vingt-trois jours, à nous supplier de l'achever, jusqu'à ce que Safa lui coupe lui-même la langue avec ce poignard que vous voyez briller à sa ceinture. Vingt-trois jours, quand chaque minute dure une éternité, quand chaque instant fait souffrir le martyre, c'est le cas de le dire, c'est long. Il a eu le temps de regretter son petit blasphème. Alors ne vous y essayez pas. Maintenant, Safa va vous assigner à une équipe. Encore une fois, obéissez au doigt et à l'œil et cognez sur le roc de toutes vos forces !

Il ne fallait donc pas se fier aux apparences. Sous sa robe élégante, sous sa peau lisse et parfumée, le cœur d'Ismaël, comme le dépeint notre sainte Bible, battait encore dans la poitrine de Moukadam ben Moussa. Ismaël, « cet homme fier et sauvage, qui lèvera la main contre tous, ... qui dressera ses pavillons vis-à-vis de ses frères ».

— Est-ce bien compris ?

Les captifs restèrent muets. Peut-être que les quatre autres étaient comme Fabian, des étrangers à ce pays qui ne connaissaient aucune des deux langues dans lesquelles on posait la question ?

— Est-ce compris ? tonna le dénommé Safa, directement dans la langue musicale, en faisant claquer son fouet court dans l'air, ce qui fit sursauter son patron.

Le manchot et un autre captif répondirent « si », ce qui veut tout simplement dire oui en roman andalou. Et l'orateur s'en fut, remonta la rampe étroite jusqu'à la sortie, où l'attendait un beau cheval noir, qu'il enfourcha avant de disparaître dans un nuage de poussière.

Il avait croisé à mi-pente un forçat aux chevilles enchaînées, qui retenait avec effort une lourde brouette débordant de chaînes. En quelques mouvements rapides qui sentaient l'habitude et le zèle craintif, sous la surveillance étroite des gardiens et les yeux attentifs de Safa, le forçat et le bâtonnier arrangèrent les cinq nouveaux venus à la mode locale : ni collier ni bracelet, mais des anneaux aux chevilles, reliés par une lourde chaîne. Au moins, on avait les poignets et le cou libre. Fabian n'était plus attaché à personne. C'était mieux que rien. Il ne fallait pas se plaindre.

Une voix d'homme lança un appel. En haut de la rampe, à côté du soldat lourdement armé gardant la sortie, un homme à la barbe rousse faisait signe de la main. Juste devant Fabian, le visage du petit rouquin s'illumina. Sans doute son père. Bêtement, Fabian regarda fixement le profil du garçon comme il passait devant lui. Le rouquin, se sentant observé, tourna la tête. Et un sourire carnassier et cruel lui retroussa les lèvres.

À quoi s'attendait donc Fabian ? À une parole de délivrance ? À de la pitié ? À de l'amitié ? Pauvre idiot ! La même histoire qu'avec le jeune blond du Nord, cet Erik, sur la plage de l'anse-aux-mouettes. Fabian n'apprendrait-il donc jamais ? Devrait-il toujours vivre avec ce cœur insupportable, qui lui pinçait ou se serrait pour rien, au moindre frôlement, à la moindre rebuffade, au moindre espoir déçu, à la moindre invitation déclinée, à la moindre porte close ?

Ce jour-là, plus que la soif, plus que la brûlure du soleil sur sa nuque, plus que les écorchures du collier, plus que le poids du fer à ses pieds, plus que la toux causée par la poussière, c'est cette grimace moqueuse qui lui fit le plus mal. Quelle créature étrange, tout de même, ce gros mammifère gauche qu'on appelle homme ! Comme les chats, qu'il a domestiqués et façonnés à son image, il préfère souvent un sourire ou une caresse, qui ne servent à rien, à un morceau de viande ou à une gorgée d'eau qui lui sauveraient la vie. Notre cœur se croit encore dans un jardin merveilleux. Vraiment, Adam et Ève ont commis une grande faute en nous faisant chasser d'Éden !

CINQUIÈME PARTIE

INITIATION

I

PREMIER REPAS

Une trompe retentit. Les bruits de pics et de brouette cessèrent, remplacés par un cliquetis de métal. Les travailleurs descendirent le long des parois par de grandes échelles. Une fois en bas, ils se mirent à trotter malgré leurs chaînes. Tous convergeaient vers la palissade de pieux pointus qui se dressait au fond de la cuvette.

Le bâtonnier rondouillard fit signe aux captifs et se mit en marche. Le manchot lui emboîta le pas, puis Fabian, puis le boiteux, puis les deux maigrelets. Même si rien ne les rattachait plus les uns aux autres, ils suivirent sur une file, sans s'écarter d'un pas, ni à gauche, ni à droite, tenus en laisse par la crainte du bâton.

Une colonne de fumée grise s'élevait de derrière la palissade, plus épaisse, plus opaque que la poussière rouge qui flottait dans la cuvette. Comme ils s'en approchaient, une odeur de nourriture parvint aux narines de Fabian.

Des forçats étaient agglutinés comme des frelons contre la palissade. Le bâtonnier fit signe au manchot de rejoindre l'essaim et, docilement, les cinq petites brebis se mirent en file à l'extérieur de la cohue. Le rondouillard donna un coup sur le sol avec son bâton, un seul. Des cris fusèrent, des phrases brèves, incompréhensibles, où revenaient les mots « Rachid »

et « Sancho ». En un éclair, les forçats reculèrent en se bouscu-
lant. Une ouverture de la largeur d'un homme apparut dans la
palissade. Le gros bâtonnier s'y glissa, l'essaim reboucha l'entrée et les nouveaux-venus restèrent livrés à eux-mêmes.

Fabian apprendrait ensuite que le rondouillard s'appelait
Rachid ben Sancho, c'est-à-dire Rachid fils de Sancho, un
muwallad comme disent les Sarrasinois, c'est-à-dire un converti, avec une nuance de sang-mêlé. Ainsi s'expliquaient l'attitude dédaigneuse du charif à l'égard du gros bâtonnier et sa
mise à l'écart lors des repas et des haltes. Les Maures le tolé-
raient comme coreligionnaire mais continuaient à le mépriser
comme indigène. Ainsi s'expliquaient également les signes de
croix furtifs et, peut-être, le réflexe de protéger les faibles qui
échappaient parfois à ce Rachid.

Le gros bâtonnier ne prenait aucun risque à laisser les nouveaux-venus à eux-mêmes. Comment s'enfuir, avec des fers
aux pieds, entouré de parois à pic et hautes comme des falaises, surveillés par un archer aux aguets ? D'ailleurs, Fabian
avait trop faim. Il n'avait de pensée que pour le fumet qui
s'échappait de l'enclos.

La cohue diminua lentement, à mesure que la porte étroite
absorbait les forçats, un à un. Le tour du manchot approchait
quand un vacarme de chaînes entrechoquées retentit. Les
mineurs des plateformes les plus éloignées de l'enclos accou-
raient, chacun jouant des coudes pour être le premier.

Ils se collèrent contre la palissade. Le premier d'entre eux
vint se placer à côté du manchot, et les autres s'agglutinèrent
autour de lui. Quand le forçat précédant le manchot avança
d'un pas, le nouveau-venu se jeta devant le manchot, qui perdit
sa place. Quand la file avança d'encore un pas, un deuxième

forçat prit la place du premier, soufflant la place au manchot, qui ne pipa mot. Il faut dire que le forçat, en plus d'avoir deux bras, était grand et robuste.

Fabian, dont la faim, excitée par l'odeur de la nourriture qui émanait de l'enclos, tordait l'estomac, sentit une colère sourde monter en lui. Quel capon, ce boiteux ! Fabian l'aurait giflé. Quand un troisième forçat passa devant le manchot, Fabian poussa un « ho ! » grave qui sortait des tripes. Le forçat se retourna et regarda Fabian droit dans les yeux. Un regard dur dans un visage buté, qui rendit Fabian muet. Et tous les forçats passèrent ainsi, l'un après l'autre, devant les cinq nouveaux.

Enfin, Fabian franchit la palissade. Une quarantaine de forçats lui faisaient face, assis sur une pierre pour les plus chanceux, à même la poussière pour les autres. Ils mangeaient, tenant leur écuelle contre leur poitrine, comme un nourrisson bien-aimé.

Une file bien ordonnée et silencieuse faisait un coude vers la gauche. La présence de Safa, encadré de deux gardiens armés de fouets, n'était sans doute pas étrangère à cette discipline subite. La file menait à une grosse marmite fumante, accrochée à une poutre portée par deux solides trépieds.

Derrière la marmite, un homme en haillons à la peau hâlée, les fers aux pieds, semblable en tout point aux hommes qui faisaient la file, versait à la louche un liquide clair dans une écuelle de bois. Derrière le captif qui servait la soupe se tenaient un barbu à la tête enrubannée, un fouet court à la main, et Rachid ben Sancho, appuyé sur son bâton.

Quand vint son tour, Fabian recueillit avec précaution l'écuelle fumante dans ses deux mains en coupe, d'où émergeait le manche d'une cuiller en bois. Il suivit le manchot, un peu inquiet sous le regard insistant des hommes à la peau sombre et à la face décharnée. Ils avaient l'air sournois, méchant.

Ceux qui mangeaient dardaient des regards méfiants par-dessus le bord de leur écuelle, qu'ils collaient à leur menton, buvant à coups de cuiller rapides, comme des chats qui lapent. D'autres laissaient pendre leur écuelle déjà vide au bout de leurs doigts et fixaient des yeux avides sur ceux qui, comme Fabian, passaient devant eux avec une écuelle fumante.

Fabian pressa le pas, serrant l'écuelle à deux mains contre sa poitrine, et alla s'asseoir à une place libre, entre le manchot et un forçat. Comme tout le monde, faute de siège, il s'assit par terre, dans la poussière rougeâtre qui recouvrait tout. Se courbant sur son écuelle, Fabian saisit la cuiller de la main droite, examina un instant le breuvage : un liquide presque transparent au fond duquel flottait une mince couche de brume. Fabian plongea la cuiller dans le bouillon et râcla le fond, ramassant le plus de substance possible. Il leva la cuiller vers sa bouche.

Soudain, une grande secousse fit voler le contenu de la cuiller et l'écuelle lui fut arrachée des mains. Une forme trapue s'éloignait, dans un raclement de chaînes. C'était le voisin de Fabian, qui se laissa retomber un peu plus loin sur le sol.

Fabian regarda la cuiller qu'il tenait dans la main droite, vide maintenant. D'un bond, il se leva, rejoignit son voleur en trois enjambées, malgré les chaînes qui lui alourdissaient les pieds, et se planta à côté de lui. L'homme pivota sur ses fesses et lui fit face, mangeant toujours, à petits coups de cuiller rapides. Fabian leva sa cuiller en bois, comme pour lui asséner un coup sur le crâne. L'homme se figea, regarda d'un air dur cette massue dérisoire, but encore une gorgée puis tendit son écuelle à Fabian, vide, avec un sourire goguenard. Fabian hésita, la cuiller toujours levée, sans saisir l'écuelle. L'homme la lui jeta alors à la figure, puis, s'appuyant des deux mains sur le sol, il lança une jambe en l'air et lui décocha dans la poitrine une ruade qui l'envoya rouler dans la poussière. Des rires fusèrent.

Fabian se redressa sur son séant. Il jeta un regard circulaire autour de lui et rencontra un cercle de regards amusés. Il eut un mouvement de fuite vers le groupe des nouveaux-venus comme lui, le manchot, le boiteux et les deux maigrelets, assis en marge. Mais eux aussi le regardaient d'un air moqueur, voire hostile.

Il resta assis sur place, au milieu des forçats ricanant. Il aurait voulu creuser un trou et disparaître sous terre. Fabian repensa à l'homme du Nord qui l'avait soulevé par la tête sur le cap. Pourquoi Dieu l'avait-il fait naître chétif dans un monde de géants ? Il baissa la tête. Une fourmi passait. Sa seule amie peut-être ? Il l'écrasa du talon.

Un chant lui fit relever la tête, un chant traînant. C'est vrai, il était midi ; une des heures du jour où les maîtres du pays s'adonnaient à leurs incantations et à leurs prosternements. Plus tard, Fabian apprendrait le nom et le contenu de cette sexte mahométane. Le son semblait venir de derrière le rebord de la cuvette, du côté du village fortifié qui constituait la seule trace d'humanité sur le grand plateau pierreux que Fabian et son groupe avaient mis une bonne heure à traverser ce matin-là. Là-bas, des gens devaient s'adonner au rituel du pays.

Safa glissa le manche de son fouet dans sa ceinture. Il lança un ordre et se dirigea vers la sortie de l'enclos, suivi de trois gardes, de Rachid ben Sancho et de deux gaillards énormes, les fers aux pieds. Ces deux hommes avaient des traits aussi carrés et la peau aussi hâlée que la plupart des occupants de l'enclos. Mais ils n'avaient pas un visage aussi hâve, au contraire, ils arboraient des joues plutôt replètes. Ils portaient un chapeau à large bord qui leur ombrageait le visage. Leurs vêtements n'avaient pas de trou et ils avaient des chaussures fermées aux semelles épaisses. Les chanceux ! La plupart des occupants de l'enclos étaient nu-tête, comme Fabian. Ils portaient des haillons et des sandales qui tenaient par une simple corde et dont la semelle était si amincie par l'usure qu'elles donnaient l'impression de marcher pieds nus. Les plus veinards avaient une sorte de bonnet plat avec des oreillettes qui leur tombait sur les joues.

Safa sortit par la porte étroite, fier comme un coq. Ben Sancho, le dernier du groupe, tira un battant de bois derrière lui. On entendit un bruit de chaîne et de cadenas. Les deux gaillards se mirent de part et d'autre de la porte, les bras croisés, surveillant la cinquantaine d'enchaînés assis.

Le chant en provenance du village continuait, montant et descendant, comme une plainte, entrecoupée de hoquets gutturaux, ponctué de silences. Par-dessus la crête des pieux pointus, Safa, les trois gardes et le rondouillard réapparurent, montant l'un derrière l'autre l'unique sentier en pente qui reliait le fond de la mine au plateau environnant. Arrivés en haut, ils rejoignirent une poignée de gardiens groupés devant une vaste tente dressée à quelques pas du bord de la cuvette.

De loin, on les vit remuer les bras, se plier en deux, retrousser leur robe et se frotter les chevilles. Sans doute se lavaient-ils les avant-bras, la tête et les pieds, comme Fabian l'avait souvent vu faire au cavalier solitaire, puis aux gardes maures qui escortaient le convoi d'esclaves de rabbi Éléazar, puis à Safa, Hakim et ben Sancho lors de haltes au bord d'un ruisseau. Ensuite, les hommes s'alignèrent sur un rang. Apparemment, tous les gardiens de la mine étaient là, car on n'en voyait plus un seul arpenter le fond ni le bord de la mine. Au bout de la rangée, on reconnaissait Safa, à son maintien fier. La demi-douzaine d'hommes se mit à chanter d'une voix traînante. Le village répondit par un murmure en écho. Étonnants, ces gens qui n'étaient pas reclus, qui ne vivaient pas dans un cloître, mais qui marmonnaient à heure fixe en plein air, comme des moines ! Les hommes s'inclinèrent, se redressèrent, se tournèrent les uns vers les autres, s'agenouillèrent, se prosternèrent, se relevèrent. Toujours le même rituel. Était-ce vraiment une prière ? À cette distance, la cérémonie évoquait plutôt une sorte de théâtre, dans le genre des farces que des jongleurs ambulants donnent parfois aux carrefours ou dans les clairières habitées du marais, tant les mouvements paraissaient voulus, exagérés et même un brin comiques. Mais vu le silence respectueux, craintif qu'observaient les captifs assis dans l'enclos, sous le regard sévère des deux colosses flanquant la porte close, Fabian sentait qu'il valait mieux ne pas rire de telles cérémonies, quoi qu'on en pensât.

II

PREMIER EMPLOI

Le rituel prit fin assez vite. Peu après, le claquement sec d'un cadenas brisa le silence, la porte de l'enclos s'ouvrit et Safa parut dans l'embrasure, suivi d'un garde. Le barbu au nez crochu s'avança, majestueux. Les deux gaillards qui avaient gardé l'enclos le temps du rituel enlevèrent leur large chapeau, et s'inclinèrent profondément. Safa leur adressa un sourire généreux, le menton relevé, tout en les congédiant d'un revers de main. Les deux gaillards remirent leur chapeau sur la tête et rejoignirent la masse des captifs en bombant le torse.

Dans un fracas de chaînes, les forçats se levèrent hâtivement. Ils s'écartaient à l'approche de Safa, dont le bras armé d'un fouet court pendait comme une tentacule de pieuvre. Le charif faisait vibrer son fouet comme si la main lui démangeait. Vite, Fabian sauta sur ses pieds. À dix pas de lui, le barbu à la tête enrubannée pointa du doigt dans sa direction. Est-ce moi qu'il désigne ? se demanda Fabian, car les yeux noirs de Safa avaient l'air de le regarder sans le voir. Safa prononça une phrase incompréhensible dans la langue musicale, en faisant signe à quelqu'un de venir.

Fabian pointa sa propre poitrine du doigt et demanda :
— Moi ?

Le visage du barbu se tordit, sa bouche s'ouvrit toute grande, ses prunelles noires s'allumèrent, et il se mit à aboyer, les yeux hors des orbites, effrayant. Le cœur de Fabian se mit à battre très vite, ses genoux fléchirent, et il cessa de se poser des questions. Il alla vers Safa avec toute la vitesse permise par son entrave de fer. Le barbu lui désigna d'un geste sec un groupe de quatre hommes dans la foule des forçats.

En deux temps trois mouvements, Safa expédia çà et là les camarades de Fabian, puis il hurla un ordre. Les forçats se ruèrent en cohue vers la sortie de l'enclos. Fabian fut bientôt serré et poussé de toutes parts, un pied se posait sur sa chaîne et l'empêchait d'avancer pendant que des épaules le poussaient, il trébucha, s'empêtra dans la chaîne d'un voisin, qui le repoussa brutalement sur un autre voisin, lequel lui décocha un violent coup de coude en crachant des sons incompréhensibles.

Parmi les invectives qui montaient du troupeau piétinant, Fabian reconnut un ou deux jurons du marais, rares amis dans le flot de mots inconnus. Le torrent humain le rejeta d'abord sur le côté, le pressa contre l'écorce des pieux de la palissade et l'empêcha longtemps d'atteindre la porte, puis, soudain, un tourbillon le saisit et le cracha dehors. Là, il reconnut un des membres de son nouveau groupe qui s'éloignait, un grand barbu roux à l'air pacifique, et il le suivit à travers la cuvette, jusqu'au pied d'une échelle aussi haute qu'un mât de navire d'homme du Nord.

L'homme empoigna les montants de l'échelle et se mit à grimper. Fabian le suivit. Parvenu en haut, Fabian oublia qu'il avait une chaîne aux pieds. Mais la chaîne n'oublia pas Fabian et, quand il leva le pied pour enjamber l'arête de pierre, elle le retint par la cheville. Il bascula en avant et atterrit à quatre pattes sur la pierre rouge. Il mit un moment à se dépêtrer du montant de l'échelle, tandis qu'une voix rauque grommelait derrière lui. Un camarade pestait de rester bloqué sur les barreaux.

Sitôt que Fabian fut debout sur la plateforme, un homme se dressa devant lui, grand et carré, coiffé d'un chapeau à large bord. Arborant des joues charnues, une tunique sans accroc et des souliers sans trous, il avait, comme les deux colosses qui avaient surveillé les captifs enfermés dans l'enclos juste avant, moins l'air d'un forçat que d'un garde. Or, une chaîne l'entravait. Forçat privilégié, mais forçat quand même.

Le contremaître jeta un outil à long manche à Fabian et lui désigna, vers le bout étroit de la plateforme, opposé à celui où se dressait le portique, un panier qui traînait dans la poussière. À pic, lisse comme une falaise de glace, la paroi paraissait toucher le ciel. Fabian examina son nouvel outil. Le manche en était long comme celui d'une houe, mais le fer en était taillé en pointe. Fabian faisait rouler le manche entre ses mains, ne sachant pas trop comment le tenir, quand un aboiement proche et rauque le fit sursauter. À trois pas, l'énorme contremaître agitait un bâton long comme une pique, souple comme un roseau, qui vrombissait comme une abeille dans la direction de Fabian. Toute la cuvette résonnait déjà de coups de pics. Le contremaître, grimaçant d'impatience, montra du doigt à Fabian ses voisins qui martelaient le roc. Étrange. Pourquoi bêcher la pierre ? Il n'y pousserait rien.

Le colosse bien nourri donna un coup de bâton dans le vide et le bois souple fendit l'air en sifflant. Fabian renonça à comprendre. Il prit son pic comme il put et donna un coup sur la paroi. Aucun effet. Pas même une entaille dans le roc. Le colosse poussa un grognement. Fabian donna un deuxième coup, plus fort. De minces éclats lui sautèrent au visage et il ferma les yeux. Il reçut un coup de bâton sur la tête. C'est ce qu'on appelle encourager un débutant. Fabian cligna des yeux, leva le pic au-dessus de sa tête comme semblaient le faire les autres mineurs, prit son élan et frappa la paroi. L'outil rebondit contre la pierre et lui échappa des mains.

Comme il se relevait après avoir ramassé son pic, il reçut un second coup sur le crâne. Il prit une grande inspiration, tâcha de maîtriser la peur du bâton qui lui faisait trembler la main, serra le manche plus fort, brandit l'outil au-dessus de sa tête et donna un grand coup sur la paroi. Juste un point rouge. Un grognement retentit derrière lui. En hâte, Fabian releva les bras, reprit son élan et redonna un coup. Encore juste un point rouge. Un nouveau grognement retentit, plus fort. Fabian redonna un coup. Puis un autre, puis un autre. Toute une série de coups. Il s'acharna avec la même hargne que sur une vipère qui se tord en sifflant sur le sol.

Enfin, un petit caillou de la taille d'un ongle sauta de la paroi. Un gloussement de dédain retentit. Tout le corps de Fabian se crispa, appréhendant un coup. Rien. Une chaîne racla la pierre. Du coin de l'œil, Fabian vit la forme du colosse s'éloigner en traînant des pieds. Ouf!

Il s'écoula un certain temps. Combien ? Peu à en juger par le niveau du minerai dans le panier de Fabian : quelques miettes qui ne couvraient même pas le fond. Beaucoup à en juger par le nombre d'aller-retours que son voisin avait fait entre son poste et le portique, portant un lourd panier. Soudain, le martèlement des pics diminua. La cuvette résonnait toujours du bruit des autres plateformes, mais les oreilles de Fabian ne vibraient plus. Les autres forçats avaient posé leur outil contre la paroi et le colosse à la perche allait de l'un à l'autre, leur tendant une outre à laquelle chacun buvait à la régalade, la tête renversée et la bouche béante. Le filet d'eau claire jaillissant de l'outre comme d'un pis, évoquant du lait, fit saliver Fabian. Il posa lui aussi son pic contre la paroi et attendit.

Mais au moment d'arriver à Fabian, le colosse fit demi-tour, sans même le regarder. D'instinct, Fabian poussa une exclamation. Le colosse s'arrêta, se retourna lentement et leva son long bâton souple. Fabian sentit ses genoux fléchir. Il rentra la tête dans les épaules. Si seulement son dos avait porté une carapace ! Il aurait voulu pouvoir ravaler son « hé ! » Fabian prit une posture si humble que le colosse ne le frappa pas. Il se contenta de glousser avec dédain en touchant le panier aux trois-quarts vide de Fabian du bout de son espèce de gaule. Qui ne produit pas ne boit pas. Telle était la morale de cet apprentissage.

La tête bourdonnante, Fabian ramassa son pic et prit son élan pour donner un coup. C'était encore plus dur que bêcher la terre. Contre la terre, au moins, le fer ne rebondissait pas. La terre s'ouvrait comme une amie. Pour aérer une terre meuble, par besoin de lancer l'outil très haut au-dessus de la tête et de cogner comme un sourd à chaque coup. C'est seulement quand on heurtait une pierre enfouie, invisible, que la glèbe ripostait et vous donnait une secousse dans le coude ou vous tordait le poignet. Par accident. Ici, c'était la loi. On se cognait toujours à la pierre. Et elle vous rendait coup pour coup, à chaque fois, sans se lasser.

Des ampoules lui brûlèrent bientôt la main droite. Et pourtant, ce n'étaient pas les licous de bêtes rétives à tirer, les seaux d'eau à porter, les mauvaises herbes à sarcler, les trèfles à fauciller qui avaient manqué depuis son enfance…

Fabian inversa l'ordre des mains sur le manche, plaçant la main droite au-dessus de la gauche. Ses coups devinrent encore plus faibles. Il en fallut vingt pour qu'une lamelle de pierre se détachât de la paroi. La sueur lui coulait sur le front, les joues. Il avait le dos trempé. L'éclat du soleil reflété par la paroi l'éblouissait. La poussière lui irritait les yeux. La faim lui tordait l'estomac. Il avait la bouche sèche. Les deux mains lui brûlaient. Le vacarme des pics l'assourdissait. Sa tête bourdonnait.

Une ombre se dessina sur la paroi constellée de points rouges. La silhouette du colosse. Tendant le dos, retenant son souffle, appréhendant un coup, Fabian se figea. L'ombre ne bougea pas. Fabian regarda prudemment par-dessus son épaule. Le colosse se tenait là, son outre à la main, le regard froid.

Le colosse leva l'outre à deux mains, renversa la tête en arrière, ouvrit grand la bouche et but à la régalade, longtemps. Puis il poussa un gros soupir d'aise. Ensuite, il agita l'outre devant Fabian avec des petits claquements de langue, comme quand on agace un chien. Par réflexe, Fabian tendit la main vers l'outre. Le colosse recula, mettant l'outre hors de portée. Fabian dut faire une grimace pitoyable, car le colosse éclata de rire. Puis il reprit un air sévère, regarda Fabian droit dans les yeux, gifla l'air d'un revers de main comme pour chasser une mouche, renvoyant Fabian à son travail, et s'éloigna.

Fabian se mit à taper n'importe où, au hasard sur le roc. Des éclats minuscules se détachaient. Il les ramassait précieusement et les mettait dans le seau. Le seau paraissait toujours aussi vide. Ces lamelles petites et minces comme des feuilles d'arbre ne faisaient pas grossir son tas de pierres. La peur le saisit. Il se sentit faible. Il avait soif. La gorge lui brûlait. Il avait la bouche remplie de poussière. Les yeux lui piquaient. Les mains lui cuisaient. Sa nuque flambait sous le soleil. Il avait mal à la tête des coups reçus. Et il allait devoir faire cela tous les jours ? Où allait-il trouver la force ?

Il recula d'un pas et jeta un coup d'œil oblique à son voisin, un homme à la mine chafouine. Comment faisait-il, lui ? Fabian l'observa. L'homme examinait la paroi, la caressait, semblait tracer du doigt une ligne de gauche à droite. Puis il empoigna son pic et se mit à cogner en suivant cette ligne. Il dessina ensuite une autre ligne avec son doigt, à angle avec la première, de haut en bas. Et il frappa le long de cette deuxième ligne. Enfin, il inséra la pointe de son pic à l'angle des deux lignes, fit levier, et un bloc de belle taille se détacha de la paroi, comme par magie.

Voilà donc la méthode ! Pourquoi personne ne la lui avait-il montrée ? Il n'aurait peut-être pas rempli autant de paniers que les autres, mais il en aurait rempli. Fabian empoigna son outil, se campa face à la paroi, éleva le pic très haut au-dessus de sa tête, s'étira et, en se laissant retomber de son poids, il abattit le fer du pic sur le roc. La pierre s'étoila. Il donna un second coup, puis un autre, puis un autre, et encore un autre, en suivant la ligne. Des étincelles jaillissaient. Des points rouge clair apparurent dans la paroi brunâtre, puis des fentes, puis des déchirures.

Il inséra la pointe du pic dans une fissure horizontale et il secoua le manche, puis il fit de même dans une autre fissure à angle droit, fit tourner le fer dans la pierre. Un bloc se descella. Il donna quelques petits coups, renfonça la pointe du pic dans un coin, rappuya sur le manche pour faire levier. Un morceau de roc gros comme le poing se détacha de la paroi. Fabian le ramassa et le mit dans le petit panier. Il ressentit une certaine fierté.

Il recommença à taper sur le roc avec méthode, mais cette fois après avoir scruté un moment la pierre pour identifier une bonne ligne. Il se mit à l'écoute de la pierre, taillant sur une ligne horizontale ou verticale selon le sens dans lequel la paroi se fissurait après les premiers coups de pic. Il renonça à se mettre en colère contre le roc. Il fermait les yeux à chaque coup pour les protéger des éclats qui lui sautaient au visage. Il se mit à compter les coups en cognant. Mais sans impatience. Pour se donner du rythme, il récita des bouts d'*Ave Maria*. Il fit des concours avec lui-même. Il paria qu'il réussirait à détacher un bloc d'un empan au bout de douze coups. Puis, quand il eut gagné son pari, il se défia d'y réussir en onze coups. Il parvint à ressentir une vraie excitation de joueur. Il oublia la fatigue, la douleur, la poussière et la soif.

Son panier était rempli à ras bord. Il se courba, le saisit à deux mains, comme il avait vu faire aux autres, et voulut se redresser. Le panier lui cloua les mains au sol. Il fit un nouvel effort. Le panier bougea à peine. Impossible de le soulever ainsi. Fabian s'accroupit, glissa les doigts sous le panier, profitant des irrégularités du sol, et, collant le panier contre sa poitrine, il poussa sur ses jambes.

Il se leva avec effort mais, une fois debout, ça allait. Il passa en titubant devant le colosse qui jeta un regard sur le panier, avec un reniflement d'approbation. Il se rendit jusqu'à la corbeille qui attendait sous le portique, s'accroupit avec précaution, posant doucement le dessous de son panier sur le bord de la corbeille, et fit basculer sa contribution dans le récipient commun. Un tourbillon de poussière l'enveloppa et le fit tousser.

Quand la quinte de toux eut pris fin, Fabian alla se planter devant le colosse, et attendit. Le colosse renifla bruyamment, posant des yeux ternes sur Fabian. Fabian ne bougea pas. Le colosse fronça les sourcils, perplexe et déjà fâché. Fabian avait tellement soif qu'il osa montrer du doigt l'outre aplatie que le colosse portait en bandoulière. Le colosse fit une grimace agacée, saisit l'outre, la déboucha, et la renversa, l'ouverture vers le sol. Un cri d'horreur mêlée d'indignation échappa à Fabian, et ses deux mains s'élancèrent toutes seules vers l'orifice de l'outre et l'eau qui allait en couler comme on a le réflexe de vouloir rattraper un nouveau-né qui tombe. Mais aucune goutte ne sortit. L'outre était vide.

Pendant les heures qui suivirent, à mesure que le soleil descendait dans le ciel, Fabian passa l'essentiel de son temps appuyé sur son pic. À un moment, entendant le raclement et le grelot de chaînes qui signalait l'approche du contremaître, il essaya de soulever son pic. Mais le manche était trop lourd, et le pic retomba. Pas capable. Ses jambes se mirent à trembler. Mais le bruit de chaînes s'éloigna sans qu'il reçût de coup. À quoi bon dresser un animal inapte ?

Un peu plus tard, des cris furieux montèrent de la cuvette. Au pied de la paroi, Safa s'égosillait en agitant ses manches larges comme des ailes de héron. Le colosse lui répondit sur un ton humble dans la même langue gutturale que Safa. Le barbu enrubanné aboya encore, en montrant du doigt un train de mulets immobile en bas du sentier qui menait à la sortie.

L'ombre enveloppa la plateforme. Et Fabian bénit ce répit, cette quasi-fraîcheur. Puis un roulement de tambour résonna contre les parois. Le martèlement des pics cessa. Les autres mineurs de la plateforme posèrent leur outil contre la paroi et Fabian fit de même. Un tintamarre de chaînes éclata de toutes parts. Tous les occupants de la plateforme, contremaître en tête, se précipitèrent vers l'échelle.

Mais voilà qu'un hurlement monta de l'abîme. Aussitôt le contremaître se figea. Au milieu de la cuvette, Safa aboyait en brandissant son fouet vers leur plateforme. Le contremaître écouta les aboiements d'un air penaud. Puis il se retourna vers les mineurs en file derrière lui et aboya à son tour. Les mineurs baissèrent la tête et, l'air résigné, retournèrent à leur pic en traînant des pieds. Safa s'éloigna vers l'enclos contre lequel s'agglutinaient les forçats.

Le fumet de la soupe du soir flotta dans l'air, se mêlant à l'odeur âcre de la poussière de fer. Sans doute encore un bouillon insipide ou amer, voire infect. N'empêche, ventre affamé n'a pas de nez. Et soudain, le voisin de Fabian jeta son pic et fonça vers l'échelle. Le contremaître fit siffler son bâton dans l'air, sans effet. L'homme, plié en deux, avait déjà une main sur le dernier barreau de l'échelle. D'un geste adroit, le contremaître donna un coup d'estoc dans le vide, juste sous le menton de l'homme, puis il releva son manche de pique d'un geste sec, lui renversant la tête, et il ramena le fuyard sur la plateforme comme un poisson pêché. L'homme regagna son poste en se frottant la gorge. Au passage, il coula un regard lourd de haine à Fabian. Les coups de pic de la plateforme punie s'égrenèrent dans le crépuscule.

Il fallut attendre que la nuit tombât pour que Safa permît à l'équipe solitaire de descendre. Bien sûr, il était trop tard pour manger. Fabian sentait le regard lourd des camarades affamés peser sur lui. Prudent, il les laissa passer devant lui.

Bientôt, il ne resta plus que l'homme à la mine chafouine, qui attendait près du bord, après avoir cédé le pas aux autres. C'était un peu surprenant, vu son ardeur à descendre, une heure plus tôt. Mais il est vrai que la marmite devait être vide depuis longtemps. Alors pourquoi se précipiter ?

Ce qui fut vraiment étonnant, c'est que l'homme sourit à Fabian, en lui faisant signe de descendre avant lui. Quelque chose dans ce sourire alerta Fabian. L'homme répéta son geste et son sourire redoubla, montrant des dents noires et pourries, puant l'hypocrisie. Comment refuser une telle invitation, aussi insistante et de la part d'un tel personnage ? Fabian se baissa pour attraper le haut de l'échelle, mais méfiant, il prit soin d'attraper le premier barreau à deux mains. Il fit bien, car tout à coup, l'autre se détendit et le poussa violemment. Fabian s'accrocha au barreau de toutes ses forces tandis que son corps basculait dans le vide. Sans qu'il sût trop comment, il se retrouva, après une pirouette, debout sur l'échelle qui vibrait, les pieds calés sur un barreau, étreignant un des montants, tremblant de tous ses membres, muet de terreur. À quelque chose malheur est bon. Ses pieds lestés par les ceps de fer avaient rabattu ses jambes, et avec elles, l'échelle qui se soulevait de la paroi et menaçait de basculer en arrière.

L'homme à la mine chafouine levait déjà le talon vers la face de Fabian pour lui écraser le nez et lui faire lâcher prise, quand des cris furieux montèrent de l'abîme. Plus bas sur l'échelle, le grand barbu roux n'avait pas apprécié le petit numéro de voltige. L'homme à la mine chafouine recula d'un pas et se cacha au grand barbu roux derrière l'arête du rebord. Là, il leva le menton et, montrant bien son cou à Fabian qu'il ne lâcha pas des yeux, il se passa le tranchant de l'index d'une oreille à l'autre avec un sourire de hideuse volupté.

Fabian dévala l'échelle, mit ses pas dans ceux du grand barbu roux et fila vers l'enclos comme vers un refuge. À l'entrée, Rachid ben Sancho montait la garde, appuyé sur son bâton. Il désigna la dernière des cinq grandes tentes qui fermaient l'espace où les captifs mangeaient à Fabian. La marmite avait disparu. Les écuelles s'empilaient, vides et propres, à côté du foyer éteint. Fabian, à qui la faim tordait l'estomac, en eut les larmes aux yeux. Mais à quoi bon se plaindre ? Il gagna la tente indiquée et souleva un pan de toile. La puanteur lui sauta au visage. Deux rangées de formes humaines s'alignaient de part et d'autre d'une mince allée. Avant de laisser le pan de toile retomber derrière lui, Fabian repéra un espace vide entre deux corps.

Il s'y rendit dans la pénombre, s'accroupit et, heureux de sentir une couche de paille sous ses mains, il inclinait le buste pour s'allonger quand un coup de talon le cueillit en pleine poitrine et l'envoya rouler sur le dormeur voisin, qui lui donna un coup de coude dans les côtes en maugréant, puis le repoussa fermement en lui faisant signe d'aller dormir ailleurs.

Fabian se releva avec peine, resta un instant debout à se masser le torse. Puis il continua dans l'allée, cherchant une autre place libre. Aucune. Il toucha la toile du fond. Là, il distingua un mince intervalle entre la toile et le dernier dormeur. Il s'y glissa. Le sol était dur et froid, dépourvu de paille. Collé contre la toile, se tenant le plus loin possible du corps le plus proche, Fabian retint son souffle. Aucun coup. Soulagé, il respira.

Alors, il repensa à l'homme à la mine chafouine qui avait menacé de l'égorger. Il guetta les bruits. Il ne perçut qu'un raclement de chaîne assez lointain. Le chafouin dormait sans doute dans une autre tente. Une nuit de répit. Il verrait bien le lendemain que faire de cette nouvelle menace. Le tremblement qui agitait Fabian depuis sa chute avortée diminua peu à peu.

Bientôt s'éleva le râle tonitruant qui retentissait cinq fois par jour dans ce pays, à peu près aux heures où, dans le marais, on entend le tintement discret d'une cloche, les jours où le vent souffle de la terre. Dans l'obscurité, le chant traînant s'étirait. Fabian ferma les yeux. Soudain, le dernier regard d'Amis avant que le sorcier l'égorgeât illumina la nuit comme un éclair. Fabian frémit d'horreur. D'autres images d'Amis affluèrent et Fabian eut du mal, malgré sa fatigue, à trouver le sommeil.

III

CHANGEMENT D'ÉQUIPE

Fabian s'éveilla en sursaut, réveillé par un chant qui n'était pas celui du coq. Ah ! Crevure ! Il était couché sur la terre battue. Encore Amis, à tout coup, qui l'avait fait rouler hors de la paillasse. Le frérot ne savait pas ce qu'était le repos. Même la nuit, il s'agitait en tous sens.

Fabian écarquilla les yeux dans la pénombre. Mais qui donc avait tendu un drap là-haut, au plafond, d'un mur de la hutte à l'autre ? Le chant traînant reprit, comme un lointain bêlement rauque. Alors, Fabian se rappela où il était. Dans un pays dont les maîtres marquaient l'aube par des psalmodies chevrotantes. L'alouette joyeuse du marais était bien loin. Tous les peuples ne savent pas écouter le chant de la création à l'aube, en y ajoutant tout au plus le léger tintement d'une cloche. Quant à Amis, où était-il ? Un courant avait-il entraîné sa tête vers le large ? Les hommes du Nord avaient-ils laissé son corps décapité sur la pierre, en proie aux oiseaux et aux chiens ? Et son âme ? Était-elle en paradis ? Dieu seul le savait. Dehors, le chant traînant du rossignol enroué se tut.

Au plafond, le drap noirâtre virait lentement au gris tandis qu'une lueur, s'insinuant sous le bord de la tente, rampait au ras du sol. Une toux éclata, des raclements de gorge retentirent, des chaînes tintèrent. Allongé sur le dos, les bras serrés contre lui, coincé entre son voisin et la toile, Fabian sentit une torsion dans l'estomac : la faim se réveillait, mordante.

Peu après, un bruit de drap ou de voile claqua et une bande blafarde raya la toile grise. Un ordre retentit. Fabian tourna la tête en direction de la voix. À l'entrée de la tente, une silhouette noire se découpait dans un triangle blême. Un fracas de métal emplit la tente. Les dormeurs se levaient. Toujours coincé, Fabian attendit que son voisin fût debout. Quand il voulut s'asseoir, la douleur des courbatures le cloua au sol.

Il roula lentement sur le flanc, s'appuya sur un coude, releva le buste de côté, prit appui sur ses deux mains, se mit à quatre pattes, retint un cri de douleur, prit une longue pause, laissant la douleur se calmer, posa un pied à plat au sol et put enfin se lever.

La tente était vide. Il marcha vers la lueur de la porte. Une file silencieuse serpentait dans l'enclos jusqu'aux marmites, sous l'œil sévère de gardes armés de fouets. Fabian alla se placer au bout de la file, et attendit. Le manchot officiait derrière la marmite. Dès la veille, Safa l'avait placé là, louche en main, tandis qu'il expédiait le marmiton en poste, qui avait deux bras, manier le pic sur une plateforme.

Le manchot tendit une écuelle à Fabian et y versa une bouillie pas trop claire, Dieu merci ! où flottaient des bouts de légume, un festin en comparaison du bouillon transparent qu'on leur avait servi la veille à midi. Houspillé par un garde, Fabian fila au bout du premier rang de captifs, s'accroupit le plus loin possible du dernier mangeur et, serrant l'écuelle contre lui, à l'affût des rapaces, il se hâta d'avaler la bouillie fade sans mâcher aucun morceau.

Peu après, Safa poussa un aboiement et fit claquer deux fois son fouet court dans l'air. Les autres gardes glapirent en écho. Les forçats se levèrent en bloc. Chacun alla déposer son écuelle et jeter sa cuillère dans un grand seau posé près des marmites. Puis le troupeau se regroupa en équipes comme la veille sous les aboiements ponctués de claquements de fouet.

Fabian frémit en apercevant le petit crâne brun du chafouin qui avait voulu le jeter dans le vide. Mais, aiguillonné par les gardes qui faisaient vibrer leurs cordes vocales et leurs fouets, il avança. Il fit toutefois un crochet pour éviter l'homme à la mine sournoise. Il s'approcha du groupe par l'autre côté. Quand le chafouin aperçut Fabian, il le désigna d'un coup de menton à ses camarades, qui tournèrent la tête et prirent un air renfrogné. Le grand barbu roux pivota et Fabian sentit un choc léger au centre de sa poitrine. Avec sa paume, le grand barbu roux se mit à pousser Fabian à bout de bras. Il le fit ainsi reculer jusqu'au milieu d'un groupe formé d'un garçon et de deux hommes frêles, un très grand et un tout petit. Le barbu laissa là Fabian, attrapa le garçon par un bras et le lança à son groupe, qui se saisit de la prise. Le garçon était moins chétif que Fabian.

Tandis que le grand maigre gardait un air fier et digne, le petit homme protesta, avec des mots et des mains ouvertes. Le barbu roux, qui paraissait si amical la veille, serra les mâchoires en grondant. Les mains du suppliant retombèrent. Il coula un regard suintant de haine à Fabian, qui baissa la tête, avec un pincement au cœur. Le grand maigre ne lui fit pas aumône d'un regard.

Pourtant, Fabian avait fini par trouver le tour avec le pic, la veille, sur la plateforme. Mais c'était trop tard. Dès la première heure, les autres l'avaient soupesé du regard et classé comme poids mort. Un père vous accorde une seconde chance. Un étranger, jamais. Fabian aurait dû se réjouir. Sur les plate-formes, les chétifs comme lui mouraient d'épuisement avant deux mois. Sans parler du chafouin qui lui aurait probablement réglé son compte plus tôt. En le rejetant de leur équipe, le barbu roux ne sauvait pas seulement sa peau et celle de ses camarades, il sauvait aussi Fabian.

Mais Fabian était de cette race d'hommes qui se tueraient à la tâche pour un sourire, pour faire partie d'une équipe, pour un compliment. Ils ont plus soif de reconnaissance que de repos. Ils ne demandent qu'à suivre et à obéir. Ils ne ménagent pas leur peine. Quitte à en crever, Fabian aurait tout fait pour rester dans cette équipe, avec ces hommes grands et forts, sur cette plateforme qui était la plus haute de la mine. Heureusement pour lui que d'autres, plus raisonnables, le jugeaient pour ce qu'il était et le remettaient froidement à sa place.

Safa passa devant les groupes, rengorgé comme un coq, flanqué de gardes. Ben Sancho se tenait près de la porte close. Safa poussa un aboiement. Les groupes fusionnèrent en une masse informe qui se rua contre le panneau de planches. Pressé contre la porte, ben Sancho poussa un cri aigu. Safa aboya, les fouets des gardes claquèrent. Effrayés, voulant éviter les coups de fouet et de manches de lances, les forçats à l'arrière se mirent à pousser dans le dos ceux qui les précédaient et, par contagion, le premier rang écrasa encore davantage le gros ben Sancho contre le battant de bois, lui arrachant une plainte affolée, plus aiguë encore que son premier cri.

Les gardes durent contourner la foule, enfoncer leurs manches de lance entre la palissade de pieux et les visage, les cous, les poitrines et faire levier contre la palissade pour en écarter la cohue comme on décolle des moules d'un rocher au couteau. Le tumulte redoubla au centre de la masse de captifs, mais le rondouillard put enfin se dégager et trouver assez d'espace pour tirer la porte, qui s'ouvrait vers l'intérieur. Excité par les aboiements de Safa et les glapissements des gardes, le flot humain jaillit hors de l'enclos. Fabian se laissa porter et balloter par le courant, indifférent aux coups de coude et aux vociférations poussées dans toutes sortes de langues, d'où fusait parfois une insulte ou un blasphème qu'il reconnaissait.

Poussé hors de l'enclos comme un bouchon, Fabian aperçut la tête du grand maigre à qui le barbu roux l'avait donné et qui dépassait de la foule sur sa gauche et, tandis que les forçats se dispersaient, il le suivit jusqu'au pied de la paroi opposée à celle où il avait travaillé la veille.

En approchant, Fabian ébaucha un sourire poli. L'homme détourna la tête et s'assit sur un bloc de pierre, large, évasé. Un deuxième bloc de pierre s'offrait, petit comme un tabouret. Faute de grives, on mange des merles. Fabian s'installa sur le petit bloc, face à la paroi, ignorant l'homme qui l'ignorait. Une corde pendait d'un portique qui avançait dans le vide au-dessus de leurs têtes. Le bout en serpentait par terre.

Le petit homme qui avait supplié le grand barbu roux parut devant Fabian, et lui fit signe de se lever, d'une main assez molle. Fabian ne bougea pas. Le maigrelet prit un air fâché, qu'il croyait peut-être effrayant mais qui n'était que ridicule, et fit ce revers de main qui veut dire : du balai ! Fabian le regarda sans sourciller.

Le maigrelet s'assit alors de force à côté de Fabian, et se mit à le pousser avec la hanche. Fabian céda quelques pouces et se retrouva une fesse dans le vide. Inconfortable. Le maigrelet poussa encore, grignotant un pouce de plus. Fabian ne tenait plus assis. Il faillit se lever, cédant la place. Puis une colère le prit. Il respira un grand coup, se tourna vers l'intrus, lui mit les deux mains sur l'épaule et le poussa d'un coup brusque. Le petit homme bascula et tomba par terre. Sa grimace de surprise et de douleur remplit Fabian d'une joie mauvaise.

L'avorton releva la tête et toisa Fabian. Fabian serra les mâchoires et les poings. Il ressentait une envie de frapper. L'autre hésita. Puis il haussa les épaules en maugréant :

— Peuh, si ça t'amuse… Tu ne dureras pas, de toutes façons.

Fabian fut surpris d'entendre parler sa langue, presque sans accent. Il examina le visage de l'homme qui se relevait. Un visage de souris, avec un nez pointu et un petit menton. Sous une pellicule de poussière rougeâtre, il avait le poil châtain. Ses yeux étaient verts. Un gars d'Anjou peut-être, étant donné son accent. Presque un gars du marais. Mais ça ne changeait rien. Ils étaient deux et il y avait un seul siège. Et puis quel corps chétif, répugnant comme une araignée avec ses maigres pattes velues ! Fabian se détourna avec dégoût.

Immobile sur sa grande pierre, l'homme au corps d'échassier avait un front large, un nez mince, un menton en galoche et des pommettes fortes. Avant d'être amaigri par les travaux forcés et les rations chiches, son visage devait avoir été carré, solide. Un vrai gars du marais, pour le coup. Comme Fabian le dévisageait, l'échassier lui dit quelque chose dans la langue musicale des pauvres de ce pays, quelque chose qui ressemblait à une question. Fabian écarta les mains en signe d'impuissance et dit :

— Je ne comprends pas.

L'autre eut l'air surpris. Ses yeux ternes jetèrent un faible éclat :

— Tu parles français ? s'exclama-t-il.

Mais aussitôt la lueur s'éteignit, et le visage aux joues creuses reprit un air triste.

— Euh, peut-être, je ne sais pas. Je parle comme on parle chez nous.

— Et où est-ce, chez toi ?

— Le marais.

— Au bord de la Seine ?

— La quoi ?

— La Seine, le fleuve bon sang.

— Ah ! Je ne connais pas.

— Dans quel marais donc habites-tu ?

— Je ne sais pas. On dit : le marais.

— Mais où est-il ce marais, au bord d'une rivière ?

— Non, au bord de la côte.

— Quelle côte ?

— La côte qui borde la mer.

— Oui, sans doute, mais quel est son nom, à cette côte ?

— Elle n'a pas de nom. On dit : la côte.

— Ah ! Et à quoi ressemble-t-elle, cette côte ?

— Des plages de sable jaune et des falaises blanches.

Une voix de crécelle grinça de l'autre côté :

— N'insiste pas, Vauquelin. Pourquoi t'intéresses-tu à d'où il vient ? C'est visiblement un cul-terreux.

L'échassier ignora la remarque.

— Mais le lieu que tu habites, il a bien un nom ?

— Oui, Grenouiller.

De l'autre côté, le petit homme ricana.

— Ça existe, un tel lieu ? Grenouiller ? Comme les grenouilles ?

— Eh bien, oui, comme les grenouilles, qui abondent par chez nous.

— Et il est situé dans quelle paroisse, ce Grenouiller ? reprit l'échassier.

— Je ne sais pas. Qu'appelez-vous « paroisse » ?

— Mais, le territoire autour d'une église !

— Ah ! Nous n'avons pas d'église à Grenouiller. C'est seulement des huttes dans une clairière, vous savez.

— Mais vous entendez bien sonner une cloche de temps en temps, là où vous êtes ?

— Oui, celle des moines de Saint-Michel-en-l'Herm.

— Je ne connais pas. Dans quelle province est-ce ?

— Qu'entendez-vous par « province » ?

— Incroyable ! s'esclaffa le petit homme.

— Vous avez bien un seigneur, auquel vous devez obéissance et service et qui vous doit justice et protection ? reprit l'échassier.

— Non.

— Tu vis donc dans un pays de franc-alleu ?

— Je n'ai jamais entendu ce mot.

— N'importe, il y a bien un seigneur qui tient une espèce de tour ou de bâtisse forte pas loin de chez vous ?

— Oui, de l'autre côté de la forêt, le seigneur d'Aunis.

— Ah ! Tu viens d'Aunis, dans le comté de Saintonge. Tu es saintongeais.

— Peut-être, je ne sais pas, on n'emploie pas ce mot-là chez nous. On dit : « nous autres, du marais » ou « nous autres, maraîchins ».

— Soit. Nous deux, nous venons de France.

— Ah ? Ce nom ne me dit rien.

— On appelle cela aussi le Parisis, la terre autour de Paris.

— Je n'en ai jamais entendu parler, je regrette.

— Mais d'où sors-tu pour n'avoir jamais entendu parler de Paris ? C'est la ville de Hugues le Grand !

Fabian resta confus. De l'autre côté, le petit homme grinça :

— À quoi vous attendiez-vous, Messire, un cul-terreux qui n'est jamais sorti de son pâté de huttes ! qui ne sait même pas dans quelle province il habite ! Comment pourrait-il avoir entendu parler du duc des Francs, dont le domaine va aussi loin que Senlis, Melun et Orléans !

— Ne sois pas si sarcastique, Josse, un duc de chez nous vaut mieux qu'un roi d'outremer.

Après un silence, l'échassier demanda à Fabian :

— Comment t'appelles-tu ?

— Fabian.

L'échassier se redressa.

— Je m'appelle Vauquelin, seigneur de Laas. Et lui, dit-il en désignant du menton l'homme qui époussetait ses braies, c'est mon ami Josse. Ta famille possède-t-elle une terre ?

— Oui, une petite parcelle que nous labourons.

L'échassier laissa échapper une moue de dédain. L'homme chétif dénommé Josse ricana.

— On s'en serait douté, qu'il ne possédait pas un domaine. Pourquoi perds-tu ta salive à parler avec ce vilain, Vauquelin ?

Un aboiement retentit sur la droite. Ils tournèrent la tête.

— Attention, Bec-d'aigle nous regarde, souffla le Josse.

— Bec-d'aigle ?

— Oui. Le grand barbu enrubanné qui commande ici, dit le sire de Laas.

— Ah ! Safa !

— Chut ! Imbécile. Il va nous entendre. Ni dis jamais ce nom, grinça Josse.

Bec-d'aigle, donc, leur faisait signe de se lever et pointait le haut de la paroi en vociférant. Levant les yeux, Fabian vit un homme massif debout à côté d'une large corbeille, sous un portique semblable à celui de la plateforme où il avait travaillé la veille. La corde qui pendait passait là-haut par une espèce de rondelle fixée à un bâton tendu entre deux poteaux.

Fabian se leva en même temps que les deux autres et les rejoignit près de la corde. Se plantant face à la paroi, le sire de Laas saisit la corde à deux mains. Josse vint se placer de trois-quarts par rapport à lui et Fabian prit la place qui restait. Il avait les mains de Josse, qu'il dominait d'au moins trois pouces, à hauteur des yeux. Il réprima une envie de lui mordre les doigts. Il saisit le bout de corde libre entre les paires de mains du sire de Laas et de Josse. Quand il referma les mains sur le chanvre rêche, il sentit une douleur cuisante dans les paumes : les ampoules de la veille.

Le sire de Laas entonna « ho… hisse ! ». Là-haut, la corbeille se souleva du bord de la plateforme, puis elle descendit par à-coups, au gré des ordres du sire de Laas, assaisonnés de « Mais retiens la corde, mordiable ! » et de « Une main à la fois, abruti ! » adressés à Fabian, jusqu'à ce que la corbeille lourde comme du plomb touchât le sol. Fabian secoua ses mains pour se distraire des élancements qui lui déchiraient les paumes.

À l'appel du sire de Laas parut un homme qui poussait une brouette vide, qu'il arrêta près de la corbeille. Le sire de Laas et Josse saisirent chacun une des deux pelles posées contre la paroi et se mirent à pelleter le mélange de blocs et de pierraille de la corbeille dans la brouette. Fabian les regarda faire, les bras ballants, les mains vides, embarrassé, gêné, sans oser s'asseoir, sentant le regard d'un garde posé sur lui. Mais il n'y avait pas de troisième pelle. Pour faire l'occupé, il ramassa à la main deux ou trois pierres tombées des pelles avant d'atteindre la brouette et les jeta dans la caisse de bois, s'attirant des injures du sire de Laas à cause de la poussière que cela souleva.

Quand la brouette fut pleine aux trois-quarts, le sire de Laas arrêta Josse d'un geste, se redressa et planta sa pelle devant Fabian, qui le regarda sans comprendre. Le sire de Laas lâcha le manche de pelle, qui bascula vers le nez de Fabian. Apparemment, Fabian n'était même plus digne, une fois connaissance faite et sa basse condition établie, que le sire de Laas gaspillât sa salive à lui parler. Levant l'avant-bras par réflexe, Fabian bloqua le manche de justesse, pendant que le sire de Laas et Josse s'asseyaient chacun sur un des deux sièges de pierre. Fabian se mit à l'œuvre, seul. Josse le regardait depuis son tabouret de pierre, goguenard. L'ordre était rétabli.

Après une longue attente, le temps que les mineurs là-haut remplissent à nouveau la grande et profonde corbeille, Fabian et ses deux compagnons répétèrent la manœuvre. Une fois, deux fois, dix fois. La tâche était monotone, mais légère en comparaison de l'abattage auquel Fabian avait goûté la veille.

Le manchot passa même leur distribuer une louchée d'eau en milieu de matinée.

Vers midi, roulement de tambour. Ruée, cohue, puis file d'attente. Écuelle remplie d'un gruau délayé que Fabian ne se laissa pas voler mais avala, droit dans l'estomac. Enfermement, assis dans l'enclos. Chant de psaumes dans la langue gutturale des maîtres du pays. Aboiements et claquements de fouet, ruée, cohue. Retour à la tâche, corde, corbeille, pelle, brouette, re-corde, re-corbeille, re-pelle, re-brouette. Repos sur place, assis face à la paroi. Écoute de psaumes mystérieux. Retour à la tâche. Coucher du soleil. Écuelle de soupe claire. Entassement dans la tente, Dieu merci, sur la paille. Concert de psaumes. Cette nuit-là, Fabian dormit entre le sire de Laas et Josse et put étendre un peu les membres en grignotant l'espace de Josse.

Lendemain identique à la veille. Chance d'avoir un gruau plutôt épais le matin. Repérage des voleurs dangereux. Choix d'une place au milieu des forçats pacifiques, moins agressifs que la moyenne. Possibilité de manger plus lentement. Surlendemain identique au lendemain. Le jour d'après, pareil. Le jour d'encore après, encore pareil. Les jours s'enchaînèrent, semblables à la première journée. Faim, peur, soif, ennui.

IV

DANS LA PLUS STRICTE INTIMITÉ

Un après-midi, par une journée étonnamment chaude pour le mois d'avril, la corbeille à descendre s'avéra particulièrement lourde. Fabian et ses deux camarades eurent beau tirer de toutes leurs forces sur la corde, la corbeille resta rivée là-haut, au rebord de la plateforme. Sous le portique, le contremaître agitait le poing et l'on voyait ses lèvres bouger dans son visage grimaçant. Il devait les invectiver, mais à la muette, pour ne pas attirer l'attention d'un garde ou, pire encore, de Bec-d'aigle. Nos trois haleurs réessayèrent. Pas moyen.

On devinait une forme qui dépassait du panier. Qu'est-ce qu'ils avaient mis dedans, là-haut, en plus de d'habitude, pour que ce fût si lourd ? Le contremaître de la plateforme laissa échapper un glapissement rauque. L'imbécile ! Ne pouvait-il pas baisser la voix ? Quelque part, Bec-d'aigle aboya en écho. Du coin de l'œil, Fabian vit la silhouette sèche se rapprocher d'un pas énergique. Il rentra le cou dans les épaules et attendit, crispé, le dos rond, appréhendant le fouet. Quand Bec-d'aigle s'approchait de leur groupe à cette vitesse-là, après avoir aboyé sur ce ton-là, il y avait presque toujours un coup de fouet. Le rapace excité avait l'instinct d'enfoncer ses serres dans le dos d'un petit rongeur.

Un seul coup, naguère, avant d'y être initié, Fabian pensait que ce n'était rien. Avec l'expérience, il savait : le coup déchirait le vêtement et la peau, qui se mettait à saigner. Cela brûlait pendant des heures. Puis la douleur réveillait la nuit. De la poussière s'incrustait dans la plaie. L'étoffe collait. Sans eau pour se laver, on avait seulement sa salive à mettre sur la plaie. Quand la plaie était au milieu du dos, elle n'était pas facile à atteindre et à soigner. On s'arrachait la peau en essayant d'écarter le tissu. Même si la blessure guérissait bien, restait le trou dans la tunique, l'unique vêtement qui protégeât du soleil. Et il fallait vite recoudre la déchirure avant qu'elle s'agrandît et laissât voir trop de peau nue. Sinon, gare aux coups des gardiens indignés.

Un ou deux forçats étaient connus pour avoir du fil et des aiguilles. Le bruit courait qu'ils en obtenaient par on ne sait quel troc auprès du rondouillard ou du muletier qui emportait le minerai hors de la cuvette ; selon d'autres, ils tiraient les aiguilles des petits os de mulots attrapés en douce et le fil, de tissus découpés dans le vêtement des dormeurs, la nuit. Mais une aiguille et un brin de fil coûtaient cher : une écuelle entière, celle du matin, pleine de gruau épais où flottaient des morceaux solides, souvent des légumes, parfois même un bout de viande.

Moins d'une semaine après son arrivée dans la mine, Fabian avait observé l'effet d'un seul coup de fouet. Le premier jour, un mince trait rouge clair rayait le dos de la victime, de l'omoplate gauche au flanc droit. Le deuxième jour, le trait était jaune, et plus large. Le troisième jour, le trait était noir, et le blessé était pâle comme un linge. Au coucher, au milieu des faces brunâtres, hâlées par le soleil, des autres captifs allongés, son visage se détachait comme une pleine lune dans un ciel nocturne. Le lendemain, il ne s'était pas levé. Il gisait sur la paille, tremblant de fièvre. Les autres étaient sortis en hâte, alléchés par l'odeur de viande du gruau fumant, regardant à peine le traînard. Pendant que les affamés faisaient la file devant les marmites, Bec-d'aigle était entré sous la toile. Des cris et des bruits de coups sourds, entrecoupés de gémissements de chien apeuré étaient venus de la tente. Puis le silence. L'enrubanné était ressorti. Pas l'homme.

Depuis, Fabian avait peur du fouet comme d'une piqûre de vipère. Il s'enfonça donc entre le sire de Laas et Josse, comme un crabe entre deux rochers, se recroquevillant autour de la corde. Le fouet siffla et claqua sur de la chair. Le sire de Laas étouffa un cri. Ouf, ce n'était pas sa chair à lui, Fabian. Il en eut un éclair de joie.

Bec-d'aigle se mit à leur aboyer aux oreilles et, de nouveau, Fabian se crispa. Le sire de Laas émit une phrase dans la langue de Bec-d'aigle, sans presque remuer les lèvres, sans qu'un trait de son visage bougeât, en ouvrant deux mains impuissantes, très digne, très droit, comme s'il n'avait reçu aucun coup. S'ensuivit un bref échange guttural entre Bec-d'aigle et le chef de plateforme penché au-dessus du vide, dans l'encadrement du portique.

Bec-d'aigle lança un ordre en direction du sentier de sortie. Un brouetteur oisif à côté d'un train de mulets qui cuisaient sous le soleil empoigna les bras de sa brouette et accourut, dans la mesure où un homme entravé peut courir. Il se plaça entre Fabian et Josse et empoigna lui aussi la corde.

Le sire de Laas donna le signal :

— Ho... hisse !

La corbeille décolla du bord, flotta en l'air. Le sire de Laas égrena lentement :

— Main gauche, main droite, du mou, main gauche...

La corbeille se mit à descendre.

Quand elle fut posée sur le sol, le mystère de son poids s'éclaircit : sur un lit de pierres qui remplissait aux trois-quarts la corbeille, un homme roulé en boule semblait dormir. Sans perdre de temps, Bec-d'aigle fit signe aux forçats de mettre l'homme dans la brouette. Tirant et traînant le corps plus qu'ils ne le soulevèrent, ils obéirent.

Une jambe pendait en dehors du bac, juste à côté de Fabian, comme une patte de poulet. La ressemblance donna la nausée à Fabian. Sans qu'on lui en donnât l'ordre, il empoigna la cheville de l'homme, chaude sous ses doigts, et replia la jambe à l'intérieur.

Bec-d'aigle indiqua le fond de la cuvette au brouetteur et ordonna d'un geste à Fabian de ramasser une pelle et de suivre. Tandis que les pelles du sire de Laas et de Josse crissaient en plongeant dans la corbeille qui avait servi de lit mortuaire, le cortège funèbre se mit en marche. Le brouetteur longea la palissade de l'enclos, dépassa la double levée de terre qui renfermait les latrines à ciel ouvert, mais pas leur odeur, et s'enfonça dans une tranchée de terre rouge coincée entre le talus arrière des latrines et une paroi inexploitée de la mine.

Fabian sentit le sol mollir sous ses pieds. La terre paraissait fraîchement remuée. Sur la droite, près de la paroi, un haricot clair, de la taille d'un gisant, se détachait du sol rougeâtre. L'image du malade de l'autre matin, disparu depuis la visite que lui avait rendue Bec-d'aigle sous la tente, traversa l'esprit de Fabian. Le brouetteur s'arrêta, arracha sans mot dire sa pelle à Fabian et traça dans la poussière les contours grossiers d'un homme allongé. Puis il jeta l'outil à Fabian, monta sur le talus et s'assit, regardant Fabian d'un air dur. Les rôles étaient répartis : contremaître et bêcheur. Le plus frêle travaillerait et le plus fort regarderait. C'était dans l'ordre des choses.

Sans protester, Fabian se mit à l'œuvre. Le sol était dur comme du roc. Appliquant les leçons de sa brève expérience de piqueur, Fabian examina le sol à la recherche d'une ligne, tapa dans le même sens avec le tranchant du fer, parvint à faire une petite entaille, planta la lame de la pelle dans l'entaille, appuya et tira sur le manche comme sur un levier, fit sauter quelques cailloux, décolla une grosse pierre, qu'il jeta au sommet de la tranchée, et recommença à taper.

Il sua bientôt à grosses gouttes. Par moment, le vent apportait les effluves des latrines voisines et la puanteur lui levait le cœur. Il essayait alors de respirer juste par la bouche. La poussière le faisait bientôt tousser et il refermait la bouche, replongeant dans la puanteur.

Maintenant, le bord du trou lui arrivait jusqu'aux mollets. Essoufflé, il prit une pause, debout dans le trou, la pelle à la main, sous le regard du brouetteur. Soudain, le brouetteur se leva et dévala le talus, droit sur lui. Fabian se crispa, appréhendant un coup à cause de la pause trop longue. À sa surprise, le brouetteur saisit le manche de pelle sans violence, et lui fit signe de sortir du trou. Son visage exprimait une patience qui rappela à Fabian le visage de son père, quand il lui enseignait une chose nouvelle, comme le jour où il l'avait emmené pêcher l'anguille dans un bras de mer du marais pour la première fois.

Sans chercher à comprendre, Fabian abandonna la pelle au brouetteur, posa le pied droit sur le bord du trou et, poussant sur cet appui, il souleva avec effort sa jambe gauche alourdie par la chaîne de fer. Il alla s'asseoir sur le talus, assez haut pour ne pas avaler la poussière soulevée par la pelle et, pendant que le brouetteur creusait, reprit son souffle. Malgré le soleil cuisant et les bouffées puantes venant des latrines, il savoura ce repos.

Le brouetteur creusait désormais plus lentement et prenait des pauses de plus en plus longues. Fabian commençait à se sentir reposé. Décidément, le visage du brouetteur lui rappelait celui de son père. Fabian se leva, descendit du talus et tendit sans mot dire la main vers le manche de pelle. Les traits fatigués du brouetteur se détendirent, les coins de sa bouche se relevèrent et l'on aurait presque dit un sourire. Il abandonna la pelle à Fabian et sortit du trou.

Les deux fossoyeurs improvisés se relayèrent ainsi sans un mot, jusqu'à produire une fosse carrée dont le bord leur arrivait à mi-cuisse. Assez grande pour avaler le mort, roulé en boule. Mais pouvait-on jeter un homme dans un trou comme une charogne ? Sans se consulter, les deux forçats continuèrent à piocher et à épierrer, creusant un trou long comme un lit.

Ils y allongèrent l'homme délicatement, comme si les chocs pouvaient lui faire du mal. Le brouetteur eut un mouvement pour lui retirer ses haillons. Le tissu était tellement rare. Un tel gaspillage crevait le cœur. Mais, comme ses mains allaient toucher la guenille du mort, le brouetteur se figea. Puis il se rejeta en arrière, se redressa vivement, reprit la pelle et reboucha le trou. Fabian, devant le trou refermé, se sentit gauche. Les pieds cloués au sol comme un oiseau pris dans la glu. Que faire de ses mains ?

Le brouetteur porta son pouce droit à son front et y traça un trait vers le bas, puis un autre en travers. Fabian reconnut le signe que tous faisaient ensemble, le dimanche, devant l'autel dressé dans la clairière. Lui aussi porta son pouce droit à son front et y traça de l'ongle une petite croix.

Un aboiement le fit sursauter. Fabian se retourna. À l'entrée de la tranchée, Bec-d'aigle brandissait son fouet, criant des paroles, incompréhensibles dans le détail mais clairs pour l'essentiel, et où revenait un mot qui ressemblait à « cafard ». Fabian comprendrait plus tard que Bec-d'aigle les traitait de *kouffar*, ou de cafre, c'est-à-dire de mécréants, car les mahométans croient que c'est nous, les hérétiques.

Fini, le répit ! La peur et la haine reprirent possession du visage du brouetteur, qui se détourna de la tombe, saisit les bras de sa brouette et fila à grands pas, dans les limites de la longueur des fers qui l'entravaient. Fabian ramassa la pelle et le suivit comme son ombre.

SIXIÈME PARTIE
UN PUITS DANS LE DÉSERT

I

UN HOMME LIBRE

Une corbeille vide se balançait là-haut sous le portique. La silhouette courtaude du contremaître se détachait sur l'azur aveuglant. L'homme tendit le bras au-dessus du vide et attrapa la corbeille, qui disparut derrière le rebord. Une de faite. Repos ! Fabian lâcha la corde. Il dépassa le sire de Laas et alla s'asseoir sur la deuxième grosse pierre, que Josse ne lui disputait même plus.

Fabian perçut un mouvement du coin de l'œil sur la droite. Là-bas, au pied du chemin étroit et escarpé qui servait d'unique accès à la mine, des silhouettes inhabituelles vibraient dans le brouillard de poussière, alignées contre la paroi. Il y avait aussi un garde que Fabian ne reconnaissait pas en tête de la rangée. Peut-être une nouvelle recrue que Bec-d'aigle avait engagée à Grenade ? Un rayon de soleil se refléta sur son cou. Sans doute portait-il un collier d'argent ou quelque autre ornement. Puis quelque chose brilla dans l'air entre la tête du premier captif et lui. Une libellule ou un papillon ? Il fit un léger mouvement de tête et la chose brilla encore. Mais c'était une chaîne ! Cet homme n'était pas un garde, mais un forçat. Cet inconnu qui se tenait droit comme un homme libre était enchaîné.

Un homme vêtu d'une robe moirée, flanqué d'un garde au fourreau rouge et d'un garde au fourreau vert, remontait lentement la rangée. Moukadam ben Moussa passait en revue les dernières aubaines, le lot d'esclaves fraîchement ramené par son fidèle Safa.

Le roulement grêle d'un tambourin retentit. Le signal de midi. Vite, au trot, direction la marmite, avant que les mineurs des plateformes ne fissent main basse sur les rares grumeaux qui flottaient dans le brouet clair ! Fabian franchit la porte de l'enclos avant la bousculade. Seuls deux brouetteurs et un haleur le précédaient dans la file. Le manchot officiait comme d'habitude derrière la marmite.

Le brouetteur qu'on servait dit entre ses dents :

— Donne-moi du fond.

Un costaud, du moins selon les critères de la mine, où les corps étaient affaiblis par des mois de privation et de labeur. Au royaume des chétifs, les poids-plume sont rois. Le manchot enfonça sans barguigner la louche dans la marmite, et un épais liquide coula dans l'écuelle du brouetteur, plein de grumeaux, sans doute des restes du gruau enrichi du matin, de la seule soupe un peu épaisse de la journée, qui avaient collé au fond. Le veinard !

Un midi, peu après son arrivée à la mine, répétant ce qu'il avait entendu d'autres dire, Fabian avait soufflé « Donne-moi du fond », d'une voix mal assurée. S'il croyait en imposer au manchot ou réveiller chez lui quelque sentiment de solidarité, en souvenir des deux jours où ils avaient marché, encordés l'un derrière l'autre, jusqu'à cette mine, il en fut pour ses frais. Le manchot l'avait regardé avec des yeux vitreux et, au lieu de plonger la louche dans le liquide comme d'habitude, il avait pris un malin plaisir à n'en effleurer que la surface, là où la soupe était comme de l'eau. Il ne lui avait même pas versé une mesure pleine.

Fabian en était restée bouche-bée. Le manchot l'avait regardé d'un air amusé. Fabian ne bougeait toujours pas, attendant du moins une autre demi-louche, sa portion complète, à défaut d'avoir les morceaux tombés au fond. Le forçat affamé qui piétinait derrière, perdant patience, avait alors poussé Fabian, qui avait cédé sa place sans résister. Depuis, il ne réclamait plus du fond.

Pendant quelque temps, le manchot l'avait pris en grippe et avait paru trouver drôle de lui servir des demi-portions d'un bouillon particulièrement clair. Puis il s'était lassé de son propre jeu et s'était remis à lui servir des portions normales.

Prudemment, Fabian garda les yeux baissés sur son écuelle, ne voulant pas provoquer le manchot. Soulagé, il reçut une écuellée pleine. Il alla s'asseoir sur une pierre plate, assez confortable. Pas trop. Les plus confortables étaient réservées à plus fort que lui. Une pierre assez haute pour qu'on n'avalât pas de poussière en mangeant, quitte à tolérer quelques aspérités sous l'arrière-train, mais pas assez convoitée pour qu'un costaud prît la peine, ou le risque, de l'en chasser. Car trop de trouble attirait l'attention des gardes et pouvait valoir un coup de fouet. Même les plus gros mulots restent tapis dans l'herbe quand l'ombre d'un aigle passe sur la vallée.

Fabian avala sa soupe à coups de cuiller rapides. Puis, pour tromper la faim qui continuait à lui tenailler l'estomac, il regarda défiler les hommes devant la marmite. Les nouveaux-venus parurent. Ils étaient six. Le premier d'entre eux, celui qui se tenait droit comme un homme libre, avait une robe de bure, avec une cordelette usée autour de la taille, un capuchon aplati sur les épaules. Il faisait penser aux moines de l'Herm, mais il avait le teint olivâtre, des cheveux et des yeux très noirs, une finesse de traits et une fierté dans l'attitude qui rappelaient certains des acheteurs les plus élégants du marché aux esclaves, dont la dignité avait frappé Fabian. On eût dit un prince déguisé en gueux. Ceux qui suivaient en revanche, un peu voûtés, la tête rentrée dans les épaules, avaient bien l'air d'esclaves apeurés. Tous portaient une simple tunique d'étoffe grossière. Difficile de juger de leur teint, vu la couche de poussière qui leur couvrait la tête, mais ils avaient un visage anguleux, des traits épais et, sur leur crâne poudreux, quelques mèches blondes accrochaient le soleil. On ne les avait pas rasés avant leur arrivée, ceux-là. Ils étaient grands, carrés, larges d'épaule, avec des nez pointus et des pommettes saillantes. Il y avait quelques gars comme ça, dans le marais, surtout parmi les bûcherons, mais ils étaient assez rares. Dans le marais, la plupart des hommes étaient trapus comme des sangliers. Ceux-ci étaient hauts sur pattes comme des loups maigres. Ils rappelaient les captifs du convoi de rabbi Éléazar. Sans doute des païens pris dans les forêts et les plaines des contrées à mille lieues de la mer, des gens du pays des esclaves, ou des slaves comme le prononcent certains, ceux que les Maures d'Espagne appellent *sakalibas* et emploient souvent comme guerriers combattant en première ligne dans leurs armées. Était-ce vraiment le rebut du marché de Grenade, comme le lot arrivé avec Fabian et comme Fabian lui-même ? Non seulement ils étaient de haute taille, mais tous avaient leurs quatre membres, leurs deux yeux et marchaient droit. Le marché devait déborder d'esclaves pour que Bec-d'aigle ait pu obtenir un tel lot à vil prix.

La queue prenait fin presque derrière eux, avec quatre mineurs venus d'une plateforme éloignée. Ces derniers piaffaient, grommelaient et maudissaient les nouveaux venus. Le garde qui surveillait la marmite tourna brusquement la tête vers eux, et ils se tinrent coi.

Quand il eut reçu une louchée fumante dans son écuelle, l'homme à la robe de bure recula de trois pas, mais n'alla pas s'asseoir. Il resta debout, immobile, face à la marmite, tournant son large dos à la foule des mangeurs. Qu'attendait-il ? N'avait-il pas faim ?

L'un après l'autre, les nouveaux, puis les forçats défilèrent. Chacun reçut une louchée fumante dans son écuelle et se hâta d'aller s'asseoir manger. Chacun, jusqu'à l'avant-dernier. Quand celui-ci se présenta, le manchot inclina la marmite avec son unique main, puis il glissa la pointe du pied comme un levier entre le fond de la marmite et une pierre du foyer. On entendit la louche racler le métal. Le manchot versa dans l'écuelle quelques gouttes.

Le forçat émit un grognement, et il resta planté là. Le manchot esquissa un sourire penaud, d'un air de dire « désolé ». Le mineur mécontent ne bougea pas. Le sourire disparut du visage du manchot. Le sire de Laas racontait qu'au printemps dernier, sous la tente, après que tout le monde s'était levé, on avait vu le marmiton en poste gisant sur la paillasse commune, le visage gonflé. Il ne respirait plus. Apparemment, il s'était étouffé dans la nuit. Comme par hasard, quelques jours après avoir refusé de donner du fond à un mineur connu pour sa voracité. Marmiton était un métier dangereux dans la mine. Après avoir dévisagé son vis-à-vis, le manchot coula un regard vers le suivant, le dernier de la file, un jeunot plutôt frêle.

Alors il fit signe au mineur mécontent d'incliner la marmite pour lui, replongea la louche dans la marmite penchée, et, après un long raclement de bois contre le métal, il versa une deuxième louchée, remplie à ras, au forçat menaçant.

Quand le jeunot s'avança à son tour, le manchot lâcha la louche, qui tomba dans le chaudron, et montra le fond de la marmite au jeunot, sans même prendre la peine de feindre le regret. Comme le jeunot ne bougeait pas, le manchot prit un air mauvais et balaya l'air d'un revers de main, comme pour chasser une mouche.

Le jeunot ne s'en allait toujours pas. Le garde qui se tenait à côté du marmiton, un pas en retrait, fit claquer son fouet court dans l'air. Sur le seuil de l'enclos, Bec-d'aigle tourna la tête et se mit à regarder le jeunot fixement. Le jeunot dut sentir l'énergie noire de ces deux yeux posés sur lui, car il sursauta et fit un pas de côté.

Il s'en allait la tête basse quand l'homme à la robe de bure, qui n'avait pas bougé de toute la scène, allongea vivement le bras et piqua du bout de l'index le jeunot à l'omoplate. Celui-ci regarda par-dessus son épaule. L'homme lui tendit son écuelle pleine. L'air incrédule, le jeunot resta figé comme une statue. L'homme lui mit alors la main sur l'épaule, le fit pivoter, lui saisit un poignet, tira sa main à lui comme une coupe ouverte, posa l'écuelle dedans, puis tourna les talons et s'éloigna, longeant le premier rang des captifs assis.

La plupart des captifs, qui lapaient, recroquevillés sur leur soupe comme des fiancés transis penchés sur leur bien-aimée, limitant le rayon de leur regard au cercle étroit qui les entourait, au cas où surgirait un rival, ne virent rien de la scène. Seuls Fabian et quelques autres, leur bouillon fini, heureux d'avoir un spectacle pour les distraire de la faim qui continuait à leur ronger l'estomac, n'en avaient pas perdu une miette. Ils dévisageaient l'espèce de moine avec de grands yeux. Fabian fut le dernier à pouvoir détacher son regard de l'homme, qui venait d'agir comme il n'avait encore jamais vu personne le faire dans cette mine, depuis son arrivée dans la cuvette, trois mois plus tôt. S'abstenir de voler la soupe du voisin était déjà beau. Alors, lui donner sa propre soupe… Même avant, en liberté, dans le marais, ça n'arrivait jamais, qu'on donnât sa part à autrui. Partager, à la rigueur. Mais donner toute sa part ?

Si, une fois, c'était arrivé. Un dimanche, le père avait ramené un agneau, qu'il avait obtenu par on ne savait quel troc. La seule fois de sa vie que Fabian avait mangé de l'agneau. Parfois, le père tuait une vieille poule et ne vendait pas toute la chair aux voisins. On mangeait alors un peu de viande bouillie. Mais un morceau d'agneau grillé, cela ne s'était jamais vu. Fabian n'en avait encore jamais goûté. Il en avait juste humé le fumet une ou deux fois, une des rares fois où quelque habitant de la clairière en avait fait griller et mangé.

Le père avait mis l'animal à rôtir dans la cour le matin. Il avait vendu la plus grosse partie, et n'avait gardé qu'une lanière, prise sur l'échine, pour eux, pour sa famille, pour les siens. La mère avait servi le plus gros morceau au père. Le plus gros ? Le moins petit. Moins gros que le poing d'Amis, qui marchait alors à peine. L'affaire de deux bouchées. Mais le père avait pris le morceau et l'avait déposé dans l'écuelle de la mère. La mère avait protesté, avait voulu remettre le morceau dans l'écuelle du père, mais il avait retiré son écuelle, s'était levé de la bûche qui lui servait de siège, et était sorti de la hutte en riant. Il avait refusé de rien manger. Fabian avait trouvé cela incroyable. Il s'était demandé : si, un jour, j'ai une famille, est-ce que je serai capable de faire cela pour les miens ? Il avait tellement faim. La viande embaumait tellement. Il avait savouré le petit morceau qu'il avait reçu et ne l'aurait partagé pour rien au monde.

Puis Fabian repensa au geste d'Amis partageant son morceau de pain avec les deux petits inconnus, Muriel et Gidie, tandis que lui engloutissait le sien sans s'occuper des autres, et il eut un pincement au cœur.

Fabian regarda l'homme en bure s'asseoir par terre, sans même chercher un siège de pierre, indifférent à la poussière. Est-ce qu'il allait tirer un pain de sa manche ou transformer ce caillou rond devant lui en miche de pain ? Est-ce pour cela qu'il pouvait se permettre d'abandonner sa soupe à un inconnu ? Non, assis en tailleur, les avant-bras sur les cuisses, l'homme ferma les yeux et rabattit son capuchon sur son visage paisible, incroyablement souriant.

Bec-d'aigle aussi, debout sur le seuil de l'enclos, gardait les yeux fixés sur cette espèce de moine. Quand celui-ci rabattit son capuchon, il grimaça et cracha par terre.

II

DIVERTISSEMENT

Midi approchait, et Fabian avait de plus en plus faim. Il leva les yeux vers la plateforme. Toujours pas de contremaître dans le cadre du portique. Étrange. La corbeille n'était donc pas prête ? Pourtant, depuis l'arrivée de l'homme en bure quelques jours plus tôt, et son affectation à cette paroi, une corbeille n'attendait pas l'autre. Fabian bâilla.

Il jeta un regard autour de lui. À trois pas sur la droite, Josse se tenait accroupi sur une pierre basse et anguleuse. C'est là qu'il s'asseyait, piteux comme un roi en exil, depuis que Fabian l'avait chassé de son siège. De l'autre côté, le sire de Laas, enfoncé dans son bloc de pierre poli et évasé, regardait ailleurs. Les orteils du pied gauche de Josse, sortant d'une sandale usée, se découpaient sur le sol rougeâtre, bruns de terre, et velus comme des pattes d'araignée.

Fabian se leva, fit deux pas, jeta un coup d'œil circulaire pour s'assurer qu'aucun garde ne le voyait, et cogna du talon, en plein sur les orteils de Josse. Sans raison. Le camarade cria de douleur. Fabian sentit une joie mauvaise monter de sa poitrine et s'épanouir en sourire sur ses lèvres. Heureux, il leva les yeux vers le ciel.

Se découpant sur le fond bleu, debout au bord de la plateforme, l'homme en bure le regardait fixement. Fabian baissa la tête. Quand il la releva, ses yeux rencontrèrent le ciel vide. Fabian coula un regard à Josse, qui se massait les orteils en grimaçant. Il ramena les yeux devant lui, et vit ses propres pieds. Et si on lui avait fait ça, à lui ? Il frissonna.

III

« JE ME LEVAIS AU MILIEU DE LA NUIT POUR VOUS LOUER »

Une nuit, Fabian se réveilla. Une silhouette immobile se découpait sur la toile de tente, au bout de l'allée qui séparait les deux rangées de dormeurs. Au dos large et élancé, surmonté d'un capuchon, Fabian reconnut l'homme en bure. Il paraissait se tenir à genoux. Fabian se rendormit.

IV

CHANGEMENT D'AMBIANCE

Un soir, peu avant le coucher du soleil, la corde se bloqua et la corbeille resta suspendue en l'air. Le roulement de tambourin marquant la fin du travail retentit. La corde était sans doute coincée dans la roulette.

Le sire de Laas, Josse et Fabian durent hisser de nouveau la corbeille jusqu'à la plateforme puis attendre que les gens là-haut défissent les nœuds, pendant que les forçats des autres plateformes passaient près d'eux au trot et disparaissaient dans l'enclos d'où émanait le fumet du brouet du soir. Enfin, la corde coulissa. Le chef de plateforme fit un signe et nos trois haleurs reprirent leur place autour de la corde.

— Ho !... hisse !

La corbeille se souleva et, tandis que nos haleurs accompagnaient sa lente descente, les mineurs, dont la tâche était finie, dévalèrent l'échelle. Ils passèrent à côté d'eux avant même que la corbeille touchât terre. Il fallut encore remplir une dernière brouettée avant de pouvoir les suivre.

Dans l'enclos, la marmite était déjà couchée sur le flanc. Le manchot en remonta tout de même une demi-louche, qu'il versa dans l'écuelle de Fabian. Puis il replongea la louche dans la marmite, en racla la panse, et en tira encore une demi-portion, la dernière.

Après Fabian, il restait Josse, qui regardait intensément la louche. Brusquement, Fabian se sentit observé. Il tourna la tête. Loin vers la droite, tout au bout de la première rangée des forçats assis, l'homme en bure le regardait. Fabian ramena la tête vers la marmite, hésita, puis, levant la main, il arrêta le geste du manchot qui allait verser la dernière demi-louche dans son écuelle. Celui-ci leva les sourcils, interloqué. Fabian détourna la tête et s'enfuit comme un voleur. Il fila devant les mangeurs, la tête baissée, les joues en feu, comme si le soleil du soir brûlait, la honte au ventre. Dire qu'il avait cédé sa part à ce rat de Josse !

Mais, une fois assis dans l'espace libre qui séparait l'homme en bure de la masse des forçats, Fabian fut saisi d'une joie étrange. Joie de courte durée, car aussitôt, sur sa gauche, il perçut du coin de l'œil des têtes qui se tournaient vers lui. Ses voisins lorgnaient son écuelle. Il se hâta d'avaler son demi-brouet puis laissa pendre le récipient entre ses genoux, en signe qu'il n'y avait plus rien à prendre.

Néanmoins, un bruissement malsain, une ambiance hostile persistaient. Telle était l'atmosphère constante de la cuvette et plus encore de l'enclos, où les forçats, brièvement oisifs, ne pouvaient plus exercer leur hargne contre la pierre. Depuis trois mois, Fabian avait pris l'habitude de cette haine diffuse. La nouveauté, c'était la paix profonde qui rayonnait de l'autre côté, sur sa droite, là où l'homme en bure mangeait seul.

Et soudain, Fabian crut entendre une voix. Il tourna la tête. Mais l'homme en bure mangeait, la bouche pleine, de profil. Soudain, l'image d'Amis tout jeune, faisant ses premiers pas dans le soleil, une cuiller à la main, à une époque où il lui semblait qu'ils jouaient et riaient encore ensemble, comme deux véritables frères, lui traversa l'esprit. Ce ne fut qu'un éclair. Et pourtant, Fabian fut pris d'une envie intense de parler. Mais que dire ?

Paisible, sans se détourner, l'homme en bure mangeait toujours aussi lentement, mâchant chaque cuillerée, paraissant savourer le breuvage insipide comme si c'était du chevreau rôti. Fabian referma la bouche et détourna la tête. Ensuite, jusqu'au signal du coucher, il eut du mal à regarder droit devant lui.

V

CAÏN SE CONFESSE

Il était en barque avec son père. La mer était houleuse. Son père ramait fort pour les ramener sur la rive avant la tempête. Une lame soudaine souleva la barque, et une rafale jeta Fabian en avant, la tête dans l'eau glacée. Il voulut se retenir au bordage à deux mains, mais ses mains glissèrent sur le bois mouillé, et il poursuivit sa glissade vers la profondeur noire. Soudain, il se sentit saisi par la cheville. Mais, au lieu de le tirer vers le haut, la main se mit à lui secouer la jambe. Il avait toujours la tête sous l'eau, il étouffait. La main continuait à lui secouer la jambe. Il se réveilla.

Une forme noire se tenait à ses pieds. Il reconnut l'homme en bure, la tête nue. Il entendit :

— Suis-moi.

La silhouette se détourna.

Intrigué, Fabian se redressa sur son coude et suivit des yeux l'homme qui s'éloignait dans la pénombre. À la porte, l'homme en bure entrebâilla la toile, un rayon de lune vint éclairer son visage. Il mit le nez dehors, tourna lentement la tête de gauche à droite, jeta un coup d'œil par-dessus son épaule, puis sortit dans la clarté et laissa retomber la toile derrière lui. La tente rentra dans l'ombre.

Fabian se leva, mû comme par un ressort. Ses chaînes tintèrent, suscitant les jurons et les injures de dormeurs réveillés. Fabian se figea. Le silence retomba.

À pas de loup, plié en deux, tenant sa chaîne par le milieu pour qu'elle ne tintât pas, Fabian suivit dans l'obscurité la bande sombre du sol nu entre deux rangées de vêtements pâles. Arrivé au bout de l'allée, il souleva légèrement la toile et avança prudemment le nez dans l'échancrure. Face à lui, les pieux luisaient comme des dents au clair de lune. Vers la droite, la silhouette de l'homme en bure glissait sans bruit le long de la palissade. Il se tenait droit et marchait comme s'il ne portait pas de fers aux pieds.

Fabian balaya du regard le pourtour de la cuvette : pas de garde en vue. Ressaisissant le milieu de sa chaîne, il rejoignit, courbé en deux, l'ombre de la falaise. Un chuchotement sortit de l'obscurité :

— Par ici !

Fabian s'avança et discerna, assis sur un rocher, la silhouette de l'homme en bure qui lui faisait signe. Fabian s'assit près de lui.

— Veuille me pardonner pour le réveil nocturne. Tiens-tu debout ?

L'homme chuchotait, ses lèvres étaient invisibles, il avait un fort accent qui rappelait celui du sire de Laas et de Josse et il parlait un mauvais maraîchin, ou peut-être un bon français — les deux Francs n'étaient pas là pour le dire. Heureusement, il parlait lentement, en détachant les syllabes, et Fabian put comprendre ce qu'il disait.

— Tu semblais vouloir me parler au souper. Alors, j'ai pensé : nouons relation. Mais le jour, les palissades ont des oreilles.

D'où mon audace, que je te prie de me pardonner. Comment t'appelles-tu ?

— Fabian.

— Hum, vieux nom romain. Les barbares n'ont donc pas tout effacé en Gaule. Je me nomme Ioannès, mais on m'appelle Youhana, ce qui veut dire Jean en arabe, en sarrasinois comme vous dites. Et toi, d'où viens-tu ?

— De Grenouiller.

— Je ne connais pas. Où est-ce ?

— Au bord de l'océan, enfin d'un marais, qui se confond avec l'océan, surtout à marée haute.

— Et dans quel pays est ce marais ?

— D'après le sire de Laas, en Aunis.

— Je ne connais pas plus. Tu as un accent étrange…

Choqué, vexé, Fabian interrompit.

— Comment ça ? Je dirais plutôt que c'est vous qui avez un accent.

L'homme en bure émit un rire discret.

— Tout dépend du point de vue, en effet… Mais qu'importe l'accent, ce que je voulais dire, c'est que, malgré ton accent étrange, tu parles le roman des Francs, je suppose donc qu'Aunis fait partie de la Francie.

— Peut-être. Je ne sais pas. D'après le sire de Laas, qui dit venir de France, Aunis est en Saintonge. Mais personne n'emploie ces noms-là chez nous. On dit simplement qu'on est du marais. Et ce mot-là, Francie, ne se dit pas chez nous. Non, vraiment, personne n'emploie ce mot-là chez nous.

— Oh ! cela n'a pas d'importance de toute façon. D'où que nous venions, nous sommes tous sous le regard du Père. Et moi aussi je viens d'un pays dont tu n'as sans doute jamais entendu prononcer le nom.

La curiosité de Fabian s'éveilla.

— Ah ? Et de quel pays venez-vous ?

— D'Égypte.

— Ah ! Là où Pharaon soumit les Hébreux à des travaux pénibles ?

L'homme en bure fit entendre un petit rire.

— Exact. En fait, tu en sais plus sur mon pays que moi sur le tien.

Puis l'homme en bure prononça une phrase que Fabian ne comprit pas. Il la répéta. Fabian ne comprit pas davantage. L'homme en bure alors demanda :

— Ne parles-tu pas latin ?

— Latin ? Qu'est-ce que c'est ?

— La langue des clercs de vos pays, la langue savante, la langue non corrompue des anciens romains, la langue de l'Église d'occident.

— Ah ! La langue de la messe ?

— Chez vous, oui. Comment donc connais-tu l'histoire des Hébreux, si tu ignores le latin ?

— Eh bien ! par les peintures qui couvrent les murs de l'église des moines et que le père Lorcan m'a expliquées.

— Le père Lorcan ?

— Un moine de l'abbaye de Saint-Michel-en-l'Herm, qui m'a conté quelques histoires et m'a donné quelques leçons de calcul et de taille de vigne.

— C'est bien.

— Et vous ? s'enhardit à demander Fabian. Comment connaissez-vous le parler du marais ? Est-ce qu'on le parle aussi en Égypte ?

L'homme en bure dut sourire largement, car le bas de son visage s'éclaira, reflétant un rayon de lune.

— Non, pas en Égypte. En Égypte, on parle grec. Enfin, on parlait grec. De plus en plus, les gens préfèrent parler l'arabe, le sarrasinois, comme vous dites. Et on les comprend. C'est la langue de ceux qui commandent et qu'on admire. La langue qui donne accès aux places et aux richesses, celle qui permet de commercer dans tout le califat, pas le petit califat usurpé d'Andalousie, mais le vrai califat, celui qui s'étend de Karachi à Tunis et d'Aden à Antioche. Bref, c'est humain. Ils adoptent la langue de leurs maîtres et oublient celle de leur mère. Exactement comme ici.

— Où avez-vous appris notre parler du marais, alors ?

— J'ai fait quelques voyages, quelques missions en terre étrangère, et surtout j'ai fait de longs séjours dans des abbayes d'occident, dont une toute nouvelle, en Bourgogne, à Cluny. On y parlait surtout le roman pur, le latin. Mais quand j'entendis des ouvriers parler le roman vulgaire, je tombai sous le charme de sa musique. Et puis je voulais comprendre ce que disaient les gens simples que je rencontrais sur les places, les paroles des mendiants, des pauvres, et aussi des bateleurs, qui jouaient des farces dans les foires et faisaient rire le peuple.

— C'est là que vous avez pris l'habitude de porter une bure ?

— Oh ! Avant ça. Je portais la bure dans mon pays.

— Ah ! comme les moines ?

— Mais je suis moine !

— Il y a donc des moines en Égypte ?

L'homme en bure émit un rire à peine audible. Fabian avait l'air de beaucoup l'amuser.

— Bien sûr qu'il y a des moines en Égypte ! Et depuis des siècles ! Les apôtres ont converti l'Égypte bien avant la Gaule. Il y avait déjà des églises de pierre en Égypte que tes ancêtres d'Aunis vénéraient encore des idoles en bois.

Fabian se tut, un peu honteux d'ignorer des choses qui paraissaient aussi évidentes. Un peu vexé aussi de s'entendre traiter de descendant d'idolâtres.

— Mais dis-moi, reprit l'homme en bure, d'Aunis, en Francie, comment t'es-tu retrouvé ici ? Il doit y en avoir, des jours de marche entre ton marais et cette mine ! Rien que des Pyrénées jusqu'ici, il faut bien compter vingt jours.

Fabian débita la même histoire qu'au sire de Laas et à Josse :

— J'ai été pris par des navigateurs venus du nord, les Normands comme on les appelle, qui m'ont embarqué sur leur navire et ont mis le cap au midi. Dans la nuit, une tempête s'est levée et le navire a été jeté sur une plage. Un convoi d'esclaves est passé par là et les marins m'ont vendu au marchand. Le convoi a abouti à un grand marché, dans une ville pas loin d'ici, à deux jours de marche.

— Grenade, sans doute, où je suis moi-même passé.

— Oui, j'ai entendu les gardes crier un mot qui ressemblait à ce nom-là quand nous avons aperçu la ville de loin, entre deux montagnes, au fond d'une vallée. C'est sur un grand marché au cœur de cette ville que Bec-d'aigle m'a acheté.

— Et les autres, que sont-ils devenus ?

Fabian sentit sa poitrine se serrer. Il se racla la gorge et essaya de prendre un ton dégagé :

— Les autres, quels autres ?

— Eh bien ! ceux que les hommes du Nord ont enlevés avec toi !

Fabian reçut un choc. Comment cet homme pouvait-il savoir qu'il n'était pas seul ? Qui le lui avait dit ? Soudain, Fabian crut voir son propre père se dresser devant lui et lui demander ce qu'il avait fait d'Amis. Mais non, les moines avaient beau en savoir beaucoup, ce n'était pas des sorciers. Ils ne pouvaient pas voir des endroits où ils n'étaient pas. Ce moine-ci supposait sans doute que, quand des aventuriers pillent une côte, ils ne se contentent pas d'enlever un seul esclave. Ça tombait sous le sens. Fabian dit :

— J'étais seul quand ils m'ont pris.

C'était vrai : au moment où ce Rolf lui avait mis sa grosse main autour du cou, Fabian était seul. Mais mieux valait changer de sujet.

— Et vous, comment êtes-vous arrivé ici ?

— J'ai donné au sultan, à notre comte si tu veux, un conseil qui lui a déplu. Il m'a aussitôt fait expédier comme esclave à l'autre bout du califat et j'ai atterri à Tunis, où l'on m'a revendu et de là, j'ai échoué ici.

— Et ça ne vous fait rien ?

— Que veux-tu dire ?

— D'après ce que vous m'avez dit, vous étiez un riche personnage. Or, vous avez tout perdu. Et pourtant, vous paraissez content ici.

L'homme en bure haussa les épaules.

— Est-on tellement mieux dehors ? Dehors, y a-t-il moins de coups, d'aboiements, de haine ? Et prierais-je, penserais-je autrement qu'ici ?

Vivre dans la mine et vivre dans le marais : comment pouvait-on comparer les deux ? C'était absurde. Certes, à Grenouiller, il arrivait à Fabian d'avoir faim, de recevoir des coups et il fallait toujours obéir. Mais au moins, il n'avait pas les chevilles attachées par une chaîne. Il pouvait parfois s'échapper, courir jusqu'à la plage, s'asseoir devant la mer, admirer le vol des mouettes et rêver ; dénombrer les galets ; jouer à compter les mouettes qui volaient vers le midi et celles qui volaient vers le nord ; ou les crabes jaunes et les crabes rouges.

Cela dit, à bien y penser, qu'est-ce qui l'empêchait, en effet, de compter les cailloux durant les pauses au lieu de ruminer, d'avoir peur des gardes et de s'irriter contre Josse ? Ce n'est pas les pierres qui manquaient, dans cette fosse. Quant à rêver, qu'est-ce qui l'en empêchait en effet ?

Fabian ne répondit rien. Après un silence, le moine reprit :

— N'as-tu pas quelque chose à me dire ?

— Euh, non, pourquoi ?

— Parce qu'au souper, tu me regardais comme si tu voulais me dire quelque chose.

— Euh, non, je ne crois pas.

— Ah ! En ce cas, je ne te retiens pas. Retourne dormir.

Comme Fabian ne bougeait pas, l'homme en bure ajouta :

— Vas-y ! C'est le moment. Le garde qui fait la ronde là-haut vient de nous dépasser et il nous tourne le dos. Fais juste attention à ta chaîne. Dans ce silence et cette cuvette, le moindre bruit éclate comme un coup de tonnerre. Une prochaine fois, fais comme moi, enroule un linge autour de ton entrave.

Fabian se leva.

— Et vous ? Vous ne venez pas ?

— Non, je reste prier.

— Ah ?

— Comment « Ah »? N'es-tu pas chrétien ? Ne prie-t-on pas, dans ton marais ?

— Si.

— Alors ?

— Alors, prier ne sert à rien.

La réponse était sortie toute seule et Fabian fut aussitôt effrayé d'avoir dit cela à un homme de Dieu. Tandis que son cœur s'emballait, son esprit fut submergé par un tourbillon d'excuses. Mais avant qu'il pût former la moindre phrase, l'homme en bure dit d'une voix tranquille :

— Ah ? Vraiment ? Les juifs jeûnent et prient. Les mahométans jeûnent et prient. Les élèves de Pythagore jeûnent et prient. Les disciples de Bouddha jeûnent et prient. Les païens jeûnent et prient. Les moines de tous les ordres jeûnent et prient. Jésus jeûnait et priait. Mais toi, tu es meilleur que tous ces gens-là ? Tu es même meilleur que Jésus ? Tu accèdes à Dieu, tu sais ce que Dieu veut, tu arrives à savoir ce que Dieu veut, sans avoir besoin de prier ni jeûner… Sans lire la Bible non plus, car je suppose que tu ne sais pas lire. Comment vas-tu faire pour découvrir la volonté du Très-haut si tu ne l'écoutes pas ?

— Ah ! Vous avez donc le tour avec vos mots !

— Que veux-tu dire ?

— Vous êtes comme le père Lorcan, habile à poser des questions qui ne laissent pas le choix de la réponse. Comment pourrais-je disputer avec vous ? Mais il y a une chose que je sais et dont vous ne me ferez pas démordre. Une fois, je les ai priés, dame Marie et beau sire Jésus, et cela n'a servi à rien.

— Ah ! et que leur as-tu demandé ?

— De sauver mon frère que les hommes du Nord s'apprêtaient à égorger.

L'imbécile ! Il venait de dire qu'il avait été pris seul !

— Euh, tout à l'heure quand j'ai dit que j'avais été pris seul, je ne mentais pas, je…

Le moine l'interrompit sèchement.

— Chut ! Épargne ta salive. Nous sommes passés à autre chose. Pourquoi voulaient-ils égorger ton frère ?

Fabian hésita.

— Pourquoi ? répéta le moine.

— Parce qu'il avait tenté de fuir.

— Avec toi ?

— Euh… Oui.

— Et toi, qu'as-tu fait ?

— Euh…

— Qu'as-tu donc fait ?

— Mais je n'ai rien fait !

Et aussitôt, Fabian se mordit les lèvres, car une telle excuse l'accusait.

— Chut, moins fort, fit le moine, le rondier là-haut va t'entendre.

Puis il demanda d'un ton froid.

— Ne pouvais-tu donc rien faire pour l'aider ?

Fabian garda un moment le silence. Il se revit dénonçant Amis, trahissant sa cachette derrière les récifs, l'attirant dehors par un mensonge, par toute une farce. En fait, ce qui aurait aidé Amis, ç'aurait été de ne rien faire. Amis alors aurait été sauvé. Mais Fabian avait eu peur. Il s'exclama :

— Ils étaient trop forts !

— Trop forts ? Goliath aussi était « trop fort ». Que serait-il arrivé aux Hébreux si David avait raisonné comme toi ?

— Euh…

— Tu n'as rien fait pour aider ton frère. Et tu voudrais que Dieu l'aidât. Pourquoi Dieu aurait-il fait quelque chose ? C'était ton frère à toi, après tout, pas le sien.

— Vous êtes dur.

— Oui, c'est vrai. Je suis dur. Et sur la croix ? Penses-tu que ce n'était pas dur ?

Encore une de ces questions qui ne laissaient pas le choix de la réponse ! Soudain, le moine demanda.

— Comment l'ont-ils pris ?

Tel un misérable à qui les voleurs brûlent les pieds au fer rouge pour lui faire dire où il a caché ses deux ou trois pièces d'or, trésor d'une vie, Fabian avoua :

— Ils l'ont découvert, caché derrière des rochers.

— Et toi, où étais-tu ?

— Avec eux, ils m'avaient déjà capturé.

Étrangement, à mesure que Fabian racontait l'histoire, il se sentait mieux. C'était comme si un écartèlement cessait, comme si un fossé creusé entre deux personnes en lui se refermait, comme si une dissonance se résolvait, comme s'il se réconciliait avec quelqu'un d'enfoui au plus profond de lui.

— Qu'est-ce que tu faisais, toi, pendant ce temps-là ? Ne pouvais-tu pas l'aider ? Détourner l'attention des hommes du Nord ?

Le cœur de Fabian se mit à tambouriner dans sa poitrine. Ses doigts se mirent à trembler. Et il entendit, ou peut-être imagina-t-il, après-coup, avoir entendu, mais n'importe, quand il me rapporta l'histoire, il était convaincu d'avoir entendu le moine dire :

— Fabian, qu'as-tu fait à ton frère ?

Peut-être le moine, féru de saintes écritures, ne faisait-il que citer la Bible, et rappeler que tous les hommes sont frères, exactement comme l'étaient Abel et Caïn, Isaac et Ismaël, Esaü et Jacob, Joseph et ses frères, n'est-ce pas ? « Où est votre frère Abel ?... Qu'avez-vous fait *?* » Mais le moine posa la question avec une telle autorité qu'on eût dit qu'il savait exactement ce que Fabian avait fait ; qu'il n'interrogeait pas pour apprendre la vérité, qu'il connaissait déjà, mais pour forcer Fabian à la dire. Ce fut trop. Les jambes de Fabian se dérobèrent sous lui et il tomba à genoux en pleurant.

— Je l'ai tué, je l'ai tué !

Il pleurait, revoyant la scène.

— Chut ! Je t'ai déjà dit de parler plus bas, dit le moine d'un ton sec, nullement consolateur.

Fabian mit sa main devant sa bouche, réprima ses sanglots et continua à pleurer en silence. Quand ses larmes furent taries, il se releva et raconta toute l'histoire.

Après un long silence, le moine commanda :

— À genoux !

Fabian protesta :

— Mais pourquoi ?

— Ne discute pas.

Subjugué, Fabian obéit. Le reste appartient au secret de la confession.

Quand Fabian se releva, il se sentait léger comme un oiseau. Il prit son élan pour courir. Dieu merci, l'homme en bure mit son pied sur sa chaîne et l'empêcha de sonner le réveil trois heures avant l'aube.

Fabian prit doucement la direction de la tente, en longeant la palissade, prenant garde à ne pas faire tinter les anneaux de fer de ses entraves. Arrivé vis-à-vis de la porte, il se retourna vers l'ombre au pied de la falaise. Il y distingua une forme debout, immobile, les bras en croix.

VI

CATÉCHISME NOCTURNE

Après cette première nuit, Fabian fit de longues veilles en compagnie de celui qu'il appelait le père Youhana, buvant l'histoire du monde et des hommes, telle qu'on la trouve dans notre livre saint, mais aussi dans les livres des païens et des infidèles, car, quoique beaucoup n'en comprennent pas les signes, tous les hommes vivent la même histoire. Sur ses paupières closes, même l'aveugle peut sentir la chaleur de la lumière.

C'est ainsi que Fabian apprit qui étaient les Arabes, c'est-à-dire les Sarrasins, d'où ils venaient, ce qu'ils croyaient, ce que leur commandait leur loi, comment ils s'étaient emparés de ce pays, l'Hispanie, dont ils traitaient les habitants avec la même dureté que les Égyptiens avaient traité les Hébreux, qu'ils accablaient de travaux pénibles.

Rappelons que les Sarrasins sont les descendants d'Ismaël, qui sont sortis des déserts d'Arabie, ont détrôné les héritiers de Nabuchodonosor et règnent maintenant sur Babylone et un vaste empire, plus grand que celui de feu Charlemagne, plus grand que celui de l'ancienne Rome. Il s'étend du levant au couchant. Vers le couchant, il a pour limite l'océan. Vers le levant, il touche aux confins de la terre, là où sont enfermés Gog et Magog, les nations qui mettront le monde à feu et à sang lorsque Satan sera délié et que notre Sauveur reviendra juger les vivants et les morts.

Fabian apprit aussi ce qu'était la Francie, qui fut jadis la Gaule, et la place du marais et d'Aunis dans cet ensemble. Il entendit sa propre histoire, découvrit qui étaient ses ancêtres : des guerriers fougueux mais imprudents qu'un peuple discipliné avait subjugués ; ils avaient alors troqué l'épée pour le râteau et s'étaient mis à jardiner pacifiquement sous la protection d'armées impériales ; mais l'État qui les avait désarmés s'était effondré et ils s'étaient retrouvés seuls, sans armes et sans défense, ne sachant plus combattre, face à des barbares combatifs, énergiques, excités par la richesse de leurs moissons et la beauté de leurs villages.

Fabian entendit comment ses ancêtres s'étaient laissé massacrer, réduire en esclavage ou chasser de leurs meilleures terres vers des forêts, des îles, des montagnes ou des marais comme le sien ; puis, comment peu à peu les envahisseurs nomades s'étaient assagis, mêlés aux indigènes et avaient formé un nouveau peuple qui s'était relevé, avait reconstruit des villes, avait connu une renaissance sous le règne d'un grand empereur, nommé Carolus Magnus, c'est-à-dire Charles le Grand, Charlemagne, mais dont les héritiers avaient dégénéré tandis que de nouveaux barbares venant de plus au nord encore, arrivant par la mer sur des nefs rapides comme des oiseaux et légères comme les barques, capables de remonter les fleuves et les rivières presque jusqu'à leur source, pillaient les côtes et entraient profondément dans les terres ; comment les héritiers de Charlemagne, rois de nom seulement, avaient ouvert les portes de la bergerie aux loups du Nord et leur avaient vendu les brebis qu'il avait pour charge divine de garder, comment ils avaient cru, en leur versant d'énormes rançons, acheter leur départ, ce qui n'avait fait que les inciter à revenir plus nombreux et plus rapaces ; comment, après que les bonnes gens de Paris eussent barré la Seine, livré bataille aux hommes du Nord et réussi, au prix de nombreux morts, à les empêcher de passer, un roi lointain avait donné l'ordre de leur livrer passage et leur avait permis de remonter la Seine et d'aller piller la Bourgogne, pourvu qu'ils laissassent en paix les bords du Rhin, la partie du royaume où lui résidait.

Dieu nous garde de ces mauvais maîtres qui sacrifient leur peuple, de ces bergers qui laissent les loups égorger leurs brebis, de ces rois qui vendent leur terre aux étrangers pour garder leur trône, de ces dirigeants lâches qui se terrent dans leur palais derrière de hautes murailles et des cordons épais de gardes au lieu de partager le sort de leurs gens. Maudits soient-ils ! Puissent-ils brûler en enfer pour l'éternité ! Beau sire Jésus, veuillez nous délivrer de cet empire de pacotille qui ne règne plus que nommément sur l'Europe et puisse la vieille Gaule libre et indépendante se reformer sous la houlette d'un nouveau roi, d'une jeune famille bénie par Dieu !

En somme, Fabian apprit l'histoire de son propre peuple et, de ce fait, il en conçut les rêves.

Le père Youhana enseigna aussi à Fabian l'histoire d'Hispanie et sa conquête par les Sarrasins :

— Les gens d'Hispanie étaient bénis. Ils avaient un pays merveilleux, des vignes, des moissons abondantes et des troupeaux nombreux, des villes magnifiques, riches en aqueducs que leur avaient légués leurs ancêtres. Ils n'avaient même pas à se pencher pour puiser l'eau. Elle arrivait toute seule des montagnes. Ils avaient des églises admirables, où la pierre rouge alternait avec la pierre blanche, où les porches s'arrondissaient en forme de fer à cheval, où les colonnades se déployaient comme des forêts, bâtiments sacrés que les Maures n'avaient pas encore confisqués pour en faire des mosquées.

« Mais ils s'ennuyaient. Et puis certains, qui vivaient fort bien, mais qui avaient juste un peu moins que d'autres, se mirent à envier leurs frères qui avaient un peu plus, et la rancune empoisonna peu à peu leur cœur. Ils oublièrent leurs parents communs. Ils oublièrent qu'ils faisaient tous partie du même peuple, de la même famille, partageant la même terre, descendant des mêmes ancêtres, protégés par la même divinité. Ils se dressèrent frère contre frère. Un jour, l'un d'eux, un certain comte Julian, alla chercher l'aide des Maures en Afrique contre son propre roi. Pour conquérir un pays divisé contre lui-même, une poignée d'étrangers suffit.

« Les gens d'Hispanie avaient tellement de colère, tellement de haine contre leurs propres frères, leur propre patrie, contre leur propre prince, contre leurs propres traditions, contre leurs propres père et mère, leur propre père surtout. Ils avaient une telle haine de soi, une telle honte, un tel ennui, qu'ils se sont réjouis de voir des étrangers envahir leur pays. Hispanie, pauvre Hispanie, reniée par ses enfants ! Ils ont livré leur terre, leur frère, leurs filles, la femme de leur frère à l'étranger, leur Dieu même à un Dieu étranger et ils ont effacé jusqu'à son nom. Hispanie est devenue *al-Andalus*, l'Andalousie comme vous dites...

Le moine conclut par un petit bruit de gorge, un « hon », les lèvres serrées, où le mépris se mêlait au regret. Puis il reprit :

— Enfin, les envahisseurs ont mis tous les enfants du pays d'accord en tuant les braves et en soumettant les couards. De l'Hispanie, il ne subsiste plus qu'un petit coin de terre libre au nord. Le reste, c'est *al-Andalus*. Avec une petite bande incertaine entre les deux, qui comprend, entre autres, le Shadokistan. Le Shadokistan... Un jour peut-être je te parlerai de ce minuscule royaume. Mais il est tard. Va donc dormir.

Une autre fois, le moine raconta l'histoire de la soumission de l'Hispanie par symboles :
— Alors qu'ils jouissaient des délices du jardin d'Éden, la haine s'insinua entre Adam et Ève. Ils cessèrent de vouloir des enfants ensemble et vieillirent chacun seul. Leur famille fut de moins en moins robuste, de moins en moins féconde. Des nomades envieux et nombreux qui rôdaient à l'est d'Éden prirent langue avec le serpent, qui leur ouvrit la porte du jardin, un soir où Dieu dormait, et ils mirent le feu aux arbres, réduisirent les rares descendants d'Adam et Ève en esclavage et leur imposèrent de nouvelles mœurs et un nouveau Dieu. Ils n'accordèrent la vie sauve qu'à ceux qui acceptaient de vénérer ce nouveau Dieu ou de payer un lourd tribut en confessant leur condition inférieure.

Une autre fois encore, le père Youhana raconta l'histoire ainsi :
— La femme s'est laissé séduire par la beauté et apitoyer par la misère du nomade et elle a accueilli le cavalier errant comme un ami, à la chaleur du foyer, près du berceau. Dans la nuit, le nomade a égorgé toute la famille.

Une nuit, Fabian demanda :

— Vous m'avez parlé d'un pays l'autre jour, mon père, le Shadokistan, je crois.

— Ah oui ! le pays qui n'existe plus ! Les Shadoks ne font plus d'enfants ou, quand ils en font, c'est avec des étrangers, tant ils se haïssent eux-mêmes. Ils abhorrent tant les églises qu'ils encouragent les mahométans à construire des mosquées, et même les paient pour cela. Eux désertent les églises, mieux, ils les profanent, les barbouillent de blasphèmes, souillent les hosties, brisent les croix et font des danses lascives devant les autels. Cette abomination va disparaître. Je suis juste triste pour les derniers enfants aux yeux bleus pleins de rêves qui y naissent et qui seront seuls, persécutés, traités de porcs, de diables, alors qu'ils sont l'image même de Dieu, les plus proches du Royaume, comme a dit le maître. Je pense à leurs yeux émerveillés, qui seront noyés de larmes, aux insultes qu'ils essuieront, aux coups qu'ils recevront, à leur souffrance, à leur solitude, à leur abandon, à leur peur, et comme on broiera leur âme, comme on leur apprendra à maudire le Dieu de leur père, à oublier la langue de leur mère, à parler la langue des meurtriers de leur peuple. Je pense à ces bons chiens bergers dont on fera des hyènes et qu'on dressera à attaquer et à égorger les brebis qu'ils étaient nés pour garder.

« Certains Shadoks, très peu, très rares, se disent encore chrétiens, mais en s'excusant presque. Ce sont des chrétiens fluides, qui ne voient presque pas de différence entre suivre la loi de Jésus et celle de Mahomet ; ou entre croire que Jésus est Dieu et que Jésus n'a jamais existé. Ce sont des croyants qui prennent la Parole avec des pincettes. Jésus n'a pas vraiment voulu dire ce qu'il a dit, n'est-ce pas ? Et d'ailleurs l'a-t-il seulement dit ? Eux savent mieux que saint Pierre, mieux que saint Jean, mieux que tous les témoins qui ont vécu deux ans avec Jésus, ce que Jésus a dit et voulu dire. Il ne faudrait surtout pas prendre les évangiles au pied de la lettre, et encore moins à bras le corps ! L'important n'est pas de suivre Jésus, mais d'être admis dans la bonne société, de ne pas détoner dans le cercle des gens raffinés, subtils, agnostiques — c'est leur grand mot. S'étriper pour la foi, pour une terre ou pour une femme est bon pour les barbares. Ces esprits avancés ont compris que tout se valait, s'équivalait, que rien ne méritait qu'on se fâchât, qu'on se disputât, et encore moins qu'on s'entretuât. Exactement comme des vieux singes qui veulent qu'on les laisse mourir tranquilles. Ils proclament que tous les hommes s'aiment, ce qui est drôle, eux qui se haïssent tant eux-mêmes ! Quant à aimer les autres, ils n'aiment pas non plus les autres, ils aiment l'idée des autres, et encore, une idée vague, un mirage, ils aiment surtout leur propre image projetée au loin, hypocrites Narcisses... Ils rêvent de se fondre dans cette image lointaine d'autrui qui est eux-mêmes, de s'y noyer. Mais avant, ils auront fait le plus de mal possible, ils se seront vengés le plus possible d'exister, de la vie. Ils haïssent tellement la vie, ils haïssent tellement l'être humain, leurs frères humains, leur pays, l'avenir. Pervers, excités par ce qui est autre, différent, par ce qui va les débarrasser d'eux-mêmes, d'avoir à assumer leur nature, leur naissance, leur histoire, leur sang, leur sol, leur passé, ils se liguent avec ceux qui veulent les exterminer. Là-bas, au Shadokistan, les femmes essaient de devenir hommes et les hommes, femmes. Ils vont chercher les enfants jusque dans le ventre des mères pour les tuer et ils s'en glorifient. Ce peuple de géants bâtisseurs est devenu un peuple d'avortons avorteurs. Et ils sont tellement lâches et pervertis qu'ils ne commettent pas ces meurtres eux-mêmes. Ils en donnent l'ordre à d'autres. Eux ne veulent pas voir, ne veulent pas savoir.

Le père Youhana resta un moment silencieux puis reprit :

— Le plus triste, à propos du Shadokistan, c'est que ce fut un royaume merveilleux, le plus noble et le plus beau d'Hispanie. Comment a-t-il pu tomber si bas, s'oublier, se pervertir, se fausser, se corrompre, se renier à ce point ? Mais c'est l'histoire de Lucifer, le plus lumineux et le plus grand des anges. À trop ruminer, l'esprit tombe amoureux de ses pensées, les croit supérieures à la création, qu'il est impuissant à changer, et se met à haïr Dieu.

Je ne sais pas de quel pays parlait ce moine étrange. Le Shadokistan ? Le pays des Shadoks ? Je n'en ai jamais trouvé la moindre mention ailleurs. Et puis la peinture que ce moine en fait est si invraisemblable qu'elle doit être imaginaire. Des années de persécution, de servitude et de travail forcé avaient dû finir par lui obscurcir l'esprit, à ce moine. Sans compter que, comme tout chrétien suivant la loi des Grecs, il avait reçu dès l'enfance des rites et des idées bizarres. Rien d'étonnant à ce que des fantaisies étranges naquissent de son esprit.

Le père Youhana enseigna aussi à Fabian l'histoire du passage de notre Dieu sur terre et ce qu'il nous a révélé. Et ici, je dois mettre en garde mon lecteur. Les propos que je rapporte ne sont pas tous conformes à l'enseignement de notre sainte mère l'Église. Certains fleurent l'hérésie. Mais n'oublions pas que l'homme qui les tint, ce père Youhana, suivait la loi des Grecs et non la nôtre, et qu'il venait du Levant, où les fausses doctrines abondent depuis des siècles, comme en atteste l'épaisseur du très ancien livre que saint Jean de Damas, un Sarrasin chrétien, du temps où de nombreux Sarrasins étaient encore chrétiens, a consacré aux hérésies et comme le prouve, aujourd'hui encore, la virulence de la croyance mahométane dans cette région du monde.

D'ailleurs, qui prouve que ce père Youhana ait vraiment tenu de tels propos ? En bon novice, Fabian ne comprit sans doute pas tout. Certaines paroles ne prirent du sens pour lui que bien plus tard. Entretemps, sa mémoire a pu les déformer. Et certains mots rapportés ici viennent peut-être de lectures ou de conversations ultérieures qui ont déteint sur ses souvenirs. Fabian n'a-t-il pas confondu les paroles du père Youhana avec les influences hérétiques qu'il a subies par la suite? Tout cela est fort possible.

Je ne reprends pas le témoignage de Fabian à mon compte, mais je le livre tel que je l'ai reçu. Avant de rapporter ces propos qui touchent à des matières sacrées, je prie toutefois l'Esprit saint de m'inspirer une retranscription exacte, qui donne l'idée la plus fidèle possible des notions que Fabian avait reçues ou conçues dans ce pays étrange d'Andalousie et sans laquelle la suite de cette histoire pourrait devenir incompréhensible.

Une nuit, la prière finie, Fabian releva la tête, sa poitrine s'ouvrit et il leva les yeux. Des bords de la cuvette au zénith, la voûte bleu sombre était remplie d'étoiles. Fabian renversa la tête en arrière et prit une grande inspiration. Ce fut comme si l'air même qu'il inspirait était rempli de joie. Le spectacle était tellement beau qu'il en oublia la faim. Il balaya le ciel de droite à gauche et de bas en haut : incroyable ! Et il se dit, avec une ferveur subite, inattendue, que, oui, cela en valait la peine, de vivre ; que, même au fond de cette cuvette à trimer, avec la faim qui lui tenaillait sans cesse le ventre, loin des siens, privé de son frère, et coupable, cela en valait la peine, il ne regrettait pas de vivre. S'il pouvait revenir à avant sa naissance et décider lui-même de naître, il dirait oui, il voudrait vivre, ne serait-ce que, et précisément, pour être ainsi ce soir-là sous les étoiles, en compagnie d'un ami, de cet homme.

La voix du père Youhana le surprit :

— L'œuvre de Dieu est belle, n'est-ce pas ?

Fabian hocha la tête en silence, puis il ramena la tête en avant car sa nuque commençait à lui faire mal.

— Connais-tu l'histoire ?

Fabian fit non de la tête.

Le moine commença :

— Tout était mélangé. C'était la nuit. Une sorte de boue froide emplissait tout. Avec sa main, il a formé une boule qu'il a aplatie et il en a ôté l'humide. Et il a laissé cette forme sèche et plate flotter entre deux eaux comme une feuille. Il a fait une voûte bleue et il a poussé une partie de l'eau qui recouvrait la feuille au-dessus de cette voûte, et il en a poussé l'autre partie sur le côté, formant l'océan. Il est resté un peu d'eau sur la feuille, comme des flaques d'eau après la pluie : les lacs, qui, en débordant, font les rivières, lesquelles coulent vers la mer comme l'eau en a reçu l'ordre, l'ordre de se séparer de la terre. Puis il a créé la lumière. Et le jour et la nuit. Et les étoiles.

Le moine leva les yeux au ciel. Fabian fit de même. Et ils regardèrent tous les deux les étoiles en silence.

Puis le moine baissa la tête et regarda tout droit, les yeux posés sur la paroi de la cuvette qui leur faisait face, un peu au-dessus du toit des tentes et des pointes de la palissade. Il poursuivit :

— Puis il a créé les animaux. Et l'homme et la femme.

Le moine regarda Fabian, avec des yeux pleins de feu, brillant d'enthousiasme, reflétant les étoiles qui scintillaient au-dessus de sa tête :

— Et l'homme a creusé cette cuvette. Il y a enfermé d'autres hommes. Et il en a fait des animaux. Ou plutôt, il essaie d'en faire des animaux. De défaire l'œuvre divine. Mais avec des gens comme toi et moi, qui ont des prières et des histoires plein la tête, et qui sortent la nuit regarder le ciel rempli d'étoiles au lieu de dormir, ils ne sont pas près d'y arriver. Oui, ils vont avoir bien du mal à nous transformer en chiens qui s'entre-dévorent pour un bout d'os.

Une nuit, Fabian demanda :

— Est-on sûr que Jésus soit ressuscité ?

— Non, sinon, il n'y aurait pas besoin de foi.

Et le moine ajouta :

— Chacun de nous abrite un puits d'une profondeur insondable, qui, chez la plupart, reste sec de la naissance à la mort. Mais, au fond de certains hommes, à une certaine heure, heure unique dans une vie, une pierre se descelle et ces hommes sentent alors une eau sourdre et monter en eux, source d'une joie qu'ensuite, jamais ils ne pourront oublier. En Jésus, cette eau profonde a jailli plus qu'en aucun être au monde ; avec cette eau divine, Jésus eut un lien, une harmonie, une consonnance, fut au diapason ; la parcelle de divinité qui était en lui était immense, énorme, miraculeuse. Dieu s'est dilaté en lui plus qu'en aucun autre, l'a rempli à certains moments tout entier jusqu'à ne faire qu'un avec lui.

Après un silence, le moine dit :

— Prier, ce n'est pas demander, c'est dresser dans son cœur une tente vide pour s'y tenir en silence et écouter ce qui parle, quand cela parle. Dieu n'a même pas besoin d'exister pour être... pour être la chose la plus importante au monde.

Ainsi parlait le père Youhana.

Le père Youhana enseigna encore bien des choses à Fabian, non seulement ce que notre sainte mère l'Église nous commande, à nous, chrétiens, de croire, mais aussi ce que croient les ismaélites, et les objections qu'ils soulèvent contre notre foi, et les réponses qu'on doit leur faire. Beaucoup de ces réponses paraissent venir du fameux ouvrage, déjà mentionné, que saint Jean de Damas a consacré aux hérésies. Dans cet ouvrage, ce Sarrasin consacre quelques pages très denses à l'hérésie alors naissante des ismaélites, qui se sont multipliés depuis comme des sauterelles et que nous appelons aujourd'hui les mahométans.

Le père Youhana résuma à Fabian les croyances des ismaélites : comment ils niaient que Jésus fût le fils de Dieu et même qu'il eût été crucifié et qu'il fût ressuscité ; tous les articles de leur hérésie, que le père Youhana avait vue de près et longuement étudiée en Égypte, ayant même disputé avec des théologiens adeptes de Mahomet, le fondateur mythique, ou peut-être réel, de Médine, c'est-à-dire Prophèteville.

Et le père Youhana souligna la principale différence entre leur religion et la nôtre : pour les mahométans, Dieu est un maître tout puissant dont les hommes sont esclaves. Pour nous, Dieu est un père dont les hommes sont les enfants.

Fabian écoutait avidement, posait des questions, raisonnait, se faisant même l'avocat du diable : et si c'est eux qui avaient raison ? Et le père Youhana trouvait toujours des réponses lumineuses qui laissaient Fabian pantois.

Mais je ne veux pas ennuyer le lecteur avec ces matières arides, car mon but est seulement de rapporter l'histoire de Fabian, un chrétien asservi par des mahométans. Le lecteur profane n'a que faire de théologie. Il lui suffit d'en croire notre sainte mère l'Église. Quant aux clercs que le sujet intéresse, il est inutile que je gaspille des rouleaux de précieux parchemin à recopier le gros livre *Des Hérésies* de saint Jean Damascène. Je les renvoie à la source même.

Outre ces enseignements, deux moments précis restèrent gravés dans la mémoire de Fabian :

La lune éclairait la cuvette comme en plein jour. Un bruit de pas retentit derrière la palissade. Sans doute un garde qui faisait une ronde autour de l'enclos, fermé pour la nuit. Le père Youhana et Fabian se turent. Les pas s'éloignèrent. Peu après, ils aperçurent un garde qui gravissait le sentier escarpé menant hors de la cuvette. Cachés dans l'ombre de la palissade, Fabian et le père Youhana le suivirent des yeux jusqu'à ce qu'il disparût dans la tente jouxtant l'entrée qui servait de corps de garde.

— Un jour, tu monteras ce sentier, tu dépasseras cette tente et tu t'en iras, sans entraves ni menottes, libre.

— Comment le savez-vous ? demanda Fabian.

— Je l'ai vu en rêve.

Une des premières nuits, avant de se quitter, le père Youhana et Fabian récitaient ensemble le *Pater Noster* quand le père Youhana s'interrompit et demanda :

— Es-tu fâché ?

— Non, pourquoi ?

— Tu pries les poings fermés.

Fabian regarda ses mains collées contre ses cuisses, formées en poings en effet. Il fut surpris.

— Tu peux même lever les avant-bras, paumes tournées vers le ciel, comme si tu tenais un plateau et offrais quelque chose.

Fabian dut surmonter une résistance au fond de sa poitrine quand il ouvrit les mains vers le ciel.

VII

IL PLEUT DES BONS ET DES MÉCHANTS

Un après-midi, il plut, pour la première fois depuis l'arrivée de Fabian dans la mine. Ce n'était pas un de ces petits crachins du marais, mais une pluie de déluge, qui tambourinait sur la tête et ruisselait sur le sol, transformant la poussière rouge en boue.

Les mains glissaient sur la corde. Fabian avait beau tirer de toutes ses forces, face au sire de Laas qui serrait les mâchoires et à Josse qui grimaçait sous l'effort, la corbeille restait comme engluée au bord de la plateforme.

Heureusement, Bec-d'aigle était accaparé ailleurs : dans la poussière changée en boue, la roue des brouettes s'enfonçait jusqu'au moyeu, la caisse calait. Au pied de chacune des trois autres parois, un brouetteur luttait avec sa charge sans pouvoir l'arracher à la gadoue. Bec-d'aigle allait à grands pas de l'un à l'autre en vociférant.

Là-haut sur la plateforme, la corbeille tressaillit à peine. Le contremaître, qui surveillait la manœuvre depuis le cadre du portique, émit un glapissement en agitant le poing. Fabian jeta un regard inquiet vers Bec-d'aigle, de l'autre côté de la cuvette. Toujours occupé à houspiller un brouetteur. Ouf !

Quelque chose bougea sur la paroi. Le père Youhana dévalait l'échelle. Debout au bord de la plateforme, le cheffaillon ouvrit grand la bouche, mais il n'osa pas crier et, d'ailleurs, le père Youhana posait déjà un pied sur le sol.

Le moine rejoignit le groupe de Fabian, en écarta le sire de Laas, qui était aussi grand que lui et l'aurait gêné, empoigna très haut la corde, deux empans au-dessus des quatre mains déjà placées, jeta un coup d'œil rapide à Josse et à Fabian, croisant leur regard à l'un et à l'autre, puis il fit :

— Ho...

Fabian serra de toute sa poigne la corde glissante.

— ... Hisse !

Fabian se retrouva accroupi presque sans effort. Puis il ne sentit plus aucun poids au bout de ses bras. La corbeille paraissait légère comme une plume. Est-ce que le fond avait lâché, comme cela arrivait parfois ? Non, vue d'en dessous, la corbeille paraissait intacte. L'homme en bure, qui dominait Fabian et Josse et faisait comme un toit au-dessus de leur tête avec ses deux bras tendus, semblait retenir la corbeille à lui seul.

Sans rien dire, il ouvrit la main droite et la plaça sous sa main gauche, donna du mou, mit la main droite sous la main gauche, et ainsi de suite, faisant alterner ses mains sur la corde. Fabian essaya de suivre la cadence, Josse aussi. Mais leurs mains, qui se refermaient sur une corde molle, n'étaient pas d'une grande aide. Elles se contentaient de mimer l'action.

La corbeille une fois au sol, le père Youhana expira longuement. La rougeur de son visage trahissait l'effort. Mais, quand il rencontra le regard de Fabian, il sourit. Puis il dit dans la langue des Francs, en regardant tour à tour chacun des trois haleurs :

— Je vais tâcher de faire moins remplir les corbeilles. Ça vous facilitera la tâche et aussi celle des brouetteurs. Ne lâchez pas !

Et il leur tapa sur l'épaule à chacun. Puis il tourna le dos et s'éloigna d'un pas ferme. Parvenu à la paroi, il s'appuya un instant au montant de l'échelle, et il remonta plus lentement qu'il n'était descendu. Là-haut, le chef de plateforme l'attendait au sommet de l'échelle. Comme aucun garde ne les surveillait, Fabian s'écarta de la paroi pour ne rien perdre de la scène. Le chef et l'homme en bure se faisaient face. Le contremaître tenait son bâton comme un pieu planté dans le sol. Tout mouvement et tout bruit avait cessé sur la plateforme et les cinq mineurs immobiles avaient la tête tournée vers les deux hommes, front contre front comme deux béliers. La pluie crépitait sur les flaques d'eau.

Le chef donna trois grands coups de bâton sur le roc. Les lèvres de l'homme en bure remuèrent. Le chef resta coi. Puis ses narines se dilatèrent, il recula le buste et Fabian crut qu'il allait donner un coup de tête au moine. Mais, après un moment d'hésitation, il émit un son étouffé, haussa les épaules et tourna les talons. L'amour-propre était sauf : il avait eu le dernier jappement.

En regagnant sa place près du portique, le courtaud jeta un regard circulaire sur la plateforme, vit les mineurs qui le regardaient, oisifs, et poussa un glapissement sec. Les mineurs reprirent le travail. Fabian aussi saisit une pelle et commença à pelleter les cailloux de la corbeille dans une brouette.

En quelques jours, Fabian avait déjà vu plusieurs altercations entre le chef de plateforme et le père Youhana. Dès le premier jour, celui-ci avait paru vider le contenu de son propre panier dans celui d'un nouveau-venu, manifestement épuisé, incapable d'arracher des pierres au roc. Une autre fois, l'homme en bure avait porté le panier d'un camarade jusqu'au portique. Une autre fois encore, il avait quitté son poste pour aller donner quelques coups de pic sur le pan de paroi d'un camarade, affaissé sur le manche de son pic. Il avait été surpris en flagrant délit d'aider son prochain par le contremaître, qui avait d'abord éclaté en glapissements. Puis, de fois en fois, les éclats avaient été de moins en moins sonores et, désormais, le chef de plateforme ne paraissait se fâcher que pour la forme. De même, cette fois-ci.

Les trois haleurs n'eurent aucun mal à soulever la corbeille suivante, et ils en freinèrent sans effort la descente, bien que la corde glissât. Quand la corbeille se posa sur le sol, ils comprirent pourquoi : elle était aux deux-tiers vide. Le père Youhana avait obtenu gain de cause. Pour ce trajet, la brouette ne s'enlisa pas.

La rapidité exceptionnelle de cette brouette dut intriguer Bec-d'aigle, car il survint peu après. Nos trois haleurs finissaient alors de décharger le contenu d'une corbeille. Les yeux de Bec-d'aigle s'écarquillèrent à la vue d'une brouette aux deux-tiers vide. La colère tordit son visage. Le brouetteur se hâta de fuir avec sa brouette et celle-ci avança sans peine malgré la boue. Le visage de Bec-d'aigle se détendit. Il suivit la brouette des yeux. Puis il héla les chefs des différentes plateformes et leur cria des ordres en pointant la brouette allégée qui filait, rapide comme par une journée de soleil. Toutefois, avant de s'éloigner, Bec-d'aigle prit soin de cracher dans le triangle formé par les pointes des pieds de Fabian et de ses deux compagnons. On a sa fierté, quand même.

VIII

COMPRENDRE AVANT DE PUNIR

La corbeille était lourde comme du plomb. Ils avaient encore dû la remplir à ras-bord, là-haut. Quel imbécile, ce contremaître ! Sa journée de travail ne finirait pas plus tôt. Il ne réfléchissait donc pas ? Pourtant, il n'était pas dépourvu de cervelle ! C'était un malin, comme tous les chefs de plate-forme, de simples forçats au départ qui avaient su s'insinuer dans les bonnes grâces de Bec-d'aigle. Mais bon ! ce n'était pas à lui de se coltiner la charge. Pour lui, plume ou enclume, c'était tout comme. Il avait juste à faire signe aux haleurs que la corbeille était prête. Les superviseurs ne sont pas les porteurs, n'est-ce pas ?

À quelques pas de là se tenait Hakim, le moins attentif des gardes, et le plus prompt à la colère. C'est lui qui, lors du bain précédant l'arrivée de Fabian et de son groupe dans la mine, avait failli embrocher le gros Rachid ben Sancho. En ce moment même, il bâillait à se décrocher la mâchoire. Surveiller des esclaves l'ennuyait prodigieusement. Le lion des montagnes n'est pas fait pour garder les brebis comme un chien.

Crevant d'ennui dans cette cuvette, et méprisant trop tous ces forçats soumis comme des herbivores — des mécréants, en plus ! — pour daigner les regarder longtemps, il préférait chercher querelle aux autres gardes, non seulement à ce gros indigène converti de Rachid ben Sancho, mais aussi aux piquiers vifs et maigres, des Maures pur-sang comme lui et mahomé-tans depuis toujours, enfin depuis deux siècles, c'est-à-dire depuis presque aussi longtemps que Mahomet lui-même. Il surveillait les surveillants. En ce moment même, il suivait des yeux l'archer qui faisait le tour de la cuvette, sans doute un homme avec qui il avait, ou souhaitait avoir, une querelle.

Fabian tira de toutes ses forces sur la corde. Quel poids ! À bien y penser, depuis deux jours, c'est comme si les corbeilles étaient plus lourdes que d'habitude. Étaient-elles plus rem-plies, ou un des deux camarades ne faisait-il plus sa part ? Josse grimaçait. Le sire de Laas, blême et suant à grosses gouttes, avait un visage effrayant. Que lui arrivait-il ? Le matin même, il n'avait pas touché à son écuelle et l'avait abandonnée intacte à Josse. Sur le moment, Fabian avait attribué un tel geste à la charité contagieuse du père Youhana, qui faisait peut-être effet sur le sire de Laas. Mais toute une écuellée, et celle du matin, la seule qui fût pleine d'une soupe un peu consistante et qui n'avait pas tout à fait un goût d'eau ? C'était pousser bien loin l'amour du prochain. Le sire de Laas était-il malade ? Bon sang, il ne manquerait plus que ça ! Déjà que c'était dur de haler les corbeilles à trois, alors à deux ! Et il fallait que ça tom-bât sur le moins chétif du groupe ! Pourquoi la maladie, si ma-ladie il y avait, ne frappait-elle pas plutôt ce faiblard de Josse ?

Les épaules du sire de Laas s'avachirent. Lui, toujours si droit ! Le découragement se peignait sur sa face creuse. Où était passée sa dignité de grand personnage ? Il faisait pitié. Ce Hakim ne serait pas toujours absorbé par ses rêveries ba-tailleuses. Il fallait prendre la relève du sire en piteux état. Re-gardant Josse, Fabian s'assura d'avoir son attention, puis dit :

— Ho...

Ses doigts agrippèrent les tresses de chanvre, trouvèrent une mince prise sur un renflement de la corde, et il tira de toutes ses forces, luttant pour s'accroupir.

—...hisse.

Enfin, la corbeille s'éleva, quitta le rebord de la plateforme et oscilla dans le vide sous le portique. Fabian dut se battre pour ne pas lâcher prise tandis que la main droite du sire de Laas quittait la corde à deux doigts de son nez pour aller se replacer beaucoup plus bas, sous la main inférieure de Josse. C'était au tour de Fabian de changer de prise. Mais, sitôt qu'il ouvrit sa main droite, il se sentit tirer par la main gauche vers le haut. Il essaya de retenir la corde, elle lui échappa, il tenta de la ressaisir. Peine perdue ! Elle lui glissa entre les doigts et fila vers le ciel comme une flèche.

La providence, ou plutôt le démon, dans son espièglerie, voulut que Hakim, toujours distrait par le spectacle de l'archer qui marchait le long du bord opposé de la cuvette, se trouvât pile sous la corbeille. En voyant la corbeille piquer droit sur Hakim, Fabian hurla, tout en s'efforçant de retenir la corde malgré la douleur cuisante qui lui brûlait les mains :

— Attention !

Comme en écho, un cri rauque venu d'en haut, que Fabian ne comprit pas, fit lever la tête à Hakim. En apercevant la masse brune qui fondait sur lui, vif comme un chat, il bondit de côté. La corbeille le manqua d'un cheveu et écrasa son ombre, l'éclaboussant, lui, de pierraille. Après une brève quinte de toux, le jeune garde sortit d'un nuage de poussière en vociférant et, le poignard levé, il marcha droit sur Fabian et son groupe. Il s'arrêta à trois pas, hésitant. Son œil furieux allait du sire de Laas à Fabian, de Fabian à Josse et de Josse au sire de Laas. Lequel saigner en premier ?

Bec-d'aigle, attiré par le bruit, accourut et poussa un huissement qui fit reculer Hakim. Bec-d'aigle haïssait les châtiments injustes. Punir l'innocent, pourquoi pas ? Mais laisser échapper le vrai coupable ? Prêter à rire dans son dos ? Rien de plus mortel pour l'autorité. Il faut comprendre avant de punir.

Mais il fallut un peu plus qu'un huissement de son chef pour faire rengainer son poignard au fier guerrier des montagnes. Safa dut héler cinq autres gardes et c'est seulement lorsqu'il se vit entouré de camarades menaçants, prêts à tirer l'épée contre lui, que Hakim rangea son arme. Il continua toutefois à vociférer en agitant le poing vers les trois haleurs et en se passant la pointe de l'index en travers de la gorge, dans un geste qui se passait de toute traduction. C'est alors qu'une voix s'éleva d'en haut. Penché au bord de la plateforme, le père Youhana s'adressait à Bec-d'aigle.

Fabian ne comprit rien au détail de la plaidoirie car, autant il commençait à grapiller quelques mots de roman espagnol, langue qui constituait le fonds du sabir de la mine dans lequel échangeaient indigènes d'Hispanie, Slaves aux cheveux blond cendré, Francs, Grecs et autres Roumis échoués dans ce bas-fond du paradis andalou, autant il restait sourd au sarrasinois. Hormis les paroles des cinq prières mahométanes quotidiennes, que le père Youhana lui avait traduites et expliquées, son vocabulaire sarrasinois se limitait aux ordres que les gardes aboyaient et dont la cuvette résonnait du lever au coucher du soleil. À force de l'entendre dans la même situation, Fabian avait fini par comprendre que tel mot sarrasinois voulait dire : « Debout là-dedans ! », tel autre « Au travail ! », tel autre « Au lit ! », tel autre encore « Ramasse ! », « Écarte-toi ! » ou « Plus vite ! » Il avait aussi repéré quelques explétifs qui revenaient sans cesse dans la bouche des gardes quand ils s'adressaient à un forçat, ou de Hakim quand il s'adressait à Rachid ben Sancho : des mots comme gouère, *kleb, ben kleb,* ou cafre. Et, vu la moue méprisante et dégoutée qui accompagnait de tels mots, Fabian se doutait bien qu'il ne s'agissait pas de compliments ; même si les idées exactes de porc, de chien, de fils de chien et de mécréant lui échappaient encore. Ce n'est que plus tard que ces joyaux de civilisation lui seraient révélés. De toutes façons, en l'occurrence, avoir un tel vocabulaire lui aurait été bien inutile : imagine-t-on un vil chrétien comme le père Youhana user d'un tel langage pour s'adresser au noble Safa ?

Bref, sur le moment Fabian ne comprit rien aux paroles du père Youhana. Mais ses arguments durent toucher la cible, car, à mesure que parlait le Grec, *el-Kopti,* comme l'appelaient les Maures, le visage de Safa se détendit et Hakim cessa de gesticuler, d'aboyer et de mimer le geste d'un boucher qui égorge un mouton.

Fabian eut ensuite plus de détails par le père Youhana. En gros, avait dit ce dernier : le noble Hakim accuse les trois haleurs d'avoir voulu le tuer ? Mais s'ils avaient voulu le tuer, ils n'auraient pas crié pour attirer son attention. Et ils ne se seraient pas écorché les mains à retenir la corde de toutes leurs forces. C'est parce que le petit châtain – c'est-à-dire Fabian – avait crié, que le père Youhana avait aperçu le danger et pu alerter le noble Hakim à temps. Si l'on avait voulu tuer le noble Hakim, est-ce qu'il aurait, lui, *el-Kopti,* crié « Hakim, attention » ? C'était ce cri qui, combiné à l'effort que Fabian et Josse avaient fait pour ralentir la chute de la corbeille, bien que la corde leur déchirât la peau, comme on pouvait le voir au sang de leurs mains, avait sauvé la vie de Hakim. Bref, les trois haleurs ne méritaient pas une punition, mais une récompense pour avoir sauvé la vie du noble Hakim. À tout le moins, ils méritaient qu'on leur soignât les mains avec de l'eau, du linge propre et des onguents, car ils s'étaient profondément entaillé les paumes dans leur effort héroïque pour sauver le noble guerrier du désert. Sauf votre respect, chargeons moins la corbeille, évitons de traîner sous sa trajectoire, et un tel accident ne se produira plus à l'avenir, avait conclu le père Youhana.

Bec-d'aigle, les sourcils froncés, l'air sévère, ne paraissait pas satisfait pour autant. C'est alors que le sire de Laas fit un pas en avant et, dans un sarrasinois étonnamment fluide, à peine mâtiné de quelques mots du Parisis ou de la langue de notre sainte mère l'Église, il s'accusa d'avoir lâché la corde par accident. Fabian frémit. Quelle dérouillée le sire de Laas allait prendre ! Une volée de ces coups de fouets dont cinq suffisent à tuer un homme, surtout un homme affaibli par deux ans de privation comme celui-ci. Mais chrétien qui s'humilie est protégé. Et le sire de Laas en fut quitte pour un simple coup de manche de fouet au milieu du front et une corvée d'eau à la citerne. Lui qui avait les mains intactes, il soignerait ses camarades.

Au bord du vide, *el-Kopti* poussa une exclamation. Il héla les forçats des autres plateformes en faisant de grands gestes. Puis il hurla une phrase. Et une acclamation unanime, énorme, roula et résonna dans la cuvette. Une fois, deux fois, trois fois. Et l'on vit alors ce qu'on n'aurait jamais cru voir : Safa l'impitoyable, Safa le cruel, rougir ! Son teint basané vira au rouge brique. Il était honteux comme un écolier pris en faute. Le père Youhana avait fait crier : « Vivat ! Vivat ! Vive Safa ! Notre miséricordieux protecteur ! » ce qui l'élevait à la dignité de quasi-calife.

Quand Safa fut remis de son émotion et retrouva son teint ordinaire, il aboya pour dire au chef de plateforme, qui regardait de là-haut, immobile, les bras ballants et les yeux ronds, de moins charger la corbeille à l'avenir.

Le sire de Laas, revint de la citerne avec un seau d'eau claire, qu'il posa aux pieds de Fabian. Fabian avait les mains plus écorchées que Josse et elles saignaient encore, bien qu'il comprimât un bout de chiffon entre ses paumes. En arrosant les plaies de Fabian, le sire de Laas dit :

— Pardonne-moi, mon garçon.

Décidément, c'était le jour des miracles. Après avoir vu Safa rougir, on entendait Vauquelin, sire de Laas, demander pardon à un vilain.

— Il n'y a pas de mal, messire.

— Au diable les titres ! Fais comme Josse ! Appelle-moi Vauquelin ! Et tutoie-moi, tiens, pour faire bonne mesure !

La poitrine de Fabian se serra. Pas de doute, le sire de Laas était malade.

IX

UNE VILENIE QUE TOUS
POURRAIENT COMMETTRE

Peu après cet incident, Vauquelin confia l'aventure qui les avait amenés dans cette cuvette, Josse et lui.

Ils servaient tous deux à la cour de Laon celui qui se proclame roi des Francs. Un ami avait lancé l'idée d'un pèlerinage à Jérusalem. Il s'occuperait de tout, de l'itinéraire, du transport. Passionné d'études, il avait appris le sarrasinois, cela tombait bien. À force de lire la Bible dans l'original, il savait aussi l'hébreu, ce qui ne pouvait pas nuire, les juifs étant nombreux dans les villes et les ports où l'on ferait étape. On passerait par l'Espagne. On obtiendrait un sauf-conduit des Sarrasins en Andalousie et, de là, on ferait voile vers Jérusalem. C'était plus sûr que d'embarquer dans un port chrétien comme Marseille ou Gênes et de partir à l'aventure. Les Sarrasins du Levant ne laissaient pas toujours les chrétiens accéder aux lieux saints. Les marins provençaux ou génois n'étaient pas toujours fiables. La Méditerranée était dangereuse. La plupart des navires chrétiens étaient des coques de noix qui chaviraient au moindre zéphyr, tandis que les navires sarrasins, habitués à naviguer du levant au couchant, étaient de taille à défier l'aquilon. Les Sarrasins avaient des comptoirs en Provence, tenaient l'embouchure du Rhône, avaient un port en Camargue, possédaient les Baléares et la Sicile, les deux colonnes d'Hercule, l'Afrique, c'est-à-dire l'ancienne Carthage, la Lybie, l'Égypte et presque toute la côte, anciennement grecque, du Levant. L'ancienne mer des Romains était vraiment devenue la mer des Sarrasins. Il valait donc mieux passer par eux, c'est-à-dire par l'Espagne.

Menés par leur ami, Vauquelin et Josse avaient passé les Pyrénées, ces montagnes enneigées que Fabian avait franchies dans la colonne de rabbi Éléazar sans en savoir le nom, et étaient descendus vers le sud. Ils avaient atteint Cordoue, la grande capitale du califat d'Andalousie. Là, après avoir installé Vauquelin et Josse dans une chambre d'auberge, leur ami était sorti pour, disait-il, arranger la suite de leur voyage avec des bateliers. Il était revenu en annonçant que le départ était fixé au lendemain, puis il avait proposé d'aller visiter la ville. Les trois compagnons avaient parcouru des rues étroites, bruyantes et encombrées jusqu'à un marché où l'on mettait des hommes aux enchères. Et là, surprise ! des soldats avaient entouré, l'épée nue, Vauquelin et Josse, les avaient saisis, liés de corde et jetés dans un enclos, tandis que leur ami, tout sourire, conversait en hébreu avec un homme en robe noire.

Fabian interrompit :

— Cet homme portait-il un chapeau à large bord et des mèches en tire-bouchon sur les tempes ?

— Oui.

— Ne s'appelait-il pas rabbi Éléazar ?

— Je ne crois pas.

— Ah ?... Mais continuez, messire Vauquelin ! dit Fabian, qui ne pouvait se faire à l'idée de tutoyer un seigneur et de s'adresser à lui sans titre ainsi que le sire de Laas l'y avait invité quelques jours plus tôt.

Cet homme en robe noire avait fait marcher les deux hommes enchaînés jusqu'à Grenade. Josse n'avait jamais été bien robuste. Et Vauquelin avait un mal d'entrailles qui l'avait beaucoup amaigri et lui donnait, malgré sa haute stature, l'air souffreteux. Bec-d'aigle passait par là. Le marché fut vite conclu. La mine de fer d'Alquife avait deux nouvelles paires de bras.

L'indignation étouffait Fabian :

— Comment un ami a-t-il pu vous trahir ainsi ?

— Oh ! il s'est donné de bonnes raisons.

— Comme quoi ?

— Comme « cela vous apprendra à persécuter les juifs ! » ou « vous allez payer pour tous les autres ! » Voilà ce qu'il nous a lancés à la figure par-dessus la barrière de l'enclos après que nous fûmes solidement attachés.

— Tous les autres, que voulait-il dire ?

— Tous les autres chrétiens.

— Mais… mais ? n'était-il pas chrétien comme nous ?

— Il ne l'était plus. Comme nous l'apprit par la suite un assistant de notre nouveau maître, trop heureux, sans doute, de remuer le couteau dans la plaie, ce soi-disant ami s'était converti à la religion juive en secret et, avec le produit de notre vente, il allait pouvoir, non seulement rembourser la dette qu'il avait contractée auprès de sa nouvelle communauté pour payer son voyage, mais vivre une bonne année à Cordoue et accomplir le projet qui le taraudait depuis longtemps : étudier la partie ancienne des saintes écritures auprès des docteurs juifs les plus savants d'Andalousie, c'est-à-dire du monde, et finir de se guérir des erreurs que nous autres, maudits chrétiens, lui avions inculquées depuis l'enfance.

— Mais c'est infâme !

Vauquelin, avec l'indulgence des grands seigneurs pour les rustres ou des hommes mûrs pour les enfants, se contenta de sourire tristement et d'écarter les mains.

— Que veux-tu, le chemin de l'enfer est pavé de bonnes intentions. Cet homme avait commencé à apprendre l'hébreu pour mieux comprendre la Bible. Puis il a pris des leçons d'hébreu auprès d'un juif, s'est mis à fréquenter d'autres juifs, pour améliorer son hébreu, et, de fil en aiguille, n'étant plus sous la conduite de notre sainte mère l'Église, il a adopté leurs vues, leur haine des chrétiens et il a renié Jésus-Christ et son baptême. Mais sois certain qu'il le paiera un jour.

— En attendant, c'est nous qui le payons, à trimer dans ce cul de basse-fosse, grinça Josse.

— Il ne l'emportera pas en paradis, dit Vauquelin.

— J'aimerais qu'il ne l'emportât pas sur cette terre ! Puisse-t-il attraper la lèpre et en crever, rongé vivant par la pourriture, dans d'atroces souffrances ! dit Josse.

— Qui sait, dit Vauquelin, il est peut-être déjà mort et brûle à l'heure où nous parlons en enfer, dans des souffrances à côté desquelles notre sort dans cette mine est un paradis. La vengeance de Dieu est parfois lente, mais elle vient toujours.

Après un silence, Vauquelin reprit :

— Mais laissons Dieu faire le sort qu'il mérite à ce misérable et occupons-nous plutôt de nos affaires.

— Que comptez-vous faire ? demanda Fabian.

Vauquelin jeta un coup d'œil à l'entour. Avec ces parlers romans et ces patois vulgaires qui sont tous des corruptions du même latin, il faut se méfier : un Andalou comprend parfois plus de français qu'on ne croit, même sans le parler. Comme aucun brouetteur n'était à portée de voix, Vauquelin dit :

— Faire passer un message aux miens.

— Mais comment ?

— Au début, je pensais…

Josse interrompit :

— Vauquelin, veux-tu vraiment confier tous tes secrets à un vilain ?

— Oh ! au point où nous en sommes. Et puis tu n'es pas l'âme d'un traître, n'est-ce pas, mon garçon ? demanda Vauquelin à Fabian en le regardant droit dans les yeux.

Fabian réussit à soutenir son regard et à dire :

— Non.

Après avoir confessé sa trahison envers son frère, Fabian avait promis au père Youhana de ne plus jamais trahir.

— Donc, reprit Vauquelin, j'ai d'abord pensé au muletier qui passe la journée à entrer et à ressortir de la mine avec ses mules chargées de pierre. Mais Bec-d'aigle monte trop bonne garde. Impossible d'approcher du seuil du sentier qui mène à la sortie. Seuls les brouetteurs y ont accès et pourraient parler au muletier. Mais je ne leur fais pas confiance. Ils me dénonceraient à Bec-d'aigle pour un plat de lentilles, ou simplement pour le plaisir de me voir fouetter. Alors j'ai pensé à quelqu'un d'autre. De temps en temps, tous les six mois environ, une espèce de représentant du calife vient inspecter la mine. Il visite surtout les plateformes, mais entre deux échelles, il s'arrête parfois auprès des gens comme nous pour observer la manœuvre des corbeilles. Bec-d'aigle et Pavaneux…

— Pavaneux ? interrompit Fabian.

— L'élégant en robe de soie et en pantoufles brodées qui est censé diriger cette mine et ne fait que de rares apparitions pour accueillir les nouveaux-venus ou prononcer des harangues.

— Ah! Moukadam ben…

— Chut, siffla Josse. Ne prononce plus jamais ce nom-là, imbécile ! Tu vas nous faire punir.

— Oui, évite, dit plus doucement Vauquelin. Toujours est-il que, bien que Bec-d'aigle et Pavaneux suivent partout cet envoyé du calife, les inspecteurs sont souvent jeunes et vifs comme des chats. Souvent, le visiteur a déjà dévalé une échelle que Pavaneux, escorté respectueusement par Bec-d'aigle, en est encore à enjamber le barreau du haut. Je guette l'occasion de parler à l'envoyé du calife. Je n'ai pas pu jusqu'à présent. Mais je ne désespère pas. Cela fait des mois que nous n'avons pas reçu la visite d'un envoyé. La prochaine visite ne devrait pas tarder. J'espère juste que ce ne sera pas le même homme que la dernière fois, qui avait l'air bien obtus.

— Mais les forçats qui ont fini leur temps ? Ne pourriez-vous pas leur confier un message ? demanda Fabian.

Josse ricana.

— Pauvre naïf ! Tu crois encore aux contes de fées à ton âge ? Il est vrai que dans ton pays…

Vauquelin sourit tristement.

— En deux ans, nous n'avons pas vu un seul forçat sortir de cette cuvette. Et nous sommes les deux plus anciens ici.

— Mais d'autres sont peut-être sortis avant votre arrivée ? hasarda Fabian.

Josse s'esclaffa.

— Mais réfléchis un peu, mordiable ! Pour un maniaque qui passe son temps à compter, ce n'est vraiment pas fort. Vauquelin te dit que nous sommes les deux plus anciens. Or, nous avons tenu deux ans. À un poste pas trop fatigant. Imagine les piqueurs des plateformes ! Eux, c'est rare qu'ils tiennent douze mois. Si nous n'avons vu personne sortir en deux ans, c'est que personne ne sort.

— Mais la promesse de Pavaneux ? De nous laisser sortir au bout de cinq ans ?

— Voilà une promesse qui ne lui coûte pas cher, car il n'a jamais eu l'occasion de l'honorer, dit Vauquelin.

— Ni de la violer, ricana Josse.

— Mais si l'on est sûr de ne jamais sortir d'ici, pourquoi est-ce que personne ne se rebelle ? demanda Fabian.

— Chacun espère être le premier à tenir cinq ans. Et puis tout le monde a peur d'Almadén, de mourir dans d'atroces souffrances, répondit Vauquelin.

— Mais, si toi, tu veux te rebeller, morveux, et que tu parviennes à t'enfuir, pense à transmettre le message de Vauquelin, glissa Josse.

C'était dit sur le ton de la plaisanterie, et Vauquelin sourit. Mais Fabian saisit la balle. Pourquoi pas ? Ça ne mangeait pas de pain. Et Fabian dit, sur un ton léger, mais sans sourire :

— Certainement. Et quel est votre message, messire ?

Le sourire amusé quitta les lèvres de Vauquelin, qui dit, après un silence :

— Que je suis retenu captif, avec Josse, par les Sarrasins. Qu'on envoie donc une rançon pour nous délivrer. Il faudra situer l'endroit : la mine de fer d'Alquife, à deux jours de marche de Grenade vers l'orient. Il faudra aussi avertir les habitants du Parisis et de tous les pays francs, bons chrétiens qui souvent brûlent de partir pour la Terre sainte, de se méfier des faux clercs et de quiconque leur propose de les guider jusqu'à Jérusalem. Qu'ils soient sur leurs gardes ! En Espagne, qu'ils ne dépassent pas Saint-Jacques-de-Compostelle ! Et s'ils veulent vraiment aller en pèlerinage à Jérusalem, qu'ils tracent eux-mêmes leur itinéraire et ne confient la préparation du voyage à personne !

— Et à qui faudra-t-il faire passer votre message ?

— À Maheut de Laas, ma femme, ou à Ehrard de Laas, mon fils. Mais comment pourrais-tu leur transmettre un message, toi qui ne sais même pas où se trouve Paris ?

Cette nuit-là, après avoir raconté l'histoire de Vauquelin et de Josse au père Youhana, Fabian s'indigna :

— Mais comment peut-on commettre une telle trahison ?

— Oui, cet homme a trahi ses amis. D'autres ont trahi leur frère.

C'était dit sans méchanceté, d'un ton tranquille. Mais l'allusion était limpide. Fabian resta muet un moment. Puis il dit, la gorge serrée :

— Mais moi, c'était juste par peur !

— Ah ! vraiment ?

Le père Youhana n'eut pas besoin d'en dire plus. L'envie qui avait percé la poitrine de Fabian lorsqu'il était passé devant les rochers où son frère était caché, du bon côté comme toujours ! et qui lui avait fait ralentir le pas, tourner la tête, et révéler tacitement la cachette à l'énorme Rolf revint lui pincer le cœur.

— Mais je ne l'ai pas fait exprès. Je ne sais pas ce qui m'a pris. Lui, il a tout machiné de sang-froid !

— Peut-être. Mais comme l'a dit saint Augustin – un évêque d'Afrique, du temps où les Maures étaient chrétiens – il n'est pas de si grand péché que nous ne puissions tous commettre.

X

L'ÉCHANGE

C'était un matin comme un autre. Réveil au son des laudes mahométanes en guise de chant d'alouette, course à la marmite, gruau avalée au lance-pierre et cohue contre la palissade. Tout cela pour attendre, assis sur une mauvaise pierre, qu'une première corbeille fût prête à descendre.

Les derniers mineurs grimpaient aux échelles. Le choc assourdissant du fer contre le roc ferait bientôt vibrer les tympans, sans arrêt jusqu'à midi. Fabian se raidissait contre le premier coup de pic quand un glapissement déchira l'air.

Sur une plateforme du bord opposé, un contremaître criait. Des gardes aboyèrent en écho, et Bec-d'aigle poussa un glatissement à glacer le sang. Aussitôt, un branle-bas furieux vida les plateformes. Les contremaîtres poussèrent les mineurs en bas des échelles et rassemblèrent les forçats pêle-mêle au centre de la cuvette, où les gardes les firent aligner sur trois rangs.

Et les forçats attendirent debout, clignant des yeux face au soleil levant, tandis que Bec-d'aigle, accroupi au bord de la cuvette, à l'aplomb de la plateforme d'où était parti le cri, se penchait au-dessus du vide comme un grand héron noir au bord d'un étang. Il paraissait inspecter la paroi. Puis il disparut.

Il reparut en haut d'une plateforme, sec, grand, nerveux, silhouette noire gesticulant dans un nuage de poussière. D'un

278

revers de main, il fit rentrer dans le rang les contremaîtres, qui se rengorgeaient au milieu des gardes en contrebas. Et, tandis que les vrais gardes montaient rejoindre leur chef sur la plate-forme, les auxiliaires congédiés allèrent se cacher, la tête basse, honteux comme des coqs qu'on mettrait au clapier. C'est dans l'adversité qu'on découvre le fond de la pensée du maître.

Puis Bec-d'aigle cria :

— *El-Kouti* !

Cela veut dire « le Goth » dans la langue des Maures, ou plutôt dans la langue de leurs maîtres sarrasins, puisqu'avant d'envahir l'Espagne, les Sarrasins les avaient d'abord soumis, eux, les Maures. Rappelons que, quand ce félon de comte Julian livra l'Hispanie aux Sarrasins, les Goths gouvernaient toutes les terres depuis la Garonne jusqu'aux colonnes d'Hercule. Aussi, pour les Sarrasins et les Maures, tout habitant d'Espagne dont le teint clair rougissait au soleil était forcément un « Goth ». C'est donc ainsi que Bec-d'aigle nommait souvent ce rougeaud de Rachid ben Sancho, quand il ne l'appelait pas « le converti ».

Qu'il appelât ainsi ben Sancho près de lui était surprenant, car, d'habitude, le Maure tenait l'indigène converti à distance. Une telle familiarité annonçait le discours sérieux, porteur d'informations inhabituelles, et pas seulement une harangue ordinaire bourrée d'insultes et de menaces qui pouvaient se passer d'interprète.

À l'adresse des forçats alignés en contrebas, Bec-d'aigle prononça une phrase qui résonna dans la cuvette et que, sur un signe de Bec-d'aigle, le gros ben Sancho traduisit en vernaculaire andalou. Flanqué du rondouillard, Bec-d'aigle tint un discours intermittent dans sa langue raboteuse, pleine de sons rauques, gutturaux, aussi vides de sens pour Fabian qu'un flot de raclements de gorge et de crachats. Les rudiments de sabir que Fabian avait acquis en quatre mois de séjour dans la mine ne lui permirent pas non plus de comprendre grand-chose à l'interprétation fragmentée que ben Sancho en donna en roman andalou.

Au deuxième rang, Fabian pensait surtout à s'abriter des rayons aveuglants du soleil derrière un grand forçat qui ne cessait de bouger et, comme souvent, il comptait des objets alentour pour se distraire de la faim qui lui rongeait le ventre. Il en était à faire un concours entre les touffes d'herbe qui, sur un carré de falaise, avaient déjà les couleurs de l'automne et celles qui étaient encore vertes, quand, à la fin d'une phrase, éclata le mot « Almadén ».

Le « n » résonna longuement et, dans le profond silence qui suivit, l'air vibra d'un frémissement palpable. Fabian frissonna à l'évocation de cette mine de mercure que Pavaneux leur avait décrite, le jour de leur arrivée, dans son discours de bienvenue. Les forçats en parlaient entre eux à voix basse. C'était le lieu où l'on envoyait les coupables des pires méfaits, comme lever la main sur un garde ou blasphémer les croyances mahométanes. On y mourait à petit feu, d'une mort certaine, dans d'atroces souffrances, pas comme dans la mine d'Alquife où les maladies funestes étaient souvent rapides et l'agonie d'autant plus fulgurante que Bec-d'aigle l'écourtait souvent d'un coup de poignard. La menace d'un châtiment terrible planait sur la tête des forçats. Quelle faute avaient-ils donc commise ?

Bec-d'aigle parcourut du regard la première, puis la deuxième rangée de captifs, s'arrêtant sur chaque visage, l'un après l'autre. Fabian tressaillit quand les yeux noirs du Sarrasin se posèrent sur lui. Il s'efforça d'en soutenir le regard. Les yeux noirs passèrent.

Puis Bec-d'aigle éclata. Il se mit à hurler phrase après phrase, ne laissant même plus à ben Sancho le temps de traduire. À un moment, il claqua des doigts. Puis il se déchaîna de plus belle. Quand il se tut, un filet de bave coulait au coin de ses lèvres, qu'il essuya d'un revers de main. Puis il donna, d'un coup de menton, la parole au rondouillard.

Celui-ci avait à peine dit trois phrases que Bec-d'aigle l'interrompit et lui désigna quelqu'un dans la foule en aboyant. Ben Sancho dévala aussitôt l'échelle et se précipita dans la direction indiquée. Le converti redevenait l'homme à tout faire, qui pouvait bien descendre dans la fosse aux pourceaux et se salir les mains à toucher des animaux impurs, troupeau que son espèce n'avait quitté que depuis peu.

Ben Sancho remonta l'échelle en hissant derrière lui un gringalet blond par le col. Récemment arrivé dans la mine, c'était le garçon le plus chétif de la cuvette, ce qui n'était pas peu dire. Le rondouillard jeta le garçon comme un sac aux pieds de Bec-d'aigle, qui lui cria quelque chose. Recroquevillé sur le sol, le garçon ouvrait les mains vers le sarrasin, dans un geste de supplication, avec un air d'incompréhension terrifiée. Bec-d'aigle ne cessait de faire entendre le même cri aigu, encore et encore.

Enfin, Bec-d'aigle se tourna vers Hakim et aboya un ordre. Hakim saisit son fourreau qui pendait à son côté et tendit la poignée de son épée à son chef. Bec-d'aigle saisit la poignée et tira la lame du fourreau, d'un grand geste lent, de tout le corps, théâtral. Puis il s'approcha du garçon à genoux. Celui-ci, pris de terreur, se protégea le cou, la nuque, en faisant un collier de ses avant-bras. Le Maure, dont la lame tremblait de colère, jeta un ordre au rondouillard, qui trotta jusqu'à l'autre bout de la plateforme et en revint peu après, essoufflé, avec de la ficelle. Il avait coupé la corde qui pendait du portique. Encore un filin qu'il faudrait réparer par un nœud ! Et après, les gardes crieraient sur les haleurs parce que la corde se coinçait dans la poulie !

Sous les huissements de Bec-d'aigle, ben Sancho saisit un des bras du garçon, l'arracha à l'autre, le tordit et le lui colla derrière le dos. Comme il essayait d'attraper l'autre bras du garçon, celui-ci se tortilla comme une anguille, dégagea son bras, se détendit de tout le corps, poussa sur ses pieds et réussit à se lever. Le rondouillard lui asséna un coup de poing sur le sommet du crâne et le garçon s'affaissa. Un instant étourdi, il abandonna ses poignets à ben Sancho, qui les lui lia en un tournemain. Quand le garçon rouvrit les yeux, il se cabra, voulut se lever encore, mais le ventru lui saisit les épaules, lui donna un grand coup à deux mains sur chacune des clavicules, et le garçon retomba à genoux. Le rondouillard posa son pied sur les mollets du captif et lui donna une claque sur la nuque, qui lui fit baisser la tête. Puis il lui saisit les deux bras et lui fit pencher le buste en avant.

Le garçon tourna la tête de côté, vers Bec-d'aigle. Quand il vit l'épée nue que le Maure laissait pendre à bout de bras, la pointe touchant terre, il eut un haut-le-corps. Il ramena vivement la tête droit devant lui et l'on vit sa poitrine se soulever et s'abaisser à toute vitesse, sous l'effet d'une respiration panique. Ben Sancho lui écrasa les mollets et lui tira les bras en arrière. Le garçon grimaça, hurla, se tordit. Ben Sancho resserra sa prise. Le garçon frétilla encore, puis soudain, il prit une grande inspiration et, baissant la tête, se soumit. Il avait lutté moins longtemps qu'un poisson.

Bec-d'aigle se tourna vers les forçats en contrebas et prononça une phrase qu'il fit traduire par ben Sancho. Sans doute une question, car la voix de ben Sancho monta sur la fin. Bec-d'aigle parcourut la foule des forçats du regard, de la gauche vers la droite, lentement.

Pas un mot, pas un geste dans les rangs. Bec-d'aigle haussa les épaules, cracha dans la cuvette avec dédain, se détourna, se campa à côté du garçon à genoux et leva lentement son épée courbe à deux mains, offrant son profil et son geste martial à l'admiration des forçats. Brandie à l'horizontale au-dessus de sa tête, la lame noire vibrait sur le fond du ciel éblouissant, quand une voix jeta un cri dans la foule, un cri impérieux comme un ordre.

Bec-d'aigle tourna la tête vers l'origine du cri, tandis que la cuvette silencieuse résonnait du tintement et du raclement d'une chaîne qui brinquebalait sur la pierre. Une large silhouette sortit des rangs. À pas lents, nu-tête, les mains derrière le dos, comme un flâneur en son jardin, le père Youhana s'avançait vers la scène où Bec-d'aigle se donnait en spectacle. Il gravit posément l'échelle, prit pied sur la plateforme et fit un pas vers Bec-d'aigle.

Les gardes flanquant le petit chef maure s'animèrent. L'un, le garde au fourreau rouge tira son épée, un autre pointa sa lance, l'air inquiet devant ce forçat, menaçant par sa tranquillité. Le rondouillard, qui marquait une déférence étrange au père Youhana, comme Fabian avait pu l'observer plusieurs fois, ôta son pied des mollets du garçon et recula. Bec-d'aigle abaissa son épée et fit un quart de tour, l'air impassible, pour faire face au nouveau-venu. De sa main libre, il fit à ses gardes le geste d'un homme qui apaise ses chiens. Les gardes abaissèrent, l'un sa lance, l'autre son épée.

Le père Youhana vint, les mains derrière le dos, se placer entre la tête du garçon et Bec-d'aigle. Puis il prit la parole dans la langue gutturale des maîtres du pays. Il parlait lentement, mais sans aucune hésitation. Sa voix nette et forte résonnait dans la cuvette silencieuse. Bec-d'aigle écoutait, attentif, comme rendu muet par l'autorité mystérieuse qui émanait de l'homme en bure.

Puis le père Youhana se tut. Suivit un long silence. Bec-d'aigle considéra le visage du moine. Il le toisa de la tête aux pieds, en reniflant bruyamment, le coin des lèvres tourné vers le bas. Puis il prononça une phrase à l'intonation montante. Le moine fit oui de la tête. Le Sarrasin répéta sa question, plus fort. Le moine refit oui de la tête, d'un mouvement franc. « Que votre oui soit oui », dit l'écriture.

Bec-d'aigle se tourna vers Rachid ben Sancho, désigna du menton le pleurnicheur à genoux avec une moue de mépris, et, d'un revers de main, fit le geste de le renvoyer. Le rondouillard délia les mains du garçon, l'empoigna sous un bras, le mit debout et le poussa vers l'échelle, que le garçon se hâta de dévaler pour aller se fondre, en s'essuyant les yeux, dans la masse des forçats immobiles.

Alors, Bec-d'aigle désigna le père Youhana à ben Sancho. Celui-ci fit un soubresaut puis resta comme pétrifié. Bec-d'aigle désigna de nouveau le père Youhana en poussant un aboiement. En traînant des pieds, l'air gêné, le converti fit un large détour autour du moine et s'approcha prudemment des grosses mains carrées que le père Youhana tenait croisées dans son dos.

Le converti approcha un brin de corde des poignets du père Youhana, puis il hésita. Bec-d'aigle aboya. Ben Sancho posa la ficelle tendue comme un bâton sur les poignets du moine. Dociles, les bras épais du moine ne bougèrent pas. Mais, quand un souffle de vent rabattit une manche de la robe du père Youhana sur le brin de corde, le rondouillard retira vivement ses mains comme si le tissu l'avait brûlé, en s'écriant :

— *Abou* !

Le respect des choses et des personnes sacrées, quand on l'a sucé avec le lait maternel, reste dans le sang pour la vie. Seuls les enfants ingrats abjurent le Dieu de leur enfance du plus profond de leur âme vile. Les chrétiens ordinaires, eux, ne peuvent le renier qu'en parole. Leur ange gardien les suit toujours pas à pas, gardant la flamme, veillant à ce qu'elle se ranime au moindre souffle.

À ce mot d'*abou*, qui veut dire « père » en sarrasinois et d'où vient notre « abbé », l'épée que tenait Bec-d'aigle se mit à trembler, son visage se crispa, ses mâchoires saillirent à travers ses joues, son teint devint pâle, et les bouches des gardes qui l'entouraient s'ouvrirent toutes grandes et laissèrent échapper un « oh ! ». Car tous crurent que Bec-d'aigle allait égorger ben Sancho. Effrayé, le converti se hâta de lier les mains d'Abou Youhana, qui lui facilita la tâche en décollant les poignets de ses reins.

Bec-d'aigle se tourna vers la fosse et jeta un aboiement bref. Au fond de la cuvette, les contremaîtres en bout de rangée glapirent en écho. Finalement, on ne les chassait pas. Tout frétillants, la tête dressée, ils levèrent leur bâton. Ô gloire, ils

avaient retrouvé la faveur du maître. Fiers d'obéir, ils aiguil-
lonnèrent les forçats. Fabian se sentit tiré par la manche tandis
qu'une voix anxieuse grinçait :

— Viens donc ! Ne nous fait pas punir !

Josse avait peur de passer pour le complice d'un rebelle.
Hébété, Fabian ne pouvait détacher les yeux de la carrure du
moine, immobile là-haut sur la plateforme, pendant que les
forçats se dispersaient en hâte. Les gardes redescendaient de
la plateforme par l'échelle. Il fallut que son regard rencontrât
les yeux hostiles du premier garde à mettre le pied sur le sol de
la cuvette, pour que Fabian s'enfuit à son tour vers le poste où
une corde l'attendait, pendant du portique.

Peu après, le père Youhana passa près de nos trois haleurs,
encadré par deux gardes, un petit sourire aux lèvres. Fabian
lâcha la corde et le suivit des yeux, tandis que le moine montait
la pente menant à la sortie, paisible comme un cheval de labour qui revient des champs, après une journée de travail bien
faite. Son calme respirait la parole : « Maintenant, Seigneur,
tu peux laisser aller en paix ton serviteur. »

Fabian garda les yeux fixés sur les épaules tranquilles qui
s'éloignaient. Les mains liées, encadré par deux gardes, le
père Youhana continuait sa promenade. Vauquelin dit à Fabian d'empoigner la corde, car la corbeille était prête. Fabian
ne bougea pas. Tandis que Josse pestait, Fabian se sentit héroïque, à résister ainsi. Mais quand Josse dit :

— Attention ! Bec-d'aigle vient par ici !

Fabian sentit un trou se creuser dans la région de son nom-
bril. Il se détourna vivement du prisonnier et se raccrocha en
hâte à la corde.

XI

UN BIENFAIT N'EST JAMAIS IMPUNI

Sitôt la corbeille amenée au sol et déchargée dans une brouette, Fabian demanda :

— Mais que se passe-t-il ? Où emmènent-ils le père Jean ?

Car, entre eux, les trois Francs avaient pris l'habitude d'appeler le père Youhana père Jean, à la française.

Vauquelin, assis sur sa pierre, releva péniblement la tête et répondit d'une voix lente :

— Il paraît qu'ils vont lui donner dix coups de fouets.

— Mais pourquoi ?

— Parce qu'il s'est dénoncé, à la suite de la promesse d'indulgence de Bec-d'aigle. Sinon, il prenait la direction d'Almadén.

— Mais qu'a-t-il fait de mal ?

— Il aurait aidé un forçat à s'évader.

— Mais comment est-ce possible ? Je croyais qu'on ne pouvait pas s'évader de cette mine !

— Eh bien, tu croyais mal, grinça Josse.

Fabian resta tourné vers Vauquelin :

— Le père Jean a-t-il vraiment fait ça ?

Vauquelin haussa les épaules :

— Comme tu as pu le voir, c'est lui qui est sorti des rangs.

— Mais le petit pleurnichard à qui Bec-d'aigle voulait couper la tête ?

— Oh ! lui ! Bec-d'aigle l'avait désigné au hasard, parce que personne ne voulait se dénoncer.

— Mais d'abord, comment Bec-d'aigle pouvait-il être sûr que le forçat manquant ne s'était pas évadé tout seul ?

— Mordiable ! ouvre les yeux ! dit Josse. As-tu vu ces parois ? Même un chat n'y pourrait pas grimper ! Alors un homme, nourri au brouet et traité comme on l'est ici ?

— Mais comment le père Jean l'aurait-il aidé ? demanda Fabian, toujours à Vauquelin.

Vauquelin ne répondit pas.

— Comment ? insista Fabian.

Vauquelin répondit d'une voix lasse :

— Selon Bec-d'aigle, en l'aidant à dresser une échelle, et en la remettant en place derrière lui, puisque, ce matin, les échelles étaient toutes couchées au fond de la cuvette, là où on les avait rangées la veille.

— A-t-on retrouvé les fers du fuyard ? demanda Fabian.

— Il n'en a pas été question, dit Vauquelin.

— Il ne s'est peut-être pas évadé, alors ?

— Heu ! ricana Josse. Et où voudrais-tu qu'il se cachât ? Dans les latrines, peut-être ?

Fabian ne trouva rien à répondre.

— Mais pourquoi emmènent-ils le père Jean vers la sortie, si c'est pour lui donner dix coups de fouet ? D'habitude, on châtie les coupables au centre de la cuvette, pour l'exemple.

Vauquelin haussa les épaules.

— Qui te dit qu'ils vont lui donner dix coups de fouet ? Ils l'emmènent peut-être à Alamadén ! dit Josse

— Mais Vauquelin a dit que, puisqu'il s'était dénoncé, le père Jean aurait seulement dix coups de fouet ! dit Fabian.

— Comme si les Maures avaient l'habitude de tenir parole, surtout Bec-d'aigle, et surtout envers nous autres ! dit Josse.

— Mais c'est injuste ! s'écria Fabian.

Vauquelin haussa vaguement les épaules. Josse ricana.

— Mais par les cornes du diable ! comment peux-tu proférer des obscénités pareilles à ton âge ? Quatre mois que tu es ici et tu emploies encore ce mot ? Y a-t-il un seul d'entre nous qui soit dans cette mine par justice ? Et d'ailleurs, parlant de justice…

— Quoi ? demanda Fabian.

Sans répondre, Josse releva la tête d'un petit coup sec, désignant du menton un point assez haut derrière Fabian. Fabian pivota, suivant le regard de Josse.

Tiens, qu'y avait-il là-haut, sur l'autre bord de la cuvette, juste à l'aplomb de la plateforme où manquait un mineur ce matin. Il n'y avait pourtant pas d'arbre à cet endroit. En fait aucun arbre ne poussait au sommet des falaises. Tout au plus quelques buissons rabougris ici et là, pas plus hauts que le genou.

Or, à vue de nez, cet arbre avait la taille d'un homme. Et il avait seulement deux branches, horizontales. Comme une croix. C'était un arbre en forme de croix. Mais bon sang, c'en était une, de croix ! Une croix se dressait là-haut, sur le rebord de la cuvette. C'était la première fois que Fabian en voyait une, dans ce pays. La dernière qu'il avait vue, c'était celle que les moines portaient en procession, le mercredi des cendres, la semaine précédant l'irruption des hommes du Nord sur la plage, lorsque tous les habitants des huttes éparpillées dans les clairières de la forêt s'étaient réunis au moutier de Saint-Michel-en-l'Herm. Comme à chaque fête, les moines ouvraient leur porte à tous les habitants du marais, dépourvu d'église. Et les maraîchins avaient défilé, l'un après l'autre, devant le père abbé qui leur traçait, du bout du pouce, une croix de cendre sur le front.

En plissant les yeux, Fabian vit une forme sur la croix. Cette croix n'était pas nue, n'était pas un décor, n'était pas un ornement, n'était pas un rappel, n'était pas un symbole. Elle était en activité. C'était un gibet en usage. Fabian reçut un coup au cœur.

Sur la croix, les bras étendus, sans tunique, chemise ni braies, avec une simple bande d'étoffe autour des reins, se tenait un homme de grande taille, à la large carrure. À cette distance, on ne pouvait pas voir les traits de son visage, mais un seul homme avait une telle silhouette dans la mine : le père Youhana.

Fabian s'écria :

— Mais il va mourir, là-haut !

— Quand on crucifie quelqu'un, c'est généralement le but, ricana Josse.

— Mais comment peux-tu être aussi chien ? As-tu déjà oublié toutes les fois que le père Jean t'a aidé ?

Ô naïveté de la jeunesse ! Fabian ignorait encore que le meilleur moyen de se faire haïr d'un homme, c'est de lui faire trop de bien.

— Et après ? Il a fait son généreux, il s'est fait plaisir. Et il aura sa récompense en paradis, ce petit saint. Il n'a pas besoin de la gratitude d'un pauvre pécheur comme moi. Et d'ailleurs, qu'il nous donne un petit coup de main par-ci par-là, c'est la moindre des choses ! Juste compensation ! Si ces gens d'Égypte-là avaient eu le cœur et le pied plus fermes face aux Sarrasins, ces maudits cavaliers n'auraient jamais galopé jusqu'aux colonnes d'Hercule et de là jusqu'ici, Jérusalem serait encore chrétienne et je ne serais pas enchaîné à suer comme un damné dans cette maudite fosse !

— Tu…. Tu…tu ne méritais pas l'aide du père Jean !

Fabian suffoquait d'indignation. Il était jeune, on l'a dit.

— Et toi, tu la méritais, son aide ? repartit Josse.

— Moi, au moins, je lui en suis reconnaissant.

— Grand bien te fasse ! Mais qu'est-ce que ça change pour lui ?

Fabian se tourna brusquement vers Vauquelin :

— Messire, il faut faire quelque chose !

Vauquelin, les coudes sur ses genoux, le dos courbé, avachi, ne releva même pas la tête, gardant les yeux fixés sur un point dans la poussière entre ses pieds. Il est vrai que, ce matin-là encore, il n'avait rien mangé. Il perdait ses cheveux par poignées. Et, depuis quelques jours déjà, cinq selon le compte de Fabian, ses jambes étaient piquetées de points rouges.

— Vauquelin ! murmura Fabian, tournant la clé qui ouvre les cœurs, le mot le plus doux aux oreilles d'un homme, peut-être parce que c'est le premier que lui a dit sa mère : son prénom, et découvrant d'instinct la loi qui veut que, pour attirer l'attention de quelqu'un, baisser la voix est plus efficace que lever le ton.

— Que veux-tu que je fasse ? demanda Vauquelin d'un ton las, la tête toujours pendante.

Depuis qu'il était tombé malade, le sire de Laas portait trop bien son nom. Fabian serra les poings et donna un coup de pied rageur dans un caillou qui alla rouler entre les pieds du mélancolique.

Vauquelin sortit de sa torpeur et releva la tête.

— Mais moi aussi, mon bon, si tu savais comme j'aimerais avoir ici mes armes et mon destrier, mes gens, mes amis barons, mon roi, un vrai roi, pas ce mauvais berger qui ouvrit la Bourgogne à ces hordes de loups normands ou son petit-fils d'outremer, mais un vrai roi comme Charlemagne ! et comme j'aimerais galoper à travers cette cuvette-ci et bousculer tous ces mécréants et leur écraser la tête à coups de masse et briser les chaînes de chacun d'entre nous et chasser tous les Maures de ce beau pays et faire empaler et écorcher vif ce Bec-d'aigle. Mais à quoi bon rêver ? Nos ennemis sont les maîtres. Nous sommes enchaînés et ils peuvent faire de nous ce qu'ils veulent.

Vauquelin poursuivit :

— Le meilleur d'entre nous va mourir sous nos yeux, dans d'atroces souffrances et moi-même, je vais crever dans ce trou à rat sans jamais revoir les miens ni même pouvoir leur envoyer le moindre mot pour leur dire ce que je suis devenu. Et pourtant c'est comme ça. On dirait que Dieu le veut.

Sur ce, Vauquelin baissa la tête comme sous un poids trop lourd et recommença à regarder fixement ses pieds couverts de points rouges.

— Ou peut-être le diable, ricana Josse.

— Mais ne restez pas là, morne comme un rocher, messire ! Je vois bien que vous êtes malade. Mais vous qui parliez de Charlemagne, Roland blessé à mort s'est-il laissé aller ? Non, il s'est battu et a sonné du cor jusqu'à son dernier souffle. Rappelez-vous comme le père Jean vous a sauvé la mise, le jour où ce maudit Hakim a failli se faire écraser comme une blatte à cause de votre fatigue ! Songez à toutes les leçons de sarrasinois qu'il vous a données pour que vous puissiez faire passer un message à votre famille. Faites quelque chose !

Vauquelin ne cilla pas et resta muet. Josse intervint.

— Oh ! arrête de bourdonner, morveux ! Laisse donc le sire de Laas tranquille. Les singeries d'un grec d'Égypte, d'un demi-sarrasin, ça fait peut-être de l'effet sur un ignare de marécage comme toi, jamais sorti des bois, mais nous, tu sais ! on en a vu d'autres, des docteurs, et des clercs, et des mages, et des saints hommes, et des évêques, et des légats, et même un pape, même qu'on a vu un pape, à Paris, et qu'il s'est fait botter le train par les sergents du roi. Alors, un Égyptien hérétique, tant qu'à moi, on peut en crucifier des douzaines, ça ne me fait ni chaud ni froid. Quant à toi, arrête de t'exciter autant ou je vais finir par croire que tu n'as pas la conscience tranquille et que c'est toi le complice de l'évadé.

— Et pourquoi pas ? crâna Fabian, relevant le menton. En tout cas, ce n'est sûrement pas toi, couard comme tu es. Aucune chance que tu prennes des risques pour qui que ce soit. Oh oui, toi il est certain que tu n'étais pas complice…

— Non mais écoutez-moi ce vilain, ce bouseux des marais qui se croit supérieur à nous ! Fanfaron va ! Mais, si tu es si courageux, toi qui nous jettes notre lâcheté à la figure, qu'attends-tu pour donner l'exemple de la bravoure ? Va donc délivrer ton soi-disant moine ! Tiens ! Bec-d'aigle est juste là, va donc intercéder pour ce Grec que tu aimes tant. Pas difficile : tu as juste à dire que c'est toi qui as aidé le mineur à s'évader ! On décrochera aussitôt ton soi-disant moine de sa croix. Un vrai miracle, pour le coup ! Qu'attends-tu pour aller te dénoncer ? Ou est-ce que notre vilain d'Aunis tiendrait à sa peau comme un vulgaire couard ?

Fabian ne trouva rien à répondre. Josse remit de l'huile sur le feu.

— Il ne fallait pas être naïf et penser que ça se terminerait par dix coups de fouet. Il l'a bien cherché, ton Grec. N'empêche, lui qui disait toujours : c'était plus dur sur la croix, je me demande ce qu'il peut bien dire en ce moment.

Et il ricana. Fabian fut pris d'une colère qui lui montait des tripes. Il serra les poings et fit un pas vers Josse. Vauquelin sortit de sa torpeur et leva un bras entre eux. Les bagarres entre forçats n'étaient jamais bonnes. Elles attiraient les gardes et les coups de fouet.

— Ne te fâche pas, mon garçon. Tu connais Josse. Il adore agacer les gens. Il ne pense même pas ce qu'il dit. Ne lui fais pas le plaisir de tomber dans le panneau. Mais dans le fond, il n'a pas tort. Je le dis sans méchanceté. Que pouvons-nous faire ? Rien ! Et puis le père Jean a eu ce qu'il voulait, je ne dis pas méritait, mais ce qu'il voulait, n'est-ce pas ? C'est lui qui s'est offert. Et il savait sans doute ce qui l'attendait, connaissant Bec-d'aigle, homme sans foi ni parole.

Fabian rouvrit les poings, soupira en hochant la tête.

— Vous vous rendez bien facilement, messire. Mais passons. Rien qu'à voir votre mine livide, vos cheveux qui tombent et ces nuages rouges sur vos jambes, on voit que vous n'en avez plus pour longtemps. Vous vous expliquerez bientôt avec un autre que moi. Quant à toi, Josse, je ne te pardonne pas ce que tu as dit. Mais sais-tu ce qui me console ? C'est que, quand ton riche ami, Vauquelin sire de Laas ici présent, aura crevé, adieu tout espoir de rançon versée par sa famille, finie pour toi, la seule chance de sortir d'ici. Toi aussi, tu finiras ta vie dans ce maudit trou ! Et je te souhaite que ce soit dans des souffrances mille fois plus grandes que celles que le père Jean peut endurer en ce moment sur cette croix.

Josse releva la tête avec une grimace de défi et sourit de toutes ses dents jaunes :

— Parce que tu crois que tu vas tenir plus longtemps que moi, morveux ? Ta fin n'est pas bien loin, crois-moi, surtout avec les pluies et les nuits fraîches de l'automne qui s'en viennent. Tu vas voir, si c'est comme l'an dernier, c'est l'hécatombe, surtout parmi les jeunes, hi hi hi ! C'est nous qui t'enterrerons.

Fabian tourna le dos à Josse en frissonnant.

Là-haut se dressait la forme écartelée du supplicié. Un homme, son maître, son précepteur, son guide, son modèle, son ami, le meilleur homme de cette cuvette, le meilleur sans doute qu'il eût jamais rencontré, hormis peut-être le père Lorcan, souffrait là-haut, tout seul, tandis qu'en bas tous s'agitaient, travaillaient comme d'habitude, comme si de rien n'était, comme si cette croix n'était pas là.

Pourtant, le crucifié ne cessait de bouger la tête. Bec-d'aigle avait pris soin de faire placer un soutien sous ses pieds pour que le supplice durât plus longtemps. De temps à autre, un garde approchait quelque chose de sa bouche au bout d'une lance. Sans doute de l'eau. Il ne fallait pas que le coupable mourût trop vite.

Le soir, la chair musculeuse du moine avait pris une teinte rouge, brûlée par le soleil. Mais sa tête pendante remuait encore et les corbeaux qui tournaient autour n'osaient pas s'y poser.

Bientôt, le soleil s'approcha de l'horizon. Du côté de la cuvette opposée au couchant, les rayons rasants faisaient flamber une mince frise en haut du mur rougeâtre. Puis toute la paroi s'éteignit et seule la croix resta rouge de la lumière du couchant, tandis que le roulement de tambourin annonçant la fin du travail résonnait dans le cirque.

Cette nuit-là Fabian sortit. Il n'osa pas se montrer au clair de lune à cause des gardes. Il n'osa pas faire signe dans la direction de la croix dressée au bord de la cuvette, à côté de la sortie, du côté du couchant. Il n'osa pas faire de bruit. Il resta blotti dans l'ombre. Mais du moins il pria, tourné vers la croix. Dieu merci, les rayons du soleil ne brûlaient plus l'agonisant. Il aurait moins soif. Pourvu qu'il mourût bientôt !

XII

LE DISPARU EST RETROUVÉ

Les premiers forçats à la marmite étaient aussi les premiers à la fosse d'aisance. Ils disparaissaient à tour de rôle derrière les tentes, tandis que les lambins, les timides et les chétifs faisaient encore la queue pour leur écuelle.

Le matin suivant la crucifixion du père Youhana, comme Fabian attendait son tour derrière Vauquelin, un mugissement s'éleva du côté des latrines. Bec-d'aigle, qui surveillait la distribution de gruau, envoya d'un coup de menton Rachid ben Sancho voir de quoi il retournait.

L'indigène converti revint faire son rapport peu après, à portée d'oreille de Vauquelin, qui traduisit à mi-voix :

— Il est retrouvé !

— Qui ? chuchota Fabian.

— L'évadé, pardi !

— Comment ça ? Ils l'ont attrapé ?

— Oui, comme un poisson, nageant dans la fosse !

L'autre nuit, à moitié endormi, peut-être avec l'aide d'un camarade secourable, le forçat avait glissé dans la fosse et s'était noyé sans bruit. Et il venait de remonter à la surface.

Ben Sancho pointa du doigt la croix qui se dressait là-haut, au bord de la cuvette, avec une expression anxieuse. Bec-d'aigle remua la bouche et ses lèvres esquissèrent un sourire.

— Que dit-il ? souffla Fabian.

Vauquelin murmura :

— Qu'il est trop tard pour décrocher le polythéiste. Il est déjà mort. Qu'il reste donc là, bien en vue pour l'édification des autres !

Depuis l'aube, en effet, la tête du père Youhana n'avait pas bougé. Ses bras grands ouverts paraissaient inviter les corbeaux à venir se repaître de sa chair et ceux-ci ne se faisaient pas prier : ils arrivaient à tire-d'aile en croassant.

Dans le dos de Fabian, Josse persifla :

— Crucifié, même pas écorché. Et mort en moins de deux jours. Le chanceux !

Fabian faillit se jeter sur lui malgré la présence des gardes. Mais, comme aurait dit Vauquelin, dans le fond, Josse n'avait pas tort. Le père Youhana était délivré maintenant. Il était sans doute mieux là où il était que dans cette maudite cuvette. Josse, ou le consolateur malgré lui.

Ce soir-là, quand l'incantation habituelle s'éleva au-dessus de la toile de tente, Fabian, que l'injustice dont le père Youhana avait été victime faisait bouillir, ferma les yeux et se boucha les oreilles pour ne pas entendre la voix chevrotante qui psalmodiait dans la langue de cet ignoble Bec-d'aigle. Mais le cri s'infiltra sous ses paumes, redoublant sa colère. Alors, allongé sur la paillasse commune, Fabian se signa le front avec l'ongle du pouce et pria.

Heureusement, en quatre mois, le père Youhana lui avait enseigné bien des psaumes, qui couvraient toute la gamme des sentiments humains, et pas seulement les quelques paraboles gentilles auxquelles certains clercs limitent leur enseignement, ce qui donne de notre religion, il faut bien l'avouer, une image un peu mièvre.

Sans effort, le psaume approprié, celui qui était au diapason de son cœur bouillonnant de colère et assoiffé de justice, lui vint aux lèvres. Il ne récita pas le psaume. Le psaume chanta à travers lui : « Levez-vous, Seigneur, dans votre colère… La malice des pécheurs finira… »

Ce soir-là, Fabian pria avec rage et ferveur. Dieu merci, il y avait bien d'autres prières que celle qui disait « que ta volonté soit faite » et bien d'autres commandements que de tendre la joue gauche si l'on te frappe sur la joue droite dans les saintes écritures. De psaume en psaume, la colère de Fabian s'apaisa, se mua en confiance : « quand même je marcherais au milieu de l'ombre de la mort, je ne craindrais aucun mal, parce que vous êtes avec moi ». Et Fabian finit par s'endormir.

Vers minuit, à l'heure où le père Youhana venait généralement le réveiller en lui pinçant le gros orteil, Fabian crut sentir une main qui lui touchait le pied. En hâte il se leva, comme attiré dehors, sortit de la tente et gagna l'ombre de la paroi où il avait coutume de s'asseoir avec le père Youhana. Là, debout dans l'ombre, les yeux levés vers les étoiles, il se mit à réciter le *credo* à voix basse, avec intensité.

Il pensa chaque phrase, imaginant clairement la création du ciel et de la terre, voyant Jésus enfant, Jésus fouetté, Jésus en croix, lequel se confondait avec l'image du père Youhana qui se détachait, crucifié, sur l'azur, Jésus poussant son dernier cri, Jésus enveloppé d'un suaire, le tombeau vide au matin, les femmes courant hors du jardin, Jésus au ciel, assis à la droite du Père sur un siège d'or, dans une nuée de lumière, Jésus revenant dans la gloire juger les vivants et les morts, l'esprit soufflant par la bouche des vieux prophètes, les morts sortant des tombeaux. Et, tout à coup, voilà qu'il volait comme un oiseau dans un ciel bleu, qu'il retrouvait son frère, son aïeul, le regard tendre de son aïeul mort trois ans plus tôt, et le père Youhana. Et tous dansaient comme des étincelles de lumière au-dessus d'un ruisseau, s'élevant de l'onde comme une vapeur, et ils se fondaient dans l'air, admirant Dieu, réconciliés. La vision était tellement intense, la sensation de paix et de pardon était tellement forte qu'il en eut les larmes aux yeux.

XIII

« COMME LA SEMENCE N'AVAIT
PAS DE RACINE... »

Les nuits suivant la mort du père Youhana, ce fut comme si une force réveillait Fabian, l'arrachait à la paillasse et le poussait dehors. Il se réveillait en sursaut, se levait, mû comme par un ressort, et, le temps d'envelopper ses entraves de fer dans un linge, il sortait d'un trait, glissait le long de la palissade et se fondait dans l'ombre de la falaise. Là, il se remémorait les histoires des saintes écritures, récitait les psaumes que le père Youhana lui avait enseignés, et priait. Il priait intensément, le *credo* surtout, en imaginant fortement chaque phrase. Il croyait sentir le père Youhana à ses côtés. L'espace était épais, charnu, palpable, vivant, le roc et les buissons au sommet des falaises paraissaient à l'écoute.

Puis, une nuit, après qu'il s'était réveillé tout seul, levé d'un bond et rendu d'un trait jusqu'au renfoncement familier de la falaise, alors qu'il récitait les mots familiers du Notre Père sous la voûte étoilée, ceux-ci lui parurent soudain, sans qu'il sût pourquoi, vidés de leur force. Ce n'est pas qu'il ne se rappelait pas les paroles ni qu'il n'en comprît plus le sens. C'est plutôt qu'elles n'avaient plus de saveur, ni de texture, ni de poids, ni de but. Fabian était comme un malade qui a perdu l'appétit et considère avec indifférence les plats qui d'ordinaire lui pa-

raissent succulents, et s'étonne de soudain les trouver fades.
Il n'avait oublié aucun des mots. Mais il récitait du bout des
lèvres et non plus du fond du cœur. Fabian ne voyait plus rien
en esprit, ne ressentait plus rien dans sa poitrine, et il en fut
stupéfait. Ce n'est pas qu'il ne crût plus aux énoncés. Il n'en
voyait juste plus l'intérêt. Il éprouvait un dégoût, une lassitude,
une sécheresse, une incompréhension de la raison d'être de la
prière. Devant le quatrième verset du Notre Père, il buta et,
comme un cheval fourbu devant une barrière trop haute, il ne
put prononcer « que votre volonté soit faite ».

Même autour de lui, l'air n'avait plus l'épaisseur, la qualité,
la vibration qu'il avait encore un instant plus tôt. C'est comme
si une présence s'était dissipée et que les pierres, les arbustes et
les étoiles ne signifiaient plus rien, n'étaient plus habitées par
rien. Depuis son premier entretien avec le père Youhana, la
cuvette s'était emplie d'une substance, et cette substance, tout
à coup, s'était évaporée.

La nuit suivante, lorsqu'il s'éveilla, Fabian se sentit lourd.
Il se rappela comment la prière lui avait paru sèche, la veille,
et dénuée de sens. Il eut peur de revivre la même expérience.
Mieux valait attendre une autre nuit, que l'envie revînt. Mais
l'envie ne revint pas. Et, bientôt, il cessa de se réveiller en
pleine nuit. Son état illustrait la parole : « La semence était
tombée dans des lieux pierreux… Et comme elle n'avait point
de racine, elle sécha. »

Du moins, avant de s'endormir, quand les mahométans en-
tonnaient leurs complies, et que Fabian se rappelait ce que les
garde-chiourmes avaient fait au père Youhana, et comment
ces gens-là traitaient et méprisaient les nazaréens, ainsi qu'ils
nous appellent, il se révoltait et retrouvait une ardeur à prier,

priant malgré eux, contre eux, opposant son *credo* au leur. Comme dans les psaumes que notre Seigneur inspira à David, la colère se sublimait en ferveur.

Se raccrochant à la colère, Fabian voulut, durant une pause entre deux corbeilles, que Vauquelin lui rapportât mot pour mot le long discours que Bec-d'aigle avait prononcé, le jour où il avait condamné le père Youhana, comme si ce discours contenait la clé d'une énigme, d'un secret qui allait permettre à Fabian, sinon de découvrir ce qu'il aurait fallu dire ou faire pour que le père Youhana ne mourût pas, mais du moins de retrouver la ferveur dont l'homme en bure était porteur et qu'il avait, semblait-il, emportée avec lui.

— Messire, après avoir promis dix coups de fouet au coupable s'il se dénonçait, qu'a dit exactement Bec-d'aigle ?

— Oh ! rien d'important !

— Mais si, c'est important ! Qu'a-t-il dit ?

— Bah ! les bêtises habituelles !

— C'est-à-dire ?

— Celles que tu connais.

— Mais non, je ne les connais pas, et je veux savoir !

— Je ne me rappelle pas tout.

— Dites au moins ce que vous vous rappelez !

— Je ne me rappelle pas grand-chose.

— Allons, messire, faites un effort !

— Tu me fatigues !

— C'est que votre tête est trop pleine, messire, déchargez-la en racontant vos souvenirs.

Vauquelin jugea sans doute qu'il serait plus fatigant de repousser les demandes incessantes de Fabian que de répéter le discours de Bec-d'aigle une bonne fois pour toutes. Les yeux dans le vague, il entonna :

— Vous vous croyez précieux, bande de porcs ? Vous croyez que j'hésiterais à vous égorger tous ? Notre calife, la paix soit sur lui, est rentré de campagne cet été avec des milliers de captifs. On ne sait pas quoi en faire. Les marchés d'esclaves sont inondés de bouches à nourrir. Pour un peu, les vendeurs nous paieraient pour en être débarrassés. J'ai juste à faire ça, dit Vauquelin sans réussir à claquer des doigts aussi bien que Bec-d'aigle l'avait fait, pour vous remplacer. D'ailleurs, rien à faire de votre viande ! tant qu'à moi, vous pouvez tous crever ! Il suffira d'aller piller les Roumis du Nord !... Je ne comprends pas pourquoi le calife s'obstine à faire racler le fond de ce trou... Les épées, les boucliers, les piques, les casques, les éperons, tout ce que les forgerons font avec le fer qu'on tire d'ici, il suffit d'aller le chercher chez les infidèles. Remerciez Allah que je ne vous extermine pas tous, troupeau puant ! Vous vous croyez protégés ? Mais pourquoi donc le Victorieux exploite-t-il cette mine comme le faisaient ces stupides Goths ! Il se ruine à vous nourrir ! S'il n'avait tenu qu'à moi, il fallait tous vous exterminer sur place, dans vos pays maudits, pas vous amener ici, à vous nourrir, vous loger, vous veiller et vous dorloter. C'est ainsi que vous remerciez Allah de vous avoir épargnés ?... Mais oui, c'est ça, évadez-vous donc tous ! Allez-y, courez vers la sortie, que je puisse tous vous massacrer ! Et qu'on ferme enfin cette maudite mine ! Miner le fer ? Alors qu'on n'a qu'à enfourcher son cheval, à galoper vers le nord et à piller vos villes pour ramasser du fer à foison. Sans parler des cloches de vos maudites églises ! Il suffit de les fondre ! Pour la dernière fois, ne me provoquez pas, n'éprouvez pas les limites de ma patience ! Qui d'entre vous, chiens, a aidé ce cafre ? Personne ? Personne ne veut parler ? On reconnaît bien là les dissimulateurs ! Eh bien, je ne vais même pas perdre mon temps à vous envoyer à Almadén ! Je vais en décapiter un sur-le-champ. Un porc de plus, un porc de moins, cela ne me fait ni chaud ni froid, comme je vous l'ai dit, tant qu'à moi, on peut vous égorger tous. Tiens, le converti ! – c'est comme cela qu'il appelait le plus souvent ben Sancho – va me chercher l'espèce de nain à poil jaune, là-bas.

— C'est tout ce qu'il a dit ? demanda Fabian.

— Oui.

— En êtes-vous sûr, messire ?

— Mais oui ! il en est sûr ! dit Josse. Qu'as-tu donc à tourner autour des paroles de ce Bec-d'aigle comme une grosse mouche ? Cela ne le ressuscitera pas, ton moine !

Comme toujours, la façon de dire de Josse mit Fabian hors de lui, mais l'idée atteignit sa cible. Les jours suivants, Fabian ne posa plus aucune question sur cette journée. Et, peu à peu, il cessa d'évoquer le père Youhana.

Jour après jour, le souvenir de l'homme en bure s'estompa. Quand Fabian essayait de l'imaginer, il le voyait de moins en moins clairement dans son esprit. Il se souvenait de ses paroles, mais il n'entendait plus sa voix. Les premiers temps, il n'y pensait pas moins souvent. C'est juste que l'image du moine était moins nette, moins intense, moins vive. Et puis, trop fréquemment, le cadavre hideux aux orbites sanguinolentes, aux yeux crevés par les corbeaux, qui saignaient des larmes rouges, à mesure que les charognards en extrayaient la tendre cervelle, venait éclipser le visage lumineux, rayonnant, du père Youhana comme un disque noir.

Car Bec-d'aigle garda le crucifié en montre. Sous le bec des corbeaux, ses yeux joyeux, pétillants, ses yeux bleu clair devinrent deux grands trous saignants, puis, quand les charognards eurent dévoré la cervelle et que le sang eut séché, deux orbites sombres qui paraissaient pleurer des larmes noires. Que resterait-il de ce corps au jour dernier, lorsque les corps sortiraient des tombeaux ? Tournant le dos à cette horreur, Fabian cessa de regarder de ce côté.

Bientôt, il pensa de moins en moins souvent au père Youhana. Est-ce que cet étrange moine grec, soi-disant d'Égypte, avait seulement existé ? Un jour, en suivant du regard la brouette qu'ils venaient de remplir avec Vauquelin et Josse et qui s'éloignait vers la pente menant à la sortie, il fut surpris d'apercevoir une croix dressée là-haut, sur le bord opposé de la cuvette. Il avait oublié son existence. Seul le cadavre encore accroché pour l'exemple prouvait que la rencontre était vraie, que Fabian n'avait pas rêvé.

Si l'influence du père Youhana survécut en Fabian, c'est surtout par une de ses leçons. Pendant les pauses forcées, au lieu d'attendre sans rien faire et de laisser vagabonder sa pensée, Fabian continua, comme l'homme en bure le lui avait conseillé, de songer dans la cuvette comme s'il avait été dehors. Il se mit à compter dans sa tête, à réfléchir, à observer, comme il aurait pu le faire s'il avait été libre, assis sur la plage de l'anse-aux-mouettes. Mesurant la hauteur des plateformes par la taille des échelles et la taille des échelles par la taille des hommes, il estima le plus précisément possible l'élévation des parois comme il s'amusait à le faire avec les falaises voisines du marais. Observant l'aller et retour des brouettes entre chaque plateforme et les mules qui attendaient en contrebas de la sortie, il se divertit à tenir un concours entre les équipes : c'était à celle qui remplirait le plus de brouettes en une demi-journée. Ce décompte l'absorba autant que le décompte des mouettes volant vers le sud et des mouettes volant vers le nord, sur la plage de l'anse-aux-mouettes. Ce concours l'excita presque autant que le spectacle d'un combat de coqs. Bientôt, Fabian en sut autant que Bec-d'aigle et assurément plus que Pavaneux sur l'exploitation de la mine.

Quant à Josse, Fabian lui gardait rancune des moqueries méchantes qu'il avait prononcées à l'endroit du père Youhana lors de son agonie et de sa mort. Ses agaceries incessantes, qui avaient, pendant un temps, coulé sur lui comme l'eau sur les plumes d'un canard, l'atteignaient au vif depuis la mort de l'homme en bure. Surtout, Fabian ne pardonnait pas à Josse ses épaules étroites, plus étroites encore que les siennes à lui, son dos courbé, son air de chien battu, ses dents jaunes. Josse devait avoir une dent pourrie. Quand ils tiraient ensemble sur la corde, haletant sous l'effort, la bouche ouverte, l'haleine de Josse lui puait au nez. Un jour, il n'y tint plus. Il lui décocha un coup de coude dans les côtes. Josse lui rendit le coup. Ils redevinrent ennemis.

Depuis la mort du père Youhana, une atmosphère encore plus venimeuse qu'avant sa venue parut s'installer dans la cuvette. La haine de tous contre tous, la méfiance, la colère de recevoir des coups, le plaisir malin d'en donner, la volupté perverse d'humilier le plus faible, la rage de devoir subir les avanies d'un plus fort, pimentées d'un sourire moqueur, la fange accumulée stagnait dans la cuvette et ne s'en écoulait plus. Sur les plateformes, les mineurs se heurtaient, leurs pics s'entrechoquaient et des querelles éclataient, indifférentes au fouet des gardes. Les corbeilles descendaient moins souvent. Voler sa soupe à plus faible que soi redevint un jeu universel. Dans la cohue qui précédait ou suivait les repas, Fabian recevait de nouveau plein de coups. Il se vengeait quand il pouvait sur Josse.

Ne nous laissons pas transformer en chiens, qui se jettent sur la nourriture et s'entre-déchirent pour un bout d'os ! Ainsi parlait le père Youhana, et il prêchait d'exemple. Or, à peine était-il parti que tous dans l'enclos s'entre-dévoraient pour un bout d'os. L'homme en bure avait passé dans la cuvette comme une ombre : elle n'en gardait aucune trace, sinon sa momie crucifiée vers laquelle nul ne levait plus les yeux.

Un soir, comme la plateforme qu'ils desservaient était punie, Bec-d'aigle avait donné l'ordre à Josse et à Fabian de rester à leur poste et même de pousser la dernière brouette jusqu'aux mules qui piaffaient près de la sortie. Nos deux haleurs étaient arrivés bon dernier pour la soupe. Fabian avait devancé Josse en jouant des coudes. Quand vint le tour de Fabian, il ne restait qu'un fond dans la marmite. Josse, qui attendait derrière, n'aurait rien. Fabian crut sentir un regard posé sur lui, et regarda, gêné, par-dessus son épaule droite, au bout de la première rangée, là où le père Youhana avait l'habitude de s'asseoir, silhouette robuste dans sa robe de bure brune. Le regardait-il donc avec son regard bleu ? Mais non, la place était vide.

L'idée traversa Fabian de verser quand même la moitié de sa portion dans l'écuelle de Josse. Bah ! à quoi bon ? Il était seul. L'unique témoin était mort. Il ne restait que la faim, qui le mordait au ventre. La faim, et aussi la joie mauvaise de ne point partager.

SEPTIÈME PARTIE
À FORCE DE COMPTER

I

UNE BONNE NOUVELLE

Un matin, après le gruau, les aboiements des gardes dans l'enclos furent plus nourris que d'habitude. Sur chaque plate-forme se tenait un archer, l'arc au poing, une flèche encochée sur la corde. Pourquoi un tel branle-bas ?

En haut de l'unique sentier donnant accès à la cuvette parut l'intendant invisible, Moukadam ben Moussa, reconnaissable de loin à sa robe chatoyante comme le dos d'un cétoine doré. Dès son apparition, il désigna la croix dressée au bord de la cuvette à Safa. Des gardes gravirent la pente de sortie en courant, galopèrent le long du bord, se hâtèrent de décrocher le corps desséché du moine et abattirent la croix.

Peu après passa un brouetteur. Des moignons bruns, secs comme des branches de bois mort, débordaient du bac. Les restes du moine. Ce sur quoi les corbeaux avaient tordu le bec. Fabian détourna la tête et se cacha derrière Vauquelin, priant pour ne pas avoir à creuser la fosse et à enterrer le corps. Dieu merci, Bec-d'aigle désigna un haleur d'une autre plateforme.

Bec-d'aigle fit aligner les forçats sur trois rangs, présage ordinaire de punition collective. Puis Moukadam ben Moussa s'avança, coquet, comme toujours, dans une robe moirée et de délicats chaussons pointus dont la couleur vert pomme tranchait sur le sol rouge sombre. Mais il avait les traits tendus et se frottait nerveusement les mains. Ce n'était pas l'élégant flâneur habituel.

Pavaneux fit un bref discours en sarrasinois avec, comme d'habitude, pour interprète, le fidèle et docile Rachid ben Sancho, infatigable messager de paix entre les deux cultures qui se mêlaient dans ce creuset du paradis andalou.

Revigoré, redressé, déridé, marchant avec une aisance que Fabian ne lui avait pas vue depuis longtemps, Vauquelin fredonnait en regagnant le poste de halage. Sitôt hors de portée d'oreille des gardes, il lâcha :

— L'envoyé du calife vient demain ! L'envoyé du calife vient demain !

— Par la tête de Dieu, tant mieux ! On pourra souffler plus longtemps entre deux corbeilles ! dit Josse.

— Comment cela ? En présence de l'envoyé du calife, il ne faut pas travailler encore plus dur ? demanda Fabian.

Vauquelin expliqua :

— Au contraire, chaque fois qu'un envoyé du calife vient inspecter la mine, les contremaîtres ont pour instruction de remplir deux fois moins de corbeilles que d'habitude.

— Mais pourquoi ? s'étonna Fabian.

— Il paraît que le calife, qui tient à son surnom de miséricordieux, exige qu'on traite bien ses gens, même ses plus vils esclaves.

— C'est bizarre.

— Garde tes commentaires pour toi, morveux ! dit Josse. Et surtout, remercie le Tout-puissant, qui, dans son infinie miséricorde, t'a soumis au pouvoir d'un aussi bon calife.

Fabian serra les poings. Vauquelin, tout guilleret, lui retint le bras en riant :

— Ne fais pas attention, petit. Tu connais Josse, il plaisante, il ne fait que citer Pavaneux. Demain, applique-toi juste à travailler lentement sans que cela paraisse. Mais chut ! voici Pavaneux ! Vite, en place !

Nos trois haleurs se turent et, même si la corbeille n'était pas encore prête, ils placèrent les mains sur la corde et levèrent les yeux vers le portique. Oui, pour une fois, Pavaneux n'avait pas filé sitôt son discours fini, vite, avant que la poussière n'incrustât sa jolie robe, sans même jeter un regard distrait alentour, indifférent aux fourmis humaines grouillant sur les parois. Non, ce jour-là, veille d'inspection, il s'attardait, attentif aux détails. Il avança même la main vers la corde qui pendait entre nos trois haleurs, haleurs que Bec-d'aigle fit s'écarter d'un claquement de fouet et, répétant son rôle d'intendant méticuleux en vue du lendemain, il en tâta les brins. Mais son attention ne s'abaissa pas jusqu'aux hommes à qui, comme d'habitude, il n'accorda pas un regard.

Puis, du jamais vu, du moins par Fabian en six mois de séjour dans la mine, Pavaneux escalada l'échelle menant à la plateforme qui les dominait, en fit attentivement le tour, tapa du poing sur les montants du portique et même, empruntant le bâton du contremaître, il donna un grand coup sur la traverse comme pour en éprouver la solidité. Bec-d'aigle, debout à côté de son chef, grimaça mais ne pipa mot. Si jamais il avait des réserves sur ces méthodes, il garda ses réflexions pour lui.

II

IL FALLAIT QUE ÇA TOMBÂT CE JOUR-LÀ

Au-dessus des têtes de Vauquelin, de Josse et de Fabian, une première corbeille était prête. Or, comme nos trois haleurs laissaient filer la corde, elle se bloqua. Elle avait dû se tordre ou faire un nœud dans la rainure de la poulie. Au signal de Vauquelin, les trois haleurs tirèrent d'un grand coup sec. Cela réglait souvent le problème.

Cette fois-ci, un craquement retentit et la masse jaunâtre de la lourde corbeille plongea à toute vitesse vers le sol. Elle atterrit avec fracas à quelque pas du groupe, dans une explosion de cailloux, de poussière et de morceaux de bois. Une demi-lune argentée roula jusqu'entre les pieds de Vauquelin. La poulie était tombée avec la corbeille et s'était brisée sur le sol. Là-haut, entre les deux montants du portique, un trou béait entre deux moignons de poutre.

Bec-d'aigle surgit, furieux et, en voyant un bout de métal entre les pieds de Vauquelin, il lui donna sans prévenir un coup de fouet sur le crâne, comme si l'accident était de sa faute. La vue du sang le fit sourire. Calmé, il balaya les dégâts du regard : en haut, le vestige de poutre du portique, en bas, la corbeille déchirée, la longue corde serpentant dans la poussière, la poulie brisée en deux. Puis, sans un mot, il s'éloigna à grand pas vers la pente qui menait à la sortie.

Une heure plus tard, Bec-d'aigle revint accompagné d'un homme trapu, qui portait une grosse besace. Ce dernier n'était pas vêtu d'une robe comme la plupart des habitants du pays, mais il portait des braies et un bliaut court, à la mode des hommes du marais. Il avait de grosses mains aux doigts épais, mais propres, sans trace de terre. Un charpentier sans doute. Le suivaient deux brouetteurs, qui portaient sur l'épaule une poutre neuve.

Bec-d'aigle aboya vers la plateforme où les hommes attendaient, oisifs, pointa du doigt le contremaître, puis chacun des piqueurs, en leur indiquant tour à tour à chacun une autre plateforme. Les hommes dévalèrent l'échelle et se dispersèrent. Puis Bec-d'aigle toisa les trois haleurs l'un après l'autre. Fabian avait toujours été chétif, avant même la cure d'amaigrissement de la mine. Josse n'arrivait même pas à l'oreille de Fabian. Quant à Vauquelin, il avait sans doute été de belle taille dans une vie antérieure et avait peut-être même eu l'air d'un chêne à la cour de Laon, mais là, affaibli par l'esclavage et rongé par la maladie, il avait plutôt l'air penché d'un fragile saule pleureur. En plus, de son crâne entaillé par le coup de fouet rageur de Bec-d'aigle, coulait un filet de sang qui lui barbouillait le visage.

Bec-d'aigle haussa les épaules. Il ne valait même pas la peine d'employer ces trois-là ailleurs. D'un geste impérieux, il renvoya Vauquelin dans l'enclos, sous la tente, loin des regards de l'envoyé du calife qui pouvait arriver d'une minute à l'autre. Interdiction à Vauquelin de se montrer tant que sa face et la plaie de son crâne ne seraient pas nettoyées. Vauquelin, lugubre, s'éloigna vers l'enclos en traînant ses pieds couverts de taches violettes. Lui qui se faisait une joie de pouvoir parler rançon à l'envoyé du calife !

Bec-d'aigle parti, le charpentier ramassa les deux morceaux de la roue de métal qui s'était cassée comme une assiette et les glissa dans sa besace. Puis il aperçut la corde qui serpentait dans la poussière, la désigna à Josse en lui faisant signe de la ramasser et de l'emporter là-haut, sur la plateforme, vers laquelle il se dirigea, suivi des deux brouetteurs qui portaient toujours la nouvelle traverse sur l'épaule.

Fabian se voyait déjà, assis sur sa pierre, à s'ennuyer comme un rat mort. Mais Josse hésita.

— Tu ne veux pas y aller ? demanda Fabian.

— Bof, monter là-haut pour redescendre…

Fabian bondit vers la corde. Quand il déboucha sur la plateforme, la corde enroulée autour de son épaule, le charpentier y était seul, à califourchon sur la poutre neuve posée au sol. Quand Fabian lui tendit la corde, l'homme lui indiqua de la poser par terre. Fabian posa le rouleau bien nettement, sur un rocher, à un endroit sans trop de poussière. Peut-être le charpentier apprécia-t-il ce soin ? Toujours est-il qu'il fit signe à Fabian d'approcher. Il saisit une tarière posée contre la poutre, en empoigna le manche à deux mains, la planta dans la poutre neuve à angle droit et donna un tour. La tige filetée s'enfonça. Puis l'homme se leva et fit signe à Fabian de prendre la relève. Fabian s'exécuta et ne s'en tira pas trop mal. Le charpentier fit comprendre à Fabian qu'il avait du matériel à aller chercher en bas et il le laissa continuer seul.

III

SECONDE CHANCE

Absorbé par sa tâche, Fabian sursauta en entendant la voix forte de Bec-d'aigle derrière lui. Trois hommes se tenaient à l'autre bout de la plateforme : Bec-d'aigle, Moukadam ben Moussa et un nouveau-venu dans une longue tunique pâle, sobre mais élégante, qui tranchait par sa propreté sur les vêtements poudreux de ses deux compagnons. Le nouveau-venu avait la tête enveloppée d'un linge à la mode sarrasine. La robe de Pavaneux, d'un drap étonnamment grossier, était couverte de poussière ou de sable rouge sombre. Il avait les pieds nus dans de simples sandales de cuir. Il était presque méconnaissable dans son déguisement d'homme de terrain. Sans doute ne tenait-il pas à ce que l'envoyé du calife rapportât à son maître que l'intendant de la mine la plus pauvre de sa province la plus miteuse se parait avec autant d'élégance que Zyriab, le fameux merle noir, le musicien raffiné qui avait enseigné l'art de se vêtir à la cour de Cordoue.

Le nouveau-venu devait être l'inspecteur annoncé. Il avait le corps bien fait et le teint clair. Une barbe fine brunissait sa mâchoire et une moustache en trait de pinceau surlignait sa bouche. Il rappelait quelqu'un à Fabian. Mais qui ?

L'homme parcourut la plateforme, inspectant le roc. Feignant l'intérêt, Moukadam ben Moussa imitait chacun de ses gestes, mais toujours à contretemps, ce qui le rendait assez comique : il inspectait encore un filon sur la paroi que le visiteur s'intéressait déjà au portique.

L'homme leva les yeux vers la traverse rompue qui se détachait sur l'azur. Et, comme il tournait lentement la tête de droite à gauche, il offrit son profil à Fabian. C'est alors que Fabian le reconnut. Il éprouva un sentiment qu'il avait oublié depuis longtemps : une vraie joie. C'était le cavalier qui les avait accompagnés, rabbi Éléazar et sa colonne d'esclaves, depuis l'Aquitaine, à travers les hauts monts enneigés puis par des plaines verdoyantes, un plateau aride et une vallée profonde jusqu'à Grenade. C'était le « saïd » qui avait failli l'acheter sur le marché. Comment s'appelait-il, déjà ? Ah oui, seigneur Idris ! Que faisait-il donc là ? Oh ! mais oui, rabbi Éléazar n'avait-il pas dit qu'il travaillait pour le calife ? Et qu'il devait devenir quelque chose comme rapporteur ou écouteur ? Et voilà, il avait été promu.

Un instant, Fabian eut l'idée d'interpeler l'homme dans la langue du marais. Mais pour lui dire quoi ? « Me reconnaissez-vous ? » comme il l'avait fait sur le marché de Grenade. Et ensuite ? Pour lui répéter : « Nous avons fait la route ensemble depuis l'Aquitaine ! J'étais un des captifs enchaînés. Je marchais juste devant le petit blessé à qui vous avez fabriqué un travois ? » À quoi bon ? Ça, le seigneur Idris le savait déjà. Fabian le lui avait déjà dit. Et pour quel résultat ? Même à vil prix, bien qu'il eût pris un bain le matin même et portât une tunique propre, le seigneur Idris n'avait pas daigné l'acheter. Alors ici, couvert de crasse et de poussière ? Et encore plus maigre, après sept mois de disette ? Pauvre naïf ! Vient un moment où il faut cesser de rêver ! D'ailleurs, qu'est-ce qui prouvait que la vie serait moins dure avec cet homme que dans cette mine ? Autant rester ici, en terrain connu ! Tenir cinq ans ! Oui, il serait le premier à tenir cinq ans ! Il allait le leur prouver, à ce Vauquelin, sire de Laas, et à son ami Josse, ou à leurs successeurs, qu'on pouvait tenir cinq ans dans cette mine ! Fabian ramena les yeux sur la tarière et reprit son travail.

L'ombre de l'homme s'étendait sur la poutre. Le bord de sa robe de coton, ondulant dans la brise, frôla la joue de Fabian. L'homme dit quelque chose en sarrasinois. Pas de doute. C'était bien la voix chaude de ce seigneur Idris. Était-ce à lui qu'il s'adressait ? Pourvu que non. Une seule humiliation avait suffi. Au souvenir de la scène piteuse du marché de Grenade, le cœur de Fabian se serra et il sentit quelque chose qui rapetissait entre ses jambes. Fabian garda la tête baissée. L'homme répéta sa phrase. Fabian continua à tourner sa tarière. Même les fers aux pieds, on a sa fierté, quand même ! Un glatissement et un claquement de fouet firent relever la tête en sursaut à Fabian. Bec-d'aigle, un pas en retrait serrait son fouet court d'une main tremblante et le regardait avec des yeux furieux. Un vil esclave osait ignorer l'envoyé du calife ! Bec-d'aigle en tremblait de rage.

L'envoyé du calife apaisa le Maure d'un geste et, fixant les yeux sur Fabian, il lui parla dans une variante de la langue des pauvres d'Andalousie, un patois espagnol mêlé de mots sarrasinois. Fabian ne comprit pas, et répondit par une phrase andalouse que Vauquelin lui avait enseignée et qui l'avait tiré d'embarras plus d'une fois dans la mine.

— Je ne comprends pas.

Le visiteur s'exclama :

— Quel accent ! Serais-tu franc par hasard ?

Fabian hésita. D'habitude, les gens, qu'ils fussent sarrasins, maures, indigènes convertis, indigènes restés chrétiens ou *sakalibas*, comme les Maures d'Espagne appellent les esclaves au teint pâle venus des pays slaves, réprimaient mal une grimace quand ils apprenaient que Fabian était franc. Beaucoup ne cachaient pas leur hostilité.

Fabian bégaya.

— Euh oui.

Le visage de l'homme s'épanouit en un sourire.

Depuis qu'il avait franchi les Pyrénées, c'était bien la première fois que quelqu'un souriait en apprenant qu'il était franc. Ce sourire inattendu fit chaud au cœur à Fabian.

Le visiteur plissa les yeux. Et comme il dévisageait Fabian, un éclair passa dans ses prunelles.

— Mais nous nous connaissons ! Je t'ai déjà rencontré, n'est-ce pas ?

L'autorité qui émane de certains hommes est un charme. Sous le regard lumineux de ce seigneur Idris, la résolution prise par Fabian de ne pas se dévoiler fondit comme neige au soleil. Fabian répondit :

— Oui.

— Où donc ? Je ne me rappelle pas.

Fabian hésita à le dire, la gorge encore serrée par le souvenir d'un rejet humiliant. Et aussi, pris d'une étrange pudeur, répugnant à révéler qu'il avait abouti là, dans cette mine, le plus bas qu'un esclave en vente sur le marché de Grenade pût tomber. Mais comme l'homme le regardait avec insistance, il finit par dire :

— Au marché de Grenade.

Le visage de l'homme s'éclaira.

— Ah oui ! Je me rappelle. C'est toi qu'Éléazar voulait me vendre. Tu as donc atterri ici, dans cette mine, hein ?

L'homme regarda les pieds de Fabian et parut surpris, comme s'il découvrait tout à coup les anneaux de fer et la chaîne. Ainsi, Fabian n'était pas l'aide du charpentier ! Une expression de pitié passa sur le visage du seigneur Idris, qui dit, après un silence :

— Aimes-tu toujours calculer et compter ?

— Oui.

— Tu ne dois pas avoir beaucoup d'occasions de le faire ici ?

— Si, quand même, aux pauses, entre deux corbeilles.

— Et que trouves-tu à calculer ici ? demanda l'homme en faisant un geste circulaire en direction la cuvette.

— Les hauteurs, les longueurs, le nombre de tours que fait chaque archer.

— Ha, et quoi d'autre ?

— Le nombre de brouettes remplies par chaque plateforme en une journée.

— Ah ? Tiens ! Ça m'intéresse. Ça fait combien de brouettes, donc ?

— Une cinquantaine.

— Chacune des plateformes ?

— Oui, plus ou moins. Les équipes les plus rapides en remplissent cinquante-cinq, les moins rapides quarante-six.

— C'est précis !

Était-ce un reproche, un compliment, une moquerie ? Fabian, gêné, ne sut que répondre.

— Si l'on compte en trains de mules, cela en fait combien, des trains de mules qui quittent la mine à pleine charge en une journée ? reprit le seigneur Idriss.

— Une douzaine.

— Est-ce que ça peut être moins de dix ?

— Les jours de pluie, oui.

— Mais un jour de soleil comme aujourd'hui ?

— Non, jamais.

— Et combien d'heures travaillez-vous dans une journée ?

— Les douze heures du jour, du lever au coucher.

— Et quand êtes-vous le plus rapides ? Avant ou après midi ?

— Oh, avant ! À mesure que le jour avance, les bras des piqueurs se fatiguent. Et puis, cette cuvette chauffe comme un four. Dès la quatrième heure, la cadence ralentit. Les heures du matin sont les meilleures, et de loin.

Le seigneur Idris fronça les sourcils.

— Es-tu sûr de ton chiffre de douze trains de mules par jour ?

— Oui, pourquoi ?

— Parce que je suis arrivé ici dès la deuxième heure du jour et j'ai compté seulement trois trains de mules. Or, il est bientôt midi. Trois trains de mules ! Si je te suis bien, il n'y en aura pas plus de trois cet après-midi. Cela fait six. Deux fois moins que la douzaine dont tu parles.

Oh ! c'était vrai ! Ce jour-là, on produisait plus lentement. Fabian en resta un instant bouche-bée. Quelle bévue ! Selon Vauquelin, Pavaneux leur avait pourtant bien dit, tout en travaillant moins vite, de n'en rien laisser paraître. L'envoyé du calife ne devait se douter de rien. Il fallait qu'il crût voir l'activité et la production habituelles. Mais, avec cet accident et cette réparation inhabituelle, Fabian avait tout oublié ! Les instructions lui étaient complètement sorties de la tête ! Et soudain, Fabian sentit des regards posés sur lui. En retrait derrière le visiteur, Pavaneux et Bec-d'aigle le regardaient fixement, avec des yeux acérés, perçants comme des poignards. Fabian frémit. Il se sentait déjà agrippé, lié par les poignets, et poussé sur la pente muletière vers la sortie de la mine, vers Almadén. Vite, comment réparer sa faute, comment expliquer l'écart sans révéler la vraie raison ?

— Oh, mais aujourd'hui, c'est particulier, car il y a eu cet accident. Une des plateformes ne produit pas.

— Mais il y en a sept autres. Et puis les mineurs de cet plateforme-ci ont été envoyés sur d'autres, qui devraient donc produire plus que d'habitude et compenser le manque, n'est-ce pas ?

La confusion de Fabian redoubla. Son regard dut glisser de nouveau vers Moukadam ben Moussa et Bec-d'aigle car le seigneur Idris dit, sans changer d'attitude, de ton ni d'expression :

— N'aie pas peur. Ils ne comprennent pas un mot de ta langue. Continuons à parler du même ton, garde un air naturel et réponds-moi comme si tu m'expliquais la réparation que tu es en train de faire. Tiens ! Lève-toi et montre-moi cet outil. Alors, d'où vient qu'aujourd'hui, on va extraire l'équivalent de six trains de mule et pas douze comme d'habitude ?

— Eh bien parce qu'on a reçu l'ordre de travailler plus lentement aujourd'hui.

— Ah ! et pourquoi ?

— Eh bien, dit Fabian en suivant avec l'index le fil du pas de vis de la tarière, parce que le calife n'aime pas qu'on maltraite ses esclaves et qu'il veut, tant il est miséricordieux, qu'ils ménagent leurs efforts.

L'homme ne put réprimer un sourire amusé, qu'il ravala vite. De nouveau impassible, il dit :

— La mèche de cette tarière m'a l'air bien usée. Il faudra l'affûter. Maintenant, rassieds-toi sur la poutre et reprends ta tâche. Ne regarde pas mes deux voisins. Et dis-moi plutôt qui vous a conté cette histoire.

— L'homme au vêtement gris, là, couvert de poussière rouge.

— Je vois. Rappelle-moi. Combien de trains de mules partent chaque jour de cette mine, d'habitude ?

— Douze.

— Et avant midi ? Pardonne-moi, j'ai déjà oublié.

Le seigneur Idris avait-il vraiment oublié ? Ou voulait-il plutôt éprouver le témoignage de Fabian ? N'importe, Fabian répondit d'une voix ferme :

— Au moins sept, souvent huit.

— En es-tu sûr ?

— Oui.

— C'est bien. Continue ton travail comme si de rien n'était.

Le seigneur Idris se détourna, s'écarta de quelques pas et resta un moment immobile, les bras croisés, les yeux fixés sur l'autre extrémité de la poutre, comme s'il en évaluait la qualité.

Cependant, Moukadam ben Moussa affichait un intérêt inhabituel pour l'activité de la mine, montrant du doigt à Bec-d'aigle la plateforme d'en face, et paraissant l'interroger sur tel ou tel détail. Mais, sous le masque du comédien, Fabian surprit un regard haineux, dardé sur lui, le vil esclave, qui avait

longuement parlé avec l'envoyé du calife dans une langue se-
crète. Fabian ne donnait pas cher de sa peau, sitôt que l'envoyé
du calife aurait quitté la mine. Il croyait déjà entendre et sentir
les coups de fouet claquer sur son dos. Il se voyait déjà dans les
galeries d'Almadén, aveugle, tremblant de tous ses membres,
rendu fou par le mercure, souffrant une agonie atroce. Et son
cœur battait à tout rompre.

Le seigneur Idris se retourna et dit soudain à Fabian :

— Aimerais-tu sortir d'ici et m'aider à tenir les comptes ?

Fabian n'en crut pas ses oreilles. La première stupeur passée, il s'écria :

— Oui !

Le seigneur Idris eut l'air content. Il dévisagea Fabian encore un moment. Puis il dit :

— Il y aura des règles à respecter toutefois. Tu es toujours
chrétien, n'est-ce pas ?

— Euh, oui…

— Ce n'est pas un problème, mais il faudra rester discret.
Saluer les voisins humblement. Pas de bruit. Faire tout ce
que je dirai. Ne pas adresser la parole à ma femme ni à mes
filles. Beaucoup apprendre. Travailler vite et bien. Faire de
longues heures chaque jour, toujours attentif, en faisant de
longs calculs, assis sans bouger. Crois-tu que tu seras capable
de tout cela ?

Fabian s'écria :

— Oui.

— De toutes façons, si tu me déçois, c'est simple, je te ra-
mène ici. Compris ?

— Oui, dit Fabian avec gravité.

— Bien. Je ne te promets rien. Mais je vais voir ce que je peux faire. En attendant, continue à faire ce que tu faisais.

Le seigneur Idris avait déjà le dos tourné quand il s'arrêta et fit volte-face :

— Au fait, comment t'appelles-tu ?

— Fabian.

— Fabian. Hum ! L'homme qui sait attendre. C'est bien.

Et le seigneur Idris rejoignit Moukadam ben Moussa et Bec-d'aigle qui se tenaient un peu à l'écart. Une conversation d'un ton poli se déroula en sarrasinois, la voix mielleuse, obséquieuse de Moukadam ben Moussa alternant avec la voix chaude mais neutre du seigneur Idris. Les tempes bourdonnantes, Fabian eut du mal à se concentrer sur sa tâche de charpentier.

Pavaneux faisait de grands gestes qui paraissaient vouloir dire : « mais bien sûr, je vous en prie, si tel est votre bon plaisir », en hôte qui se plie en quatre pour complaire à un visiteur. C'est que le calife était tout puissant et avait peu de patience pour ceux qui retardaient l'exécution de ses volontés. Alors on servait le moindre de ses représentants avec empressement.

À un moment, le seigneur Idris sortit une bourse de sa manche et la tendit à Moukadam ben Moussa, qui s'inclina avec un sourire mielleux et fit le geste de repousser la bourse. Le seigneur Idris insista, avançant de nouveau la bourse, Moukadam ben Moussa la repoussa une deuxième fois. Alors le seigneur Idris parut demander la permission à Moukadam ben Moussa d'offrir cette bourse à son adjoint, Bec-d'aigle, Moukadam ben Moussa parut le permettre, mais ce fut au tour de Bec-d'aigle de repousser la bourse de la main en s'inclinant avec un sourire forcé. Après une répétition de ce manège, le seigneur Idris rentra sa bourse dans sa manche.

Puis Bec-d'aigle cria dans la direction de Fabian une phrase d'où ressortait le mot « Franj », c'est-à-dire « le Franc » en sarrasinois, tandis que le seigneur Idris faisait signe à Fabian de venir. Fabian dut faire un effort pour maîtriser le tremblement de ses mains, poser la tarière sur la poutre, se lever et marcher droit jusqu'au centre de la plateforme, vers les trois hommes qui le regardaient.

Le seigneur Idris dit à Fabian :

— Dans sa grande bonté, Moukadam ben Moussa te laisse partir. Et sans rien accepter en échange. Pose la main sur ton cœur, incline-toi devant lui et répète ces mots après moi.

Et le seigneur Idris dit un remerciement qui exprime une profonde gratitude en sarrasinois. Fabian s'exécuta. Quand il se releva, Pavaneux souriait dans le vide avec bonhommie. Puis le seigneur Idris dit à Fabian :

— Rejoins tes compagnons en bas. Nous partirons quand j'aurai fini mon inspection. D'ici là, tiens ta langue, ne te fais pas d'ennemis en claironnant que tu vas sortir d'ici. Travaille comme d'habitude. Ne donne surtout aucun prétexte à cet homme-ci pour revenir sur sa parole et te garder ici.

Avant de s'éloigner, Fabian ne put s'empêcher de se tourner vers Bec-d'aigle, comme pour lui demander la permission de prendre congé. Une habitude ancrée depuis sept mois. Bec-d'aigle lui fit signe qu'il pouvait s'en aller avec un sourire effrayant de fausseté. Le sous-potentat local n'avait pas le choix, puisqu'un désir de l'envoyé du calife était un ordre. Mais il grimaçait comme un aigle à qui l'on retire sa proie.

Vauquelin, dont le crâne ne saignait plus, et Josse, dont la petite tête de rat n'avait pas changé, regardèrent Fabian approcher avec de grands yeux ronds. Fabian brûlait de leur crier à tue-tête qu'il allait sortir d'ici, mais les ordres du seigneur Idris lui commandaient de rester muet. Une certaine superstition également : s'il en parlait, cela n'aurait pas lieu, c'était sûr.

Vauquelin surtout regardait Fabian avec des yeux brillants de convoitise, presque suppliants. Lui qui avait tant rêvé de pouvoir parler au visiteur, qui peaufinait son sarrasinois depuis deux ans pour ce faire, dont c'était l'obsession ! Vauquelin ouvrit la bouche, mais Josse fut le plus rapide :

— Alors, petit bougre, les pieds de l'envoyé du calife avaient bon goût ?

— Jaloux, va ! Tu aurais bien aimé être là-haut à ma place, hein ? répliqua Fabian.

— Hum, m'accroupir comme un chien aux pieds d'un infidèle, très peu pour moi. On aurait dit que tu reniflais le bord de sa robe. Qu'est-ce donc que vous complotiez ?

— Si on te le demande, tu diras que tu n'en sais rien.

— En tout cas, ça n'a pas eu l'air de bien marcher votre affaire, car ils ont refusé sa bourse, les deux autres.

Fabian dut se mordre les lèvres pour ne pas répondre : ça a si bien marché qu'ils me libèrent sans paiement. Comme Fabian restait muet, Josse l'aiguillonna.

— Pourquoi était-ce, cette bourse ?

— Je n'en sais rien. C'est des affaires entre infidèles.

— Dis plutôt : entre trois infidèles et un renégat. Je parie que tu as renié. Ton semi-sarrasin de moine grec t'a donné le goût de l'apostasie, hein, mon bougre ?

Josse savait comment faire sortir Fabian de ses gonds.

— Ah ! Qu'est-ce que ça va faire du bien de partir ! laissa échapper Fabian.

— Ah ! notre vilain va partir d'ici ?

— Eh bien oui, figure-toi !

— Et par quel miracle ?

— Par la volonté de l'envoyé du calife.

— Vraiment ? et en quel honneur ?

— Parce que je sais compter, moi.

— Haha, ta lubie de compter et recompter tout ce qui bouge ? L'envoyé du calife serait assez bête pour accorder du prix à cela ?

— Il faut croire que oui.

— Et quand t'emmène-t-il, ce noble Sarrasin ?

— Aujourd'hui même !

— Il te l'a dit ?

— Oui !

— Et tu le crois, pauvre dupe !

— Dit celui qui croyait partir pour Jérusalem et s'est laissé mener par le bout du nez jusqu'au fond de cette mine !

Josse ouvrait la bouche pour répondre quand Vauquelin, qui scrutait le visage de Fabian, leva la main et lui imposa silence.

— Mais si tu sors d'ici, mon jeune ami, c'est merveilleux, tu vas pouvoir porter le message que je rêve d'envoyer aux miens depuis si longtemps.

Sous le ton léger voire railleur, la voix tremblait d'émotion, et Vauquelin posait de grands yeux pleins d'espoir sur Fabian. Il avait trop nourri sa chimère depuis deux ans pour ne pas sauter sur la moindre chance, même la plus infime.

Fabian resta de marbre et Vauquelin reprit, d'un ton sérieux cette fois :

— Te souviens-tu du message, Fabian ?

Fabian ? C'était la première fois que Vauquelin, sire de Laas prononçait son prénom. D'ordinaire, c'était : garçon, mon gars et, dans les meilleurs jours : petit. Cette familiarité soudaine, inhabituelle gêna Fabian. Et, subitement, les humiliations des premiers jours, quand le sire de Laas refusait même de lui adresser la parole, ou ses réprimandes et ses mots durs, cinglants, qui lui faisaient honte de sa maladresse, quand il relâchait la corde à contretemps, lui revinrent en mémoire. Fabian eut envie de se venger et de répondre : « non ! » Mais ce Vauquelin avait l'air si malade, ses yeux immenses dans son visage tout maigre faisaient tellement pitié que Fabian dit :

— Oui.

— Et te rappelles-tu les destinataires ?

— Maheut ou Ehrard de Laas.

— C'est bien cela. Dans la maison de Laas, sur la rive gauche de la Seine, en face de la cité de Paris.

Se rappelant le ton méprisant dont le sire de Laas avait dit, la première fois qu'il lui avait confié ses projets de délivrance par rançon : « Mais comment pourrais-tu leur transmettre un message, toi qui ne sais même pas où se trouve Paris ? », Fabian faillit dire : « Tiens, je croyais que je ne savais pas où se trouvait Paris ! ».

Mais ce Vauquelin, qui espérait depuis si longtemps qu'un visiteur vînt dans la mine, à qui il pût confier un message, unique espoir de délivrance, n'était pas un mauvais homme. Juste un homme. Et, depuis qu'Adam a mordu dans ce maudit fruit, on sait dans quelle déchéance l'homme est tombé.

Si Fabian ignorait où était Paris, les moines de l'Herm, ou d'autres, sauraient bien faire parvenir un message jusque-là. Ils en envoyaient jusqu'à Rome. Paris n'était sûrement pas plus loin de Grenouiller que Rome.

— Dans le message, précise bien que je suis retenu captif à la mine d'Alquife, près de Grenade, dans le califat d'Andalousie, avec Josse. Et de bien vouloir envoyer Leufrid, le plus débrouillard de nos serviteurs. Qu'il aille à Saint-Jacques-de-Compostelle et là, qu'il se joigne à un groupe de pèlerins andalous qui rentrent chez eux. Surtout, qu'il s'assure d'avoir un sauf-conduit pour le califat. Une fois à Grenade, qu'il se fasse accompagner jusqu'à Alquife et négocie notre rançon avec l'intendant de cette mine…

Vauquelin s'interrompit, jeta un coup d'œil autour d'eux, puis, ne voyant pas de garde, osa dire le vrai nom à voix basse :

— … Moukadam ben Moussa.

Vauquelin marqua une pause, puis il dit avec effort :

— Et, si je ne suis plus de ce monde quand il arrive, s'il vient trop tard pour moi…

Ici, sa voix se fêla et il se tut, les yeux embués. Il faut dire qu'il était d'une maigreur effrayante, même pour un forçat d'Alquife. Ses jambes étaient couvertes de taches, les nuages de points rouges s'étant mués en flaques violettes. Il avait une mouche de sang séché au coin des lèvres. Et il avait perdu presque tous ses cheveux.

Mais Vauquelin, sire de Laas, se ressaisit, redressa le buste et, de nouveau, Fabian reconnut l'homme qu'il avait été avant de tomber malade, droit, noble et digne, le grand cœur, le bon berger qui prend soin de la moindre de ses brebis, le guerrier qui accomplit son devoir et fait honneur à son nom, le protecteur qui suscite l'admiration quand on conte ses hauts faits et ses beaux gestes autour du feu dans les huttes, les soirs d'hiver, et il acheva sa phrase d'une traite et d'une voix ferme :

— Qu'il négocie au moins la délivrance de Josse. C'est bien compris ?

Porter un message pour Vauquelin, passait encore, mais pour cette teigne de Josse, après toutes les saletés qu'il avait dites sur le père Youhana crucifié, et tout ce qu'il venait encore de dire, juste à l'instant ? Pas question ! Que ce rat crevât donc dans cette fosse, et qu'il allât rejoindre les os du père Youhana dans la terre dure, derrière les latrines, afin d'expier toutes les insultes qu'il avait proférées contre lui ! Et Fabian ouvrait la bouche pour dire non, pour envoyer promener ce Vauquelin et son Josse, quand il entendit la voix du père Youhana :

— Il est difficile d'aimer ses proches. Aimer des gens avec qui l'on ne vit pas, qui ne vous ont jamais rien fait, jamais déçu, jamais trahi, jamais rien dit d'injuste ni de stupide, qui n'ont jamais été vil en votre présence, aimer des gens lointains, c'est facile. C'est comme aimer une statue de pierre. C'est de l'idolâtrie. C'est aimer un rêve. C'est aimer son propre rêve. Bref, c'est s'aimer soi-même. Mais aimer ses proches, vraiment les aimer, les aimer en actes ; aimer ses amis, ne pas dire du mal d'eux dans leur dos, leur être fidèle, les épauler dans les difficultés, parler en leur faveur, faire leur éloge devant le calife ou le roi après leur disgrâce ; aimer ses parents, son frère, sa femme, et ce, tous les jours, même quand ils sont malades, grincheux, amers, injustes, odieux, ou simplement toujours là, voilà qui est difficile. Desserrer cette corde qui vous étrangle, qui vous serre à la gorge et vous empêche d'adresser le moindre mot de réconfort au camarade à qui vous gardez rancune, là est le vrai défi, tel est le commandement.

Ainsi avait parlé le père Youhana une nuit sous les étoiles. Par piété envers son défunt maître, Fabian surmonta sa basse rancune et dit :

— Oui.

— Tu le feras ?

— Oui, sire.

— Oh ! Laisse tomber le sire. Je te l'ai déjà dit. Ce n'est vraiment plus le temps de faire des cérémonies. Le feras-tu ?

— Oui.

— Dieu te bénisse si tu tiens ta parole. Et que le diable t'emporte si tu y manques.

IV
C'ÉTAIT ÉCRIT

Plus tard, dans l'après-midi, Fabian entendit crier son nom. Au pied du chemin de sortie, le seigneur Idris lui faisait signe. C'était donc vrai ! La joie gonfla la poitrine de Fabian. Mais en voyant l'envie tordre le visage de Vauquelin et de Josse, il eut pitié d'eux :

— Ne faites pas cette tête-là, je vais sans doute aller dans une autre mine, tout aussi dure.

Mais les deux autres ne furent pas dupes. Josse ricana. Vauquelin se racla la gorge puis dit :

— C'est donc toi le premier à sortir de cette mine !

Dans le « c'est donc toi » perçaient une rancœur, un sentiment d'injustice, une indignation incrédule : ce vilain d'un obscur marais avait le droit de sortir et pas lui, Vauquelin, sire de Laas, descendant d'un compagnon de Charlemagne, admis à la cour du roi des Francs, un roi, tout de même, si petit fût-il, si roitelet fût-il ! Mais Vauquelin se ressaisit, surmontant son amertume et son envie, grand seigneur en cela également :

— Je suis content pour toi.

Fabian se hâta de répondre :

— Je porterai votre message.

Vauquelin hocha tristement la tête. C'était trop tard pour lui. Il était maigre comme un squelette. Combien de jours avait-il encore à vivre ? Mais il trouva encore la force de se redresser et de dire :

— C'est bien ! Va ! Ne fais pas attendre ce noble seigneur à qui tu dois ta délivrance.

Et il fit un beau geste de congédiement, comme s'il était encore dans sa maison de Laas et que Fabian fût un de ses loyaux, fidèles et obéissants serviteurs. Fabian hésitait à partir, ému, attendri. Heureusement, Josse mit son grain de sel :

— Oui, je ne sais vraiment pas ce qu'il te trouve, ce sarrasin, dit-il d'une voix fêlée par la rancune. Alors dépêche-toi, avant qu'il n'ouvre les yeux et ne change d'avis.

Fabian n'eut aucun mal à tourner les talons.

Marchant au centre de la cuvette vers la sortie, Fabian sentait les regards de tous les forçats pleuvoir sur lui des plate-formes. La nouvelle de son départ, la première libération de mémoire de forçat, avait couru de poste en poste comme une traînée de feu grégeois. Passant près d'un groupe de haleurs, Fabian vit du coin de l'œil les têtes tourner. Il ne leur accorda pas un regard. Il ne regretterait ni les coups, ni les écuelles volées, ni la promiscuité sous la tente, ni l'absence d'entraide. Et il ne regretterait personne, pas même ses deux compagnons de travail avec qui il avait passé tant d'heures : ni Vauquelin, sire de Laas, qui l'avait toujours traité de haut jusqu'à ce que la maladie le transformât et le rendît plus humble ; ni Josse, qui ne cessait de le prendre pour cible de ses railleries grinçantes.

Le seigneur Idris s'engagea à pied sur le chemin muletier. Fabian lui emboîta le pas, suivi du charpentier, qui menait sa mule par le licou. Tout en haut, au débouché du sentier se tenait un garde. À la vue de Fabian, il s'avança vivement et barra la sortie avec sa lance. Fabian retint son souffle, le cœur battant.

Le seigneur Idris dit quelque chose d'un ton sec en sarrasinois. Sans céder un pouce, le garde tourna la tête vers le fond de la cuvette et cria une phrase. La voix de Bec-d'aigle lui répondit des profondeurs. Après avoir toisé Fabian avec dégoût, le garde s'écarta. La haine brûlait dans son regard et sa lance frémissait. Mais il était mieux dressé que le farouche Hakim et, au passage de Fabian, il se contenta de cracher par terre.

N'était-ce pas comme le père Youhana l'avait prédit ? Fabian sortait, libre. À une nuance près : il avait encore les fers aux pieds.

La marche reprit. Fabian passa devant le tertre où le père Youhana avait été crucifié et où son corps avait, pendant des jours, souffert puis séché, les bras grands ouverts, livré en pâture aux corbeaux. Fabian tressaillit et détourna le regard.

Sitôt la cuvette hors de vue, le sol s'aplatit. Le tintamarre des pics diminua. On arrivait à un carrefour. Fabian reconnut le chemin qu'il avait foulé, encordé entre un manchot et un boiteux, sous la conduite de Bec-d'aigle, quelques mois plus tôt, venant du nord. La route de terre coupait l'immense plateau aride. Le seigneur Idris prit la direction du midi. Droit devant, la silhouette basse d'un village fortifié grossit lentement. Il en venait une rumeur qui ressemblait à un concert de forges.

Une question traversa l'esprit de Fabian. Quelques mois plus tôt, au marché de Grenade, ce seigneur Idris n'avait pas voulu l'acheter, malgré l'insistance de rabbi Éléazar. Et là, sans que personne lui demandât rien, le saïd l'emmenait. Qu'est-ce qui lui avait fait changer d'avis ? Avait-il été promu, comme le prédisait rabbi Éléazar ? Était-il devenu riche ? Avait-il acquis une plus grande maison ? Mais la joie d'être sorti de la mine était trop forte et balaya ces questions.

— Cette bourgade d'Alquife où j'ai laissé mon cheval est plus loin que je ne le pensais, dit le seigneur Idris. Je ne vais pas te laisser marcher comme ça. Tiens, assieds-toi ici, étends ta jambe et mets ton pied sur cette grande pierre plate.

Fabian obéit.

Quand le charpentier les eut rejoints, Idris lui dit quelque chose en sarrasinois. L'homme tira un maillet et un burin d'un sac porté par sa mule. Il coinça l'anneau qui enserrait la cheville gauche de Fabian entre le tranchant du burin et la pierre, puis il abattit son maillet. Au troisième coup, l'anneau vola en éclats. L'anneau de l'autre cheville subit le même traitement. Le charpentier ramassa la chaîne, les fragments d'anneau et les tendit au seigneur Idris, qui les refusa d'un geste. Le charpentier les mit dans son sac.

Fabian fit quelques pas. Il n'en croyait pas ses chevilles. Ses pieds étaient si légers que, quand un souffle de vent souleva sa tunique, il crut qu'il allait s'envoler. Un sourire irrépressible monta de sa poitrine à ses lèvres.

Le seigneur Idris dit :

— En route.

Et il le suivit.

TABLE DES MATIÈRES

Made in the USA
Las Vegas, NV
31 March 2025

20358054R00204